蜘蛛文库
得到的不仅仅是真相

金瓶梅事件

褚盟 著

图书在版编目（CIP）数据

金瓶梅事件 / 褚盟著. -- 杭州：浙江文艺出版社，
2025.6. -- ISBN 978-7-5339-7880-8
Ⅰ. I247.5
中国国家版本馆CIP数据核字第2025FB6098号

责任编辑　於国娟	营销编辑	夏漪漪
责任校对　朱　立	封面插图	吕　洋
责任印制　吴春娟	装帧设计	吕翡翠
数字编辑　姜梦冉　诸婧琦		

金瓶梅事件

褚盟　著

出版发行	浙江文艺出版社
地　　址	杭州市环城北路177号
邮　　编	310003
电　　话	0571-85176953（总编办）
	0571-85152727（市场部）
制　　版	杭州天一图文制作有限公司
印　　刷	杭州富春印务有限公司
开　　本	880毫米×1230毫米　1/32
字　　数	220千字
印　　张	11
插　　页	3
版　　次	2025年6月第1版
印　　次	2025年6月第1次印刷
书　　号	ISBN 978-7-5339-7880-8
定　　价	62.00元

版权所有　侵权必究

"蜘蛛文库"总序

褚盟

"他像一只蜘蛛蛰伏于蛛网的中心,安然不动,可是蛛网却有千丝万缕。他对其中每一丝的震颤都了如指掌!"

这是史上最伟大的侦探福尔摩斯对好友华生说出的经典台词,而被比喻为"蜘蛛"的,就是福尔摩斯生平最大的对手——有着"犯罪界的拿破仑"之称的莫里亚蒂教授。就这样,"蜘蛛"这种独特的生物,在推理文学中成了一个独特的象征——

它象征着最难缠的反派,象征着最复杂的谜题,象征着大侦探无法回避的终极困难。它精心布设的蛛丝,可以把试图找到真相的人死死缠住;但与此同时,希望也隐藏在其中。无论是抽丝剥茧,还是快刀斩乱麻,只要找到那个正确的方式,这些恼人的蛛丝就会变成通往真相的条条线索。

正因为这样,这个文库以"蜘蛛"来命名;这个名字想告诉所有人,这是一个关于推理小说的文库。

1841年,一个叫埃德加·爱伦·坡的美国人发表了一篇名为《莫格街凶杀案》的小说。这篇小说第一次同时满足了三个条件:侦探成了故事的主角,谜题成了故事的主体,解谜成了故事的主导。

因此,我们把这篇小说认定为历史上第一篇推理小说,尽管作者从来不承认自己写过推理小说。

从1841年到2022年，推理文学已经走过了181个春秋。

爱伦·坡创作的这种故事，成了后世推理文学中的绝对主流。在西方，这种以侦探解谜为最大卖点的小说被称为"古典推理"；而今天，我们通常用一个日语词"本格推理"称呼它——本格者，正统也。

爱伦·坡是推理文学的创造者，而将其发扬光大的则是一个英国人。这个人叫阿瑟·柯南·道尔，他创造出了世上最伟大的侦探——夏洛克·福尔摩斯。福尔摩斯在1887年登场，一共有60篇故事传世。他的伟大无须多言，毫不夸张地说，即便再过181年，也依旧没有人能取而代之。

福尔摩斯的成功开创了推理文学史上一个最辉煌的时代。从19世纪末一直到第二次世界大战结束，这个时期被称为推理小说的"黄金时代"。在短短几十年里，有上百个可以被称为"天才"的作家创作了上千部经典作品——而他们写的，都是本格推理。这些作家的作品无人不知，比如阿加莎·克里斯蒂的《无人生还》《东方快车谋杀案》，埃勒里·奎因的《希腊棺材之谜》，约翰·迪克森·卡尔的《三口棺材》……

黄金时代的光芒不仅跨越了大西洋，甚至跨越了太平洋，照射到了东方的中国和日本。在这个时期，被誉为"中国推理之父"的程小青创作了"霍桑探案系列"；被誉为"日本推理之父"的江户川乱步更可以用横空出世来形容，他在1923年创作出了第一篇真正具有日本特色的推理小说。受他的影响，另一位大师横沟正史在20世纪四五十年代通过一系列经典作品，开启了日本自己的本格时代。

不过，不管是欧美还是日本的推理文学，都难免走向衰落。本格推理的核心是诡计，而诡计则是会枯竭且套路化的。诡计一且不能吸引读者，本格推理也就发展不下去了。穷则思变，推理作家开始思考这种类型文学的出路。既然小说的游戏性已被挖掘殆尽，那么路也就只剩下一条——提高现实性和文学性，把智力博弈变成心灵风暴。

就这样，以美国作家达希尔·哈米特和雷蒙德·钱德勒为代表，一群作家在推理领域掀起了大风暴，开始创作完全不同的推理小说。这些作品不再以解谜为卖点，而是把焦点集中在了人与大环境的碰撞上。侦探不再像福尔摩斯那样从容不迫，而是一次次被社会毒打，一次次头破血流。我们把这次变革称作"黑色革命"，而这场革命的成果则是"冷硬推理"走上舞台。

无独有偶，同样的革命也发生在日本。只不过，日本的新式推理不像欧美那样"暴虐"，而是更注重揭露社会的阴暗面和人性的丑恶。这种推理小说和冷硬推理异曲同工，被称作"社会推理"。社会推理的开创者是日本一代文豪松本清张，他因为创作了《点与线》《砂器》等新派推理，而与柯南·道尔、阿加莎·克里斯蒂一起被称为"世界推理三大家"。

任何事物都处于变化之中，没有什么能一成不变却永远屹立不倒。西方的"冷硬推理"也好，日本的"社会推理"也罢，这种现实主义推理看多了，读者又难免开始厌倦。到了20世纪末，越来越多的人希望推理小说回归本质，回到"智力博弈"上。有需求就会有生产，于是，在社会推理盛行30年后，一大批日本作家开始推动一场名为"本格维新"的运动。

这些作家认为本格推理是没有错的，只是故事中的诡计是属于19世纪、20世纪的，而读者想看的是21世纪的新的华丽诡计。只要解决这个问题，本格推理就可以重获生机。于是，这些作家用一部部匪夷所思的作品，开启了一个新时代，我们称其为"新本格时代"。

从游戏性到现实性，再从现实性回到游戏性——经过这样一个历程，无论是在西方还是在东方，推理小说的外延已经被彻底打破了，无数"子项目"应运而生——间谍小说、悬疑小说、惊悚小说，甚至是轻小说，都可以看作推理小说的衍生品。如今，已经没有读者在意小说应该注重游戏性还是现实性，只要人物够鲜活，只要节奏够紧凑，只要反转够震撼，只要元素够新颖，就是一部出色的推理小说。

在这种理念的推动下，东西方都出现了一大批无法分类却备受推崇的超级畅销书作家。西方的代表是写出了《达·芬奇密码》《天使与魔鬼》的丹·布朗；而东方的代表无疑是有"出版界印钞机"之称的东野圭吾——他的代表作《嫌疑人X的献身》《白夜行》可以说无人不知。

就是这样，在180多年的岁月里，推理文学兜兜转转，起起伏伏，不断变化，不断壮大。看上去，今天的推理小说已经和福尔摩斯故事大相径庭；但细细品味，就会发现如今的推理小说初心未改，却早已身兼百家之长。也正因为如此，推理文学不仅没有被时代抛弃，反而吸引了越来越多的读者。

想要走进推理的世界，就要去触动那一根根精巧敏感的蛛丝；既然如此，就应该有个专门帮助我们收集蛛丝的文库。而这也就是蜘蛛文库存在的意义。目前蜘蛛文库有原创系列和引进系列两个分支，其中原创系列收录了《红楼梦事件》《第七位囚禁者》《乱神馆记·蝶梦》等诸多华语优秀推理作品，未来也将持续关注华语推理的新锐之作。而引进系列则有《脑髓地狱》《杀戮的双曲线》这样的经典作品，也收录《老虎残梦》《法庭游戏》这样的新作。未来，蜘蛛文库将同时关注经典与新锐，为华语读者持续展现来自推理世界的魅力。

目录

引　子　政和五年 …………………………… 一
第 一 回　政和六年 …………………………… 六
第 二 回　政和八年 …………………………… 一〇
第 三 回　政和七年 …………………………… 一七
第 四 回　政和八年 …………………………… 二五
第 五 回　政和七年 …………………………… 三三
第 六 回　政和八年 …………………………… 四一
第 七 回　政和七年 …………………………… 四九
第 八 回　政和八年 …………………………… 五七
第 九 回　政和七年 …………………………… 六七
第 十 回　政和八年 …………………………… 七四
第十一回　政和七年 …………………………… 八二
第十二回　政和八年 …………………………… 八九
第十三回　政和七年 …………………………… 九七
第十四回　政和八年 …………………………… 一〇五
第十五回　政和七年 …………………………… 一一四
第十六回　政和八年 …………………………… 一二二
第十七回　政和七年 …………………………… 一二九
第十八回　政和八年 …………………………… 一三七
第十九回　政和七年 …………………………… 一四五
第二十回　政和八年 …………………………… 一五二

第二十一回　政和七年　…………　一六〇
第二十二回　政和八年　…………　一六八
第二十三回　政和七年　…………　一七五
第二十四回　政和八年　…………　一八三
第二十五回　政和七年　…………　一九〇
第二十六回　政和八年　…………　一九八
第二十七回　政和七年　…………　二〇五
第二十八回　政和八年　…………　二一三
第二十九回　政和七年　…………　二二一
第 三 十 回　政和八年　…………　二二八
第三十一回　政和七年　…………　二三六
第三十二回　政和八年　…………　二四四
第三十三回　政和七年　…………　二五二
第三十四回　政和八年　…………　二六〇
第三十五回　政和七年　…………　二六七
第三十六回　政和八年　…………　二七四
第三十七回　政和七年　…………　二八二
第三十八回　政和八年　…………　二九〇
第三十九回　政和七年　…………　二九七
第 四 十 回　政和八年　…………　三〇五
第四十一回　政和七年　…………　三一三
第四十二回　政和八年　…………　三二〇
第四十三回　政和七年　…………　三二八
第四十四回　政和八年　…………　三三〇
收　　尾　　宣和五年　…………　三三六
后　　记　　　　　　　…………　三四二

酒是穿肠毒药，色是刮骨钢刀。

财是惹祸根苗，气是雷烟火炮。

引子　政和五年

话说武松于景阳冈上赤手空拳打死大虫，便在清河知县麾下充作都头。无巧不巧，那日竟在街上遇见嫡亲哥哥武植武大郎。武松被哥哥领至家里，见了嫂嫂潘氏金莲。金莲见武松身长八尺，相貌堂堂，又打死了大虫，欢喜得如拾到太上老君的仙丹一般，定要让这位叔叔搬来家中。武松承兄嫂厚意，当晚便将行李铺盖搬了进来。

如此过了一月有余，到了十一月光景，一连几日朔风紧起，彤云密布，不多时一场瑞雪纷纷扬扬飘洒下来。大雪自正午下到一更，清河县内外银装素裹，玉碾乾坤。第二日一早，武松离家到衙门画卯，直到日中尚未归来。金莲打发武大出去做买卖,自己却托隔壁茶坊王婆买了些酒肉,在家里将肉切好,把酒温热。酒肉备好,金莲去武松房里一通收拾,又簇了一盆炭火,摆在厅堂饭桌一边。一切停当,金莲心想:"我今日着实撩逗他一逗,不怕他不动情。"

金莲独自立在帘下,远远望见武松踏着乱琼碎玉归来。金莲推起帘子,迎着笑道:"叔叔寒冷?"

武松见嫂嫂等在门口,不觉阔面微红,忙低下头道:"谢嫂嫂挂心。"

武松入得门来,把毡笠除将下来。金莲伸手来接,武松急忙道:"不敢劳烦嫂嫂!"

武松一面说,一面自行把雪拂了,将毡笠挂在壁上,又解了外面缠带,脱了身上鹦哥绿的衲袄,放在自己房内。

金莲道:"奴家自一早等到此时,却不见叔叔回来吃早饭。"

武松走回厅堂道:"早间画了卯确想回来,却被一个相识的拉住,说到此时才放武松离去。嫂嫂勿怪。"

金莲笑道:"奴家就说叔叔不会无缘无故如此。快请叔叔向火。"

武松道:"身子确有些寒,正好!"

说罢,武松脱了油靴,换了一双袜子,又穿了暖鞋,搬了条凳子坐在火盆旁边。

金莲把前门闩了,又将后门关上,将酒肉菜肴一样样摆上桌。

武松问道："哥哥去了哪里？"

金莲手脚不停，口中回道："你哥哥做买卖未回，奴家先与叔叔吃上三杯暖暖身子。"

武松忙道："一发等哥哥回来，再吃酒不迟。"

金莲笑道："哪里等得了他！"

说犹未了，金莲已把温过了的酒倒进杯子，推到武松面前。

武松低头道："又叫嫂嫂费心。"

金莲也拉来一条凳子，靠着炭火坐下，拿起自己面前酒杯，擎在手中，举到武松眼前道："奴家陪叔叔满饮此杯！"

武松脸上微微一红，低头看了一眼自己面前酒杯，慌忙端了起来，一饮而尽。

金莲见武松饮了酒，真是喜出望外，一口也将自己杯里的酒喝了个干净。金莲将自己的杯子放下，却把武松的酒杯筛满，又递过来笑道："天气寒冷，叔叔须饮一对儿才好。"

武松又端起酒杯道："嫂嫂自请。"

二人各自又将酒喝了下去。这一回，武松不等金莲上手，反是为金莲筛了一杯，递了过去。

金莲又是一番喜，接过酒杯一口喝尽，又筛了第三杯，却只放在自己面前。金莲一径将酥胸微露，玉颊粉红，云鬟半散，脸上堆下笑来道："奴家听得人说，叔叔在县衙前街养着个唱曲儿的，可有这话？"

武松满面通红答道："嫂嫂休听别人胡说，武松从来不是这等人。"

金莲笑道:"奴家不信!只怕叔叔口头不似心头。"

武松道:"嫂嫂不信,只问哥哥就是了。"

金莲轻轻一笑道:"哎呀,叔叔休提他!他只识得炊饼,哪里晓得这些!叔叔别光顾着说话,再吃一杯……"

武松不知如何答话,只得低头饮酒,二人各自又吃了三四杯。金莲腹内灼烧,烘动春心,哪里还按捺得住,话头越发轻飘起来。武松心里已明白了两三分,只是一味低头饮酒,不敢接金莲一句。不过一刻,一壶酒便见了底儿。

武松在那景阳冈上一连喝下十八大碗,犹能打得猛虎;今日却不知为何,饮过金莲这一小壶,便觉眼花耳热。金莲却无停杯之意,起身又去筛酒。武松急忙俯下身子,拿起火箸簇起了炭火。

金莲又筛来酒放在桌上,一只手在武松肩头,只用玉葱般的手指头一捏,口中柔声道:"叔叔只穿这些衣服,难道不觉寒冷?"

武松已有五七分不自在,却不曾发作,只是不理会金莲。金莲见武松不应,匹手夺了火箸,一边簇火一边道:"叔叔不会簇火,奴家拨给叔叔看。拨得妥帖,叫黑炭外头酥里头热,这火才会又红又旺。"

闻听此言,武松心中焦躁到了八九分,强低着头并不作声。金莲见武松模样,丢下火箸,又筛了一杯酒。这一回金莲自己呷了一口,却留下半杯,递到武松面前道:"叔叔若有心，便吃了奴家这半杯残酒……"

　　武松坐着未起，却猛一把夺过酒杯，将酒泼到地下，朗声道："嫂嫂，不要这般不识羞耻！"又把手一推，险将金莲推一跤。武松见金莲一个踉跄，不觉一惊，旋即又道："武二是个顶天立地、噙齿戴发的男子，不是那等败坏风俗、损伤人伦的猪狗！嫂嫂休要做此等勾当。若有风吹草动，武二眼睛认得嫂嫂，拳头却不认得嫂嫂！"

　　说罢，武松并不理会金莲，起身开门而去。满天风雪飞进屋里，只是一瞬，便将通红炭火压成冷灰。

第一回　政和六年

武松引了团头何九与郓哥，持了武大骸骨，将西门庆告至县衙。怎奈知县与西门庆有八拜之交，又得了他许多好处，如何肯与武松作主！问来问去，只讨下一句"捉赃要赃，捉奸要双"，便将武松打发出来。

何九心知肚明，万不敢为武松开罪西门庆，下了公堂便一溜烟找不见了。郓哥年岁尚小，不知这水的深浅冷热，第二日便被一伙子泼皮破落户打了个皮开肉绽，连着他眼盲的爹被扔出了清河县。可怜堂堂武松，打得动景阳冈上的大虫，却打不动清河县里的人情世故！

武松是天神下凡的汉子，如何咽得下这口恶气！这日一径来至西门庆的生药铺前，要寻他讨个公道，正巧见西门庆手下傅伙计在柜身里面。傅伙计最是精明，一望见武松狠狠走来，心中便如开了锅的热粥一般。

武松走到跟前，也不拱手，直直问道："你家大官人可在这里？"

傅伙计作了个大揖，赔笑道："武都头安好！大官人今日不在此处。"

武松不动声色道："请借一步讲话。"

傅伙计头皮发麻，双腿转筋，却不得不从柜里出来，被武松引到一旁僻静巷子里。武松霎时间翻了脸，一把抓住傅伙计衣领，虎目圆睁，低声道："今日只问你一句——却是要死，却是要活？"

傅伙计急忙回道："都头明鉴，小人不曾触犯都头，都头何故如此？"

武松道："若要死，便与我装糊涂；若要活，便对我实说！西门庆那厮如今在哪里？他如何坏了我哥哥性命？又几时哄了我嫂嫂进门？一一说来，我便罢休！"

傅伙计三魂七魄已然掉了大半，慌忙道："都头息怒！小人在他手下糊口，每月只有二两银子，照看铺子，并不知他那些闲账。大官……西门庆那厮今日约了人往狮子楼吃酒，此刻想必就在那里！"

武松听闻，方才松了手，头也不回大步朝狮子楼而去。

却说西门庆确在狮子楼，约了县衙里一名小吏吃酒。此人专爱结交西门庆一类人物，将衙门里大小讯息泄露出来，好换些钱使。上头若有心通浚河道，他便叫有钱人预先买船，经营漕运；上头若要征收花石纲，他便叫有钱人预先开山炸石、栽种花木；若是两家来打官司，更是左右逢源，原告被告吃个干净。此人姓李,久而久之,清河县人都称他作"李外传"。当日武松将西门庆告到衙门,人还未下堂,李外传已然将消息告知西门庆。今日西门庆约他在狮子楼饮酒,正是为了报偿。

此刻二人在雅间里已喝了七八个来回。李外传得了西门庆五两银子,恨不能做了他义子干儿。另一边,西门庆也喝得面红耳热,顺手推开窗子,无意间往楼下瞧了一眼。

合是他命不该绝,这一瞧,正瞧见武松杀神般径直而来。西门庆醉意被吓走了八九分,哪里顾得上李外传,起身闪出雅间。李外传比西门庆醉得更深,浑然不觉,只当他去茅厕方便。

武松大步跨进狮子楼,扯了酒保问道:"西门庆可在这里?"

酒保回道:"正在楼上雅间吃酒。"

武松撩衣拔步,飞抢上楼,劈手推开雅间房门,却不见西门庆踪影,只有一人醉眼惺忪坐在中间,两个唱曲儿的粉头坐在两边。武松在衙门当差,自然识得李外传,只一眼便知晓是他给西门庆送了消息。

武松不觉火起,指着李外传骂道:"你这厮,把西门庆藏到哪里去了?说快些,今日便免了你这顿拳头!"

李外传看见武松,魂魄早就吓去了爪哇国,哪里说得出话来。武松见他不作声,越发恼怒,飞起一脚将桌子踢翻,一桌佳肴美酒被摔得稀碎。

李外传见势不好，挣扎起身要往楼下跑，却被武松如抓鸡般扯住。武松喝道："你这厮往哪里去！吃我一拳，看你说与不说！"

话音未落，武松飕的一拳打在李外传面门。那大虫尚且挨不过，李外传又如何受得了，登时鼻塌眼裂，上面涕泗横流，下面屎尿齐出，嘴里哀求道："武都头饶命！这里委实不干小人的事！西门庆方才出去，小人也不知他去了哪里！"

武松心中光火，单手擎起李外传，口中说道："叫我饶你容易，还我哥哥命来！"

武松隔着楼窗往外一抛，竟将李外传扔出了狮子楼，实实地拍在地上。武松纵身跳至街心，见李外传已然跌了个半死，直挺挺躺着，嘴里有出气儿没进气儿，却拼了最后一丝气力喃喃道："西门大官人救我！"

武松本想饶过，听得这句，登时抬起树桩般小腿，朝李外传裆里便是一脚。李外传闷哼一下，双目一翻，呜呼哀哉，气绝身亡。

三日后，清河县里外贴出告示：

> 本县都头武松身为官吏，不思上报朝廷，下安百姓，反于街心闹市殴斗，致人死命，法理难容。今判脊杖四十，面刺金字，发配孟州牢城营……

第二回　政和八年

正月十五，正是上元佳节。清河县大街小巷无不张灯结彩，十分热闹。单一条主街上便搭了数十座灯架，四下围列诸门买卖。赏灯男女穿梭其间，花红柳绿，车马喧嚣。

西门家在清河经营数代，到西门庆手里，已是米面成仓、金银满箱、骡马成群、呼奴唤婢，乃县里第一号富贵门第。这些年纳了金莲不说，前后又迎了玉楼跟瓶儿进门，二人都将前面夫家的满堂富贵带了进来。

西门庆是个通达干练之人，行事最会趋利避害。自得了富贵，一则将宅子上下修扩一新；二则在生药之外，又添了生丝买卖，更差人四处拿钱放印，坐享其成；三则最是要紧，经由京中亲家陈氏，辗转巴结太师蔡京。一番疏通打点，西门庆竟认太师当了义父。蔡太师得了好处，自然将西门庆视作亲信。不过半年，朝廷下旨，任西门庆为"列衔金吾卫衣左所副千户"，掌管本地司法刑名。如此一来，西门庆便如鲤鱼入海、草蛇升天，在清河县里再无半分忌惮。

于情于理，上元佳节，西门府上上下下都该欢天喜地才是。不想此刻西门庆独自坐在卧房里，自觉是天上地下第一号大不幸之人。

卧房门忽地打开，金莲轻手蹑脚闪了进来，扭过身子对着外头的人低声道："你在外头候着，我一个伺候爹起床就是了。"

外头的人柔声答道："若有事，五娘只管招呼春梅进去。"

金莲将门掩了，走到西门庆身后，并不言语，只悉心将西门庆散乱着的发髻理顺梳好，又拿起桌上一根玉簪子，打算插在他头上。西门庆死死盯着对面铜镜中的人影，脸上没有半分喜怒之色。金莲手上不停，口中念道："明日找个磨镜的进来，把这面镜子好好磨一磨，好照得更清白些。"

西门庆却如被点着了一般，挣扎着想抬起右边胳膊，连着整个儿身子一起朝金莲撞过去。金莲一个不防备，猛地跌在地上，手中的玉簪一下子掉在地上，断成两截。西门庆这一下动得太烈，两条腿又没甚力气，竟随着金莲一道跌倒，半边身子压在金莲身上。西门庆一张脸憋得如酱瓜般，死命想直起身子，手脚却如戳进棉花套里般施展不得。

金莲顾不得自己，急忙起身把西门庆扶回椅中。外头的春梅听见动静，凑到门边问道："五娘可有吩咐春梅做的？"

金莲头也不回便骂道："小娟妇，越发蹬鼻子上脸了！我跟你爹说些体己话，又不曾喊你，怎地就敢抻了脖子在外头插话？今日虽是正月十五，看我照样撕了你的嘴！"

听春梅没了回应，金莲强颜欢笑对西门庆说道："奴家哪个字说得不是，任爹打骂发落，何苦动气伤了身子？"

西门庆气未喘匀，一边咳一边骂道："吃里爬外的淫妇，还敢叫外人进来？去年今日，那外面来的人把我害作这副模样！今日又叫人再进来，敢是想要我的命？"

金莲低声道："爹说这话，可是屈死奴家了。头一个，去年正月十五，那……那杀神忽地从天上掉了下来，任谁也料不到，怎能怨在奴家身上？二一个，那日虽险，爹却逢凶化吉。那杀神中了药殁了性命，爹却不是好好地坐在这里？"

西门庆听了越发暴躁起来，啐了一口道："淫妇，这副模样，还说什么'好好地'！两手两脚软得如鼻涕般，一张脸见不得天，便是说话也跟鬼叫狼嚎一般！整整一年光景，我都不曾踏出这卧房一步！淫妇，你说我……"

西门庆猛地一通咳，金莲急忙上前摩挲捶打，口中劝道："爹心里的苦，奴家一百二十个知道。事情走到今日，说出大天，爹还能坐在这里，叫奴家伺候。除去爹跟奴家，那晚上沾包的，又有哪个见着了今年上元？那杀神成了一副焦炭，姓宋的淫妇没了踪影……"

金莲还要往下说，却被西门庆喝道："天杀的淫妇，还不给我闭了你那屙屎屙尿的窟窿！敢是嫌我忘不了，一大早便奔丧似的在这里说！今日若不叫你皮开肉绽，便过不好这上元节！"

说罢，西门庆扭了头，朝挂在床边墙上的马鞭子瞧去——上到几位姨娘,下到仆人伙计,宅子里十个人里倒有七八个尝过此鞭打在身上的滋味。西门庆朝着马鞭子抬了几下身子,才想起已然拿不在手里,更打不到金莲身上,不由得又是一阵火起,口中大骂道:"我道淫妇如此大胆,原来早就算准了我制不住你!"

金莲哪里还敢吱声,只一味低下头,抖得如筛糠一般。就在此时,房门忽地一把叫人推开,春梅三两步走到西门庆眼前,只把金莲挡在背后,却不瞧她半眼。不等西门庆发话,春梅已从墙上取下了马鞭子,径自来在金莲跟前,扬起胳膊就是一下,正打在金莲两脚前的地上。

金莲一惊,一双杏眼直直盯着春梅。春梅却又转回身子,对着西门庆不急不慢道:"我替爹管教这淫妇,爹可出了气?若这口气还没出透,我便再打她百下千下,打得她皮开肉绽动弹不得,也就不惹爹生气了!"

西门庆微微一惊,盯了春梅许久,最后却避开她的两只眼道:"今日是好日子,犯不上为这淫妇败了兴致。"

听西门庆如此说,金莲如逢大赦,忙又凑到跟前,为他穿戴齐整。春梅在一旁说道:"方才玳安过来,叫我告诉爹,今年全照爹吩咐的,诸事都不再大办,只在晚间摆上一桌。除去蔡太师派来送礼的,还有县中几个头面人物,再有便是跟爹最要好的应二爹跟谢三爷。"

西门庆冷冷道:"便只是这几个,我也不愿见!"

金莲忙道:"前些年每到上元,爹都在家里大摆盛宴,三亲六故，朋友弟兄，官面上的，生意里头的，没一个落下的。今年……与往年不同，十停人倒有九停没请。若连这几个都推了，岂不是折了爹的脸面！爹是个顶天立地的汉子，肚子里撑起船，胳膊上跑开马，哪里就能叫人看低！"

西门庆思量片刻，才缓缓对春梅说道："既然如此，便只叫这些人来，其余一概莫要再请！"

众人嘴里的应二爹跟谢三爹，乃是西门庆得意时的结拜弟兄，平素最是相契，每日一道耍钱饮酒，嫖赌齐行。应二爹姓应名伯爵，表字光侯。这应家原也是清河县数得上的人家，其父应员外开了三四间绸缎铺，老小吃穿不愁。怎奈传到应伯爵这里，是个只会花钱不会找钱的货色，平日间踢得几脚气球，双陆棋牌更是件件皆通，于仁义礼信却半点儿不会。三五年不到便没了本钱，跌了下来，专做些帮嫖贴食的勾当，因此县里的人给他起了个诨名，叫作"应二花子"。谢三爹姓谢名希大，表字子纯，自幼父母双亡，游手好闲，也是把家业前程丢了个干干净净，只是弹得一手好琵琶，专门与人帮闲。

春梅又问道："照往年规矩，诸位娘该给爹来请安才是……"

西门庆斥道："小娼妇，好的不学，只跟你娘学这些！每日都在一座宅子里，想躲都没处去躲，还请哪门子安！"

春梅却不为所动，反扬声道："爹这话说得却没道理！一座宅子不假，可这一年里，爹又见了诸位娘几面？娘们知道爹心里苦，私底下哪个不是满脸的愁？今日是上元节，都盼着给爹请安，也好转转运势，难不成这个脸爹也不赏？"

金莲大惊，急忙去将春梅扯开。春梅一把挣开，反对金莲说道："五娘拉我，却不知我也是为了五娘好。爹这一年不甚方便，全靠五娘一人关照。吃苦受累不说，还动不动就被爹管教一番。旁人却以为这是天一般大的美差，是五娘削尖了脑袋钻出来的。大娘最是宽厚，三娘通情达理，倒也罢了；六娘嘴上不说却挂在心上，任谁都瞧得出；二娘、四娘更恨不能一口啃了五娘的脖子！若今日再不叫爹见她们一见，保不定这个节又过出什么颜色来！"

西门庆看向金莲，见她露出无奈神情，随即长叹一声，低声对春梅道："出去知会你几位娘，就说今日是正月十五，晚上请她们出来沾沾喜气儿。还有，你王干娘若是愿意，也请她出来一并热闹。"

春梅不再回话，只向西门庆微微施一礼，看了金莲一眼，转身出去，又把门紧紧掩上。西门庆口中的王干娘，便是数年前将他跟金莲撮合在一处，又唆使二人下药鸩了武大的王婆。金莲嫁进来成了五娘，武松报仇不成反被充军，王婆自然三天两日贴靠上来，今日找西门庆索些银两，明日找金莲讨些首饰。二人稍有迟疑，王婆便把武大挂在嘴上。

西门庆最是受不得旁人挟持，一来二去便要寻个手段叫王婆闭嘴。金莲怕武大之死败露，又知清河县里没西门庆摆平不了的事，自然没有二话。正巧头一年六娘李瓶儿怀下身孕，西门庆便以"寻个最妥帖之人充作哄妈儿"为名，重金将王婆请了进来，打算寻她个不是，再置于死地。不想人算不及天算，这边未曾下手，那边却在去年正月十五出了大事。西门庆一下子躺倒，再也无暇顾及。等瓶儿生下官哥儿，假的也就成了真的，反叫王婆在宅里得吃得喝。

西门庆心中一算，今日晚上在宅子里的，除去自己跟金莲，还有正妻吴月娘、二娘李娇儿、三娘孟玉楼、四娘孙雪娥、六娘李瓶儿，死去原配陈氏独生女儿西门大姐，女婿陈敬济，再加上春梅、王婆、玳安一众女婢男仆。

想到这里，西门庆不禁摇头苦笑，似自言自语道："比起去年今日，倒也没少几个——只缺了宋蕙莲跟那个西边来的和尚……"

金莲急忙止道："爹不叫奴家说，何苦自己又说起来？"

西门庆似未听见，依旧说道："可惜，那和尚不是和尚，却是个杀神！和尚是度人升天的，杀神却是送人入土的！遇见他却没入土，真是我的造化！"

金莲只把头低着，既不敢瞧西门庆一眼，更不敢搭话。

西门庆还要往下说，屋外却传来一阵急急的脚步声。小厮玳安如着了火般跑来，大口喘气说道："禀报爹知道，跟……跟去年一般，大门外头，又来了个和尚！"

第三回　政和七年

正月十五，上元佳节。西门庆迷迷睁开两只眼，见李瓶儿已然起来，正坐在床边的台子前梳妆。西门庆想起昨天夜里与瓶儿的光景，不觉一笑道："我的儿，带着五个月的身子，睡得又晚，何苦一大早便起来？"

李瓶儿起身坐回床边，笑道："爹可是睡蒙了。迎春才进来说晌午的饭就熟了，还说什么一大早。"

西门庆笑道："想是昨晚气力费得多了些，身子乏乏的，只是不想起来。"

李瓶儿轻轻啐了一口道："还有脸说这个！爹已投在太师门下，在清河县里是一等一的头面人物，奴家身子又重，还要没日没夜地胡天胡地。"

西门庆看到瓶儿娇羞模样，更放不下，笑道："我的儿，昨晚只怕有人比我还要上心。得了千般好处，这会子却装作圣人一般，真是可恼可怒！我只问你一句，比你前头几个男人，哪一个的手段最称你心？"

李瓶儿粉面通红，低下头道："没一句正经！得了人家老婆，占了人家满堂家当，还要在嘴上讨便宜。那几只货，拿甚跟爹来比？爹是个天，他们是块砖；爹在三十三天之上，他们在九十九地之下。爹每日吃穿住用的这些稀奇物，他几个就算再活几百世，都不曾见过。若真比得上爹，奴家也……也不会这般贪图爹了。爹就是医奴家的药，一经爹的手，奴家百病全消，只剩下没日没夜地想爹。"

西门庆越发受用，一下直起身子将瓶儿搂在怀里，说道："我的儿，真不枉爹费心思接你进来，句句都说到心坎上了！方才说到蔡太师，叫你在这个上元预备的礼可妥当了？"

瓶儿道："这是爹头一件要紧事，奴家忘了什么也不敢忘了这个。爹放宽心，这进门头一年，横竖都该由奴家操办。太师位极人臣，什么宝贝没见过，若只送些金银绸缎，反叫人家瞧不起。奴家听人说，太师最爱写字，天底下读书人没个不学他老人家这笔字的。先前花家留下一对羊脂玉狮子镇纸，一只金麒麟笔架，一方上古砚台，还有一张说是什么书仙书圣的留下的帖子。这几样物件在奴家手里没甚大用，不如孝敬太师，定然对爹另眼相看。"

西门庆喜出望外，搂着瓶儿说道："我的儿，你便是老天给我送来的观音娘娘！难怪迎你进来才半年，我便升官添子，日进斗金！既然如此，我叫玳安把这几样物件收拾妥当。今晚开宴，太师特地派了府中翟管家过来，正好叫他带回京中。"

瓶儿忽地起身走回梳妆台前，取出一只檀香木的匣子，自里头倒出西洋珠子九颗，又拿出三根上等成色的金条子，一并交予西门庆道："爹叫玳安把这些拿给金匠，将金子化了，打一件金九凤垫根儿，每只凤嘴里衔上一颗珠子，送到大娘那边，当作奴家给她的上元节礼。余下的，再打四件钗子，须一般重，送去二娘、三娘、四娘跟五娘那里。"

西门庆见瓶儿如此温顺通理，喜得屁滚尿流，也不知该说什么，一把扯住瓶儿便往床上摁。瓶儿笑道："爹又来了！没日没夜的哪个挨得住！今晚县里有头有脸的都要过来，爹还是早些用过饭，养好了精神才是。再者说，总是……总是这样折腾，动了胎气可是不得了的。"

瓶儿如此一说，西门庆只好起身，叫迎春进来伺候梳头洗脸。他寻来一套鲜亮衣服穿在身上，出了屋穿过后头花园，朝前厅而去。这园子经去年修扩，比先前大出一倍有余。时值初春，今年又比往年暖得早些，园子里已然微微有了些绿意。

西门庆自园子里穿过，抬起头，看见旁边楼上有二人正在摆棋，却不是玉楼跟金莲是谁？可巧二人也往下看，与西门庆打了个照面。西门庆并不在意，只是低下头朝前走。玉楼也当没瞧见下头的人，扭过头盯着棋盘，轻轻放下一子。金莲却一把将手中黑子撒回盒子里，吊起眼梢道："自打六娘进门，便没进过咱们的屋子！如今有了身子还不消停，难怪一气克了三个男人！"

玉楼只是淡淡一笑，又从盒子里提起一颗白子，擎在手中道："什么你的我的，偌大宅子，哪间屋不是爹的？他爱去哪里全由着他，咱们乐得落个清闲。旁的不说，进来不到一年，我这手棋，下得越发好了！"

玉楼这话一个字儿也没飘进金莲耳中。她只直勾勾盯着楼下的西门庆，粉面紫涨，恨不能把嘴里一排银牙咬碎了。忽地另一边人影闪动，金莲只一瞥便又道："三娘来看，你不放在心上，有人却放在心上。"

玉楼抬眼去瞧，见一女子急急从远处跑来，停在西门庆跟前，娇喘不止。宅子上下没有不认得此人的——这个女子姓宋，乳名蕙莲，今年二十四岁，生得白净，身子不肥不瘦，模样不长不短。最稀奇的是天生一双小脚，竟比金莲还小上一圈。蕙莲性子明敏，最擅机变，旁人眼珠子一动，她便有了三分主意。天长日久，心气越发高了，人也变得越发不守本分，总想着往高处蹦跳。

蕙莲原在一家大户做婢女，主人家将其嫁与家里一个厨子为妻。大户与西门庆常有往来，但凡有事，西门庆总派一个叫来旺儿的小厮过去。一来二去，这来旺儿便跟蕙莲挂上了。也是命中该着，那厨子与人赌钱分赃不均，借着酒性厮打起来，竟叫人一刀插死。官司打到西门庆那里，西门庆三言两语便将事情了结。

蕙莲如何守得住，没等厨子断七，便改嫁了来旺儿，到了西门庆的宅子里。刚到时蕙莲倒还本分，与众仆忙里忙外，头上没甚钗饰，脸上没甚脂粉，身上也没甚衣裳。日子长了，每日瞧见玉楼、金莲、瓶儿打扮，不觉旧病复发，哪里肯守着来旺儿。每日里只将发髻梳得虚虚的，又高高垫起来，再是一番精心打扮，想尽法子往西门庆身上贴靠。

西门庆是何等样人，把这些全都看在眼里，甚合心意。只是最近一年大事小情缠身，又一气儿迎了玉楼、雪娥、金莲跟瓶儿，一时也就没在蕙莲身上使劲儿。十一月末，西门庆差来旺儿进京办差，算来蕙莲一人待在家中已是一月有余。今日蕙莲身上穿了一件红绸对衿袄，下面是一条紫绢裙子，一双小脚露在外头。西门庆正是春风得意，方才的一股子劲儿没在瓶儿身上泄掉，此时瞧见蕙莲，哪里还忍得住。横竖见四面没人，一手搂了妇人脖子，伸嘴便亲了一口，喃喃说道："大过节的，怎么穿得这般怪模怪样？晚上叫贵客瞧见，便是打了你爹我的脸！"

蕙莲早有准备，想也不想便回道："爹说得轻巧！我这样为奴为婢的，哪里能跟几位娘比？没人疼没人管的，身上穿的能挡风挡雨，便是阿弥陀佛了！"

西门庆笑道："我的儿，你若依了我，不管头面还是衣裳，随你拣着用，一天换一样也是富富有余。"

眼见朝思暮想的事一下子撞到眼前，蕙莲哪里还会撒手，顺势将西门庆一把搂住。二人一边拉扯，一边朝园子里的藏春坞去了。原来修建园子时，西门庆特意打南边找来上等花石，在园子正中垒了一座假山石洞。石洞容得下十人八人，面南背北，冬暖夏凉，待在里头只觉四季如春，故得名"藏春坞"。坞内床铺桌椅一应俱全，是整个儿宅子里西门庆最受用的地方。此刻二人炽心难耐，进到藏春坞里，便再没有什么顾忌了。

楼上的金莲跟玉楼将前前后后瞧了个一清二楚。玉楼不甚放在心上，金莲却是个眼里容不得半粒沙子的。她也不跟玉楼商量，口中骂了一句，旋即一阵风似的下了楼，径直朝藏春坞而去。在楼下候着的春梅见金莲面色，心里已然明白了八九分，也不多问，只是跟在后头。

金莲来在洞口，只听得里面娇喘呻吟此伏彼起，正要往里去，却被春梅一把拽住。春梅微微皱眉，使了劲儿往金莲胳膊上捏了一把，又用力摇了摇头。金莲只好在外头站定，伸手比画叫春梅去到一边候着。

约莫过了半刻钟，蕙莲先一个出来，一边走一边低头系着衣裙，猛抬起头看见金莲。金莲怒目圆睁，恨不能喷出火来，却又不能发作，只好高声问道："贼臭肉，在这里做甚？"

金莲横眉立目，蕙莲却也不怕，挺身回道："五娘用不着大惊小怪，这话只问爹去就对了。"

说罢，蕙莲一溜烟出了藏春坞。金莲快步走了进去，却见西门庆正在系裤带，两只便鞋一东一西离了个八丈远。西门庆见金莲进来，微微一惊，旋即笑道："我的儿，巴巴跑来这里寻爹，可是有要紧的事？"

金莲怒道："没见识的货！大白日里的，跟那淫妇跑来干这些勾当！方才正想打那淫妇两个大耳刮子，不想被她跑了。你与我说实话，跟那淫妇偷过几遭？"

西门庆并不在意，开眼笑道："我的儿低声些，休要嚷得满清河县都知道。我实对你说，连着今日才是第一遭。无非是偶然遇见，跟我的儿比，真是天上地下。"

金莲呸道："第一遭？这话只拿去唬鬼！"

西门庆见金莲俏脸嗔怒，反倒更加欢喜，索性松了系裤带的手，一把扯住金莲，口中说道："我的儿，你若不信，爹这便叫你瞧个仔细。"

金莲虽怒，却并不相抗，任他一通揉搓。怎奈西门庆昨夜与瓶儿缠了半宿，方才又与蕙莲一通孟浪，此刻心中虽烈火烹油，身子却如鼻涕般软得一塌糊涂，任金莲如何摆弄都是无用。

金莲见状，心里两把火烧在了一处，恨不能一脚把西门庆踹在地上，旋即一把推开道："没廉耻的，早晚死在那些小浪蹄手里！"

西门庆不慌不忙把裤子系好，脸上赔笑道："我的儿，用不着着急上火。这等光景，今日是最后一回。过了今夜晚宴，爹就是世上最威风的，便是一天跟你弄上十二个时辰，汗都不会流一滴。"

金莲不屑道："白日说梦！今晚请人来家里吃酒，与这等事有何相干？难不成玉皇大帝派神仙下界，来教你真金白银的本事？"

西门庆一拍大腿，纵声笑道："我的儿，你的嘴真是开过光！可不是有神仙过来！只不过，这个神仙不是天上来的，是打西边来的；不是玉皇大帝派过来的，却是佛祖观音送过来的！"

第四回　政和八年

偌大厅堂里，只有西门庆和一位老僧分主客落座。众奴仆知道这一年间西门庆最不喜见人，并不等他发话，都远远躲了出去。便是金莲，也只在厅堂大门外候着。西门庆瘫在黄花梨交椅里，微微抬起眼皮，打量面前的和尚。老僧清瘦高挑，身披紫褐袈裟，手执九环锡杖，脚穿芒鞋，肩上背着一条粗布口袋，里面鼓鼓的不知装了些什么。老僧坐在那里泰然如钟，看着竟比三十出头的西门庆更有精气。

西门庆并不叫人上茶，只冷冷说道："上元佳节，师父想必是来求钱米的。这等事又何须找我，只去问领你进来的小厮便可。"

老僧微微一笑道："若说钱米，贫僧便是终生不出山门一步，倒也不致饿死在佛祖跟前。"

西门庆隔着罩在面上的青纱，又是上上下下一番打量，旋即道："既然如此，师父偏要见我，为的是什么事？"

老僧回道："贫僧来找施主，为的是一年前的旧事。"

西门庆轻咳两下，并不答话。老僧不以为意，兀自道："施主少安毋躁，先听贫僧自报山门。贫僧法号'普静'，是个胎里素，自记事之日起，便皈依我佛，在清河县西十里永福寺修行。十八岁起，一年里倒有十个月不在寺内，如今这副皮囊枉活了八十八载，行走过的地方倒也不少。最近一回更是走了一年有余，三日前才回到寺内，稍作了些安顿，便前来拜会施主。"

西门庆冷哼一声，哑着嗓子说道："师父说的这些，与我有甚相干？我西门庆自落地到如今，对满天神佛敬而远之，全凭一颗脑袋跟这副身子打天下，从不知清河边上有什么永福寺永祸寺。师父想要什么尽管直说，不必来这些弯弯绕儿。"

普静听西门庆如此说，脸上却没半点儿不悦神情，只是笑道："我佛慈悲，世间众生信或不信，皆得庇护。佛家既讲缘起，亦讲缘灭。缘分一起，施主愿不愿意，都是跳不出去的。"

西门庆道："师父要是来这里跟我论这些，那真是找错门了。"

普静道："既然如此，贫僧便说些别的。施主，贫僧这回拜访，是来打听另一位佛门弟子……"

西门庆听了这话，身子微微一震，又不答话。

普静接着道："要问的人自西边而来，虽从未谋面，贫僧却不能置之不理。头一年，有个天竺来的行脚僧人，游历到了我那永福寺。当时贫僧不在，监寺命一众弟子好生接待。据说这位僧人也不客气，在敝寺一住便是十余天。到了正月十四那天，他与监寺说第二日傍晚要去清河县里走上一遭，十六晌午便回。监寺问他去到哪里，他只说有位西门大官人重金相请。第二日，有人见他将一只红漆葫芦挂在腰间，独自一人离了永福寺……"

说到这里，普静忽地一顿，抬眼打量西门庆。西门庆如顽石般一动不动，仿若普静嘴里的"西门大官人"跟自己没有半点儿关系。

普静又道："一年四季，在永福寺落脚的游云僧众不计其数，进进出出，倒也没甚稀奇。可这一回稀奇的是，这打西边来的僧人竟一去不返，把全副家当都留在了寺中。"

说罢，普静伸出瘦骨嶙峋之手，拍了拍肩上背着的粗布口袋，又道："贫僧不在，其余僧众不敢做主，只好将布袋保管起来。没承想，这一管就管了一年。三日前贫僧回到寺里，瞧见了布袋，又听监寺说了前因后果。在清河县里，'西门大官人'只有一个，是故贫僧今日特意拜会，便是想跟施主问个明白。"

西门庆听了这一大通，良久不语，过了半晌才沉声道："我看师父年岁大了，又是出家人，便好意提醒一句——此事莫要再问！问下去叫我恼了，只一句话，便可叫人拿了师父扔在牢里，问个私藏奸人、图谋不轨的罪名。"

普静神色如常，脸上既瞧不出惊讶，更不见慌张，只淡淡回道:"施主这话,贫僧却听不明白。有人打永福寺走了出去,整一年不见踪迹。贫僧身为主事之人问上一问,如何就成了私藏奸人、图谋不轨?"

普静这一句,如一颗火星子落在了炮仗堆里,登时叫西门庆炸了起来。只见他整个儿身子如发了疟子般抖了起来,扯着破锣般的嗓子叫道:"看仔细了,我一年里变成这副模样,全是拜那个打师父庙里来的胡僧所赐!我拿出真金白银,本以为请了一尊真神,却不想请来的竟是个阎王!师父不来问则罢了,既是来了,我倒要问问,师父的庙为何收留这等人?又为何放他过来图我性命?"

普静微微一顿,旋即问道:"施主是说,此僧虽是佛门中人,却非善类?"

西门庆冷笑道:"他若是善类,只怕天底下的人都能修成菩萨!他是我头一号的仇人,是天上地下第一个容我不下的杀神!他便是那个打死大虫的武松武二郎!"

听到这里,普静两道白眉紧锁,头一回露出惊讶神情,喃喃道:"施主是说,那个僧人便是前些年在景阳冈上打死了大虫,又在县上做过都头的武施主?"

西门庆狠狠道:"不是他却是谁!那时他在狮子楼便要杀我,如今又将我害成这副样子!他便是化了灰,我也认得出!"

普静道:"据贫僧所知,武施主在狮子楼下造了杀孽,没多久便去了孟州牢城营,自此便没了消息。算来过去已有两年……"

西门庆道："我也以为从此没了灾祸，却不想人算不如天算！后来才知道，那武松在孟州牢城营里待了些时日，结识了那里管营的少爷。此人名叫施恩，江湖上有个诨号叫'金眼彪'。此人占了孟州东门一处名为'快活林'的市井，专营酒食、皮肉跟赌坊生意。"

普静听到这里，微微摇头叹道："酒色财三样占全，怕是要生出祸事。"

西门庆接着道："后来又有个人来了孟州。此人身高九尺，江湖人称'蒋门神'，一眼也相中了快活林。蒋门神与施恩争斗起来，三两下便打伤了施恩，独霸了宝地。"

普静道："有了酒色财，便会生出'气'来！只怕这个蒋门神，也未必得得了善终。"

西门庆道："施恩咽不下这口恶气，便与武松称兄道弟，请他出手相助。武松连喝三十余碗，来在快活林醉打蒋门神，将地盘夺了回来。他却不知，那蒋门神的娘家舅舅，乃是新到孟州上任的张团练。这个张团练，又跟孟州守御兵马都监张蒙方是连了宗的兄弟。武松这一出，便将张都监跟张团练悉数得罪。张都监假意重用武松，将他诓骗进府。不到半年，污他盗窃府中财货，将他脊杖二十，面刺金字，发配恩州！"

普静又是一声长叹，摇头道："短短两年之间，打虎英雄刺了两回字，充了两回军，可惜！可叹！事已至此，也该有个了结。"

西门庆冷冷道："若真就此了结，我便不会变成这副模样！偏偏那张都监、张团练跟蒋门神叫脂油蒙了心，打定主意非要结果武松性命。他们安排了四个人于半路下手，不想却被武松识破，在飞云浦那里反杀了那两对行凶的人。"

普静闭目诵道："阿弥陀佛！"

西门庆道："武松没了退路，便一不做二不休，一路返回孟州，竟直奔张都监府宅而去。张都监、张团练与蒋门神三个正在后花园鸳鸯楼上饮酒，等着武松丧命的消息送过来。哼！没承想，等来的却是取自己性命的杀神！"

普静并不睁眼，口中念道："杀戒一开，杀一人与杀万人，都是一般无二。"

西门庆道："武松提刀来到鸳鸯楼上，当真是遇神杀神，遇鬼杀鬼，连主带仆一气杀了十五口！"

普静道："阿弥陀佛！许多无辜之人，也成了这位打虎英雄的刀下之鬼。"

西门庆又道："那武松离了鸳鸯楼，便不见了踪迹。连同在狮子楼外打死的李外传，他身上竟背了二十条性命。天下震动，州城府县无不画影图形缉拿这杀神。那日缉拿文书传到清河，我拿在手上，登时冷了半截。那武松如跳回山林的猛虎，若回转清河，第一个要找的便是我西门庆！我终日吃不下睡不着，只盼他未到清河便叫人拿住。"

普静淡淡道："身后有余忘缩手，眼前无路想回头。"

西门庆不知普静说些什么,只自顾自道:"过了些时日,虽没听闻有人拿了武松,却也不见他在清河露面,我倒也渐渐松了这口气。去年正月里,我听闻有位行脚僧人自西边而来,是个有本事的,便重金请他来宅中攀谈。哪里知道,那个和尚竟是武松扮的!"

普静又皱了皱眉,露出不解神色,开口问道:"贫僧当时虽不在寺中,回来之后却也问得仔细。那僧人在永福寺住了许多时日,一日三餐,早晚功课,全跟众弟子在一处。众弟子记得清晰,此人并非中原人士,身材高大,体态魁伟,倒是跟那武松有几分相似;不过他相貌古怪,叫人过目难忘,委实与武松天差地别。他若真是武松假扮,又如何骗得了寺中众人?"

西门庆又是一声冷哼,不屑般说道:"师父是世外的人,只知其一不知其二。那和尚打庙里出来的时候还是和尚,进到我的宅子时却已然成了武松!"

普静道:"施主是说,那僧人行至半路,叫武松调了包?"

西门庆道:"那一日,武松从头到脚穿的戴的,跟行脚僧人一般无二,定然是杀了那个和尚,得了他全套家当。方才师父说得明白,那和尚离开后再没回去,若非叫武松害了,又怎会如此?"

普静道:"施主所说,合情合理!只是直到今日,无论武松还是那位僧人,尸首皆不曾为外人所见。如此一来,任谁说些什么，也只是没有根基的揣测。"

西门庆道："在下身在局中，又执掌本县刑名，哪里会红口白牙胡说一气。武松跟那和尚皆死，人自然见不着了。这尸首……那和尚的自然无从找寻，至于武松的，却未必无处可寻！只是师父要见，却是万万不能——我西门庆从小长到大，从不做于自己没好处的事！该说的都与师父说了，今日家中有事，这便叫人送师父出去。"

见西门庆要送客，普静却不慌张，只淡淡道："施主不忙送贫僧出去。贫僧虽跳出三界之外，却也知晓些人情世故。上元佳节贸贸然拜会，问的又是些叫施主不快之事，委实失礼。既是失礼，定然要给施主送些赔罪的东西……"

说罢，普静微微朝西门庆倾过身子，拍着肩上布袋说道："一年前施主请那僧人进府，想来是真金白银求些东西。不过在贫僧看来，去年他带来的，未必是施主如今想要的；而施主如今想要的，这一回，贫僧都带来了！"

第五回　政和七年

　　一抹残阳往西边坠下，宅子里反倒渐渐热闹起来。宾客三三两两登门，皆被让到正厅里奉茶，却不见主人露面。玳安心里焦急，一溜小跑来到后面西门庆书房前，却见房门死死关着。玳安参着胆子凑到门前，低声细语道："爹该到前面看看了，应二爹、谢三爹跟县里诸位老爷都到齐了……"

　　不等玳安把这句说完，里头的西门庆便劈脸骂道："没用的混账，每月供你酒饭花销，敢是都花在狗身上了！二爹他们到了，好生伺候就是了，催命似的喊我出去做甚！我这边有要紧的事，便是天塌了也在前头给我应付着！"

　　玳安最是知道西门庆脾气，哪敢再说，急忙缩着脖子便要退走。里头的西门庆朝坐在一旁的僧人拱了拱手，赔笑道："师父见笑！从永福寺到这里，一路辛苦，请师父先喝了这杯香茶，润润嗓子。"

　　那僧人斜眼看了一下跟前的三才盖碗，却不伸手，只沉声道："和尚云游天下，从不喝白水清茶。看施主这副家当，宅子里该是藏了不少好酒，若肯拿出一坛与和尚，和尚感激不尽。"

西门庆心中思量："这和尚果然非同凡人，初来乍到，便要讨酒吃。"他本就是个市井之人，并不将"出家人饮酒"看作什么大不了之事，旋即冲外头喊道："可还在外头戳着？"

玳安正往外走，听西门庆喊，急忙回头道："还在这里，爹尽管吩咐！"

西门庆道："去到后院里，将西南墙根下藏了十年的金华酒拿来这里！"

玳安转身飞奔而去，西门庆扭过头又对僧人道："我家里有两样酒最是特别，一样是葡萄酿成的，另一样便是这金华酒。换作旁人，拿出来的定是头一种。只是师父是打西边来的，想必见过葡萄做出来的酒，因此便取后一种来请师父品尝。"

僧人纵声大笑道："施主想得周到！不错，和尚确是从西边而来，自幼在天竺国密松林齐腰峰寒庭寺出家，只把那些葡萄做出来的酒当水喝！今日来到中原，正好尝尝这里的美酒！"

不多时，玳安捧了一坛酒跟两只碗走了进来，全都放在桌上。这玳安最是伶俐，不等西门庆发话，便打开坛子上封着的红纸，倒了一碗端到僧人跟前，朗声道："小的给师父敬酒！"

僧人伸手接了酒碗，玳安顺势上下打量眼前僧人。只见他身穿一件皂色百衲衣，也不知集了多少人家的布，一块叠着一块；腰间系着一条杂色短穗绦；外头是一件肉红色袈裟；头上顶着一只铁界箍，箍着一头长发，发梢散落盖着双颊；脖子上挂了一串一百零八颗人顶骨数珠；腰间挂着一副鲨鱼皮刀鞘，鞘里插了一对雪花镔铁戒刀；戒刀旁边，还挂了一只红漆葫芦。最奇的是僧人脸前罩了一层青纱，一眼看过去影影绰绰，分辨不出五官容貌。

这僧人打扮如此奇特，玳安不觉看痴了，没留神碗里的酒竟被一口喝了个精光。见玳安抱着酒坛一动不动，那僧人并不恼火，却劈手夺过酒坛，自顾自一连倒了数碗，顷刻间便将一坛金华酒喝得一滴不剩。他将碗放在一旁，大声说道："中原佳酿，果然与众不同！施主可否送佛到家，再搬些出来，叫和尚喝个痛快？"

西门庆一愣，旋即说道："师父说的哪里话！只是吃酒，显得我西门庆没个待客之道……玳安，再取三坛上等金华酒来！告诉伙房，拣最好的吃食送来这里，给师父下酒！记着，素的一概不要，只挑最解馋的来！"

玳安回过神，点头哈腰，一溜烟跑不见了。那僧人又是一通大笑，边笑边拍手道："施主是有慧根的，和尚还未开口，便将和尚看了个通透！不错，和尚修心不修身，修性不修口，正是'酒肉穿肠过，佛祖心中留'！"

今日宅里大摆盛宴，伙房一早便忙活起来，十道菜倒有八道已然预备好了。不出一刻,便有满满一桌菜肴摆在面前。那僧人却不见外,也不用碗筷,伸手向桌子边上四碟果子跟四碟小菜抓去,三两下便吃了个干净;跟着是四碟案酒——一碟头鱼、一碟糟鸭、一碟乌皮鸡、一碟舞鲈公,也是顷刻间都下了肚;跟着是四样下饭菜——一碟羊角葱炝炒核桃肉、一碟细切的样子肉、一碟肥肥的羊贯肠、一碟光溜溜的滑鳅——那僧人一只手端起碟子,另一只手一通扒拉,如倒土一般又吃了个精光;后头是一道汤饭——一个海碗里漂着两个肉圆子,中间是一条花肠子肉,名唤一龙戏二珠汤——僧人两只手捧起海碗,先将汤水倒入口中,随后几口把肠子肉跟圆子吞了下去;再往下是一笼十个裂破头高装肉包子——被他一口一个,吃了个底儿朝天;跟着的是一碟寸扎的骑马肠儿跟一碟腌腊鹅脖子,然后是两样解油腻的果子——一碟癫葡萄跟着一碟流心红李子——这僧人又吃了个七七八八。最后上来一碗热气腾腾的鳝鱼面,上面盖着鲜绿的菜卷儿。僧人大喜,到此时才拿了筷子,吸溜吸溜又吃了个底儿朝天。另一边,玳安第二回搬来了三坛子金华酒,又被僧人喝了两坛半!

这一番下来统共不过一刻钟,直把西门庆看得目瞪口呆,心中念叨:"这和尚绝非寻常之人,这一回真是我的造化!"

看他放了碗筷,西门庆急忙问道:"师父可还称心?"

那僧人笑道:"和尚这一回真是称心到家了!先是得了

施主许多金银，又吃了施主许多酒食。有道是无功不受禄，施主有何盼咐，尽管对和尚直说就是了！"

听他这么说，西门庆喜不自禁，拍手叫道："痛快！师父真是至情至性的活菩萨！如此我便直说——早有耳闻，师父降生的天竺国，自古擅炼丹药，最是滋润身子，叫人攻无不克战无不胜。师父既然云游天下救苦救难，必定带了这等妙药。我便是想找师父讨些，定不会忘了师父再造之恩。"

那僧人隔了青纱打量西门庆，过了半晌才说道："药，和尚这里确是有的。不过，这药又有缓急之分：缓药性情温和，细水长流，每日服用，天长日久便会神清气爽，延年益寿；猛药性情剧烈，吃一颗便会立竿见影，精气无穷无尽，三天三夜身子也不觉得乏，只是这东西不可常用，否则贻害无穷。"

西门庆听见"三天三夜身子也不觉得乏"，喜得屁滚尿流，哪里还听得进其他，急急地道："缓药有何用，要的便是猛药！求师父施甘露予我！"

那僧人微微摇头叹道："既然如此，一切皆是施主与和尚的缘分。缘分一起，任谁也挡不住。和尚这里有一枝药，非人不度，非人不传，专度有缘人，便予施主。"

说罢，僧人摘下腰上的红漆葫芦，从里面一气倒出百余颗红豆大小的药丸，交予西门庆，盼咐道："施主切记，每次只用一颗，拿烧酒送下，万不可多用。"跟着又从怀里取出一块粉红色膏子，说道："此膏外敷，每次只可用二厘，亦不可多用。"

西门庆接了过来，只差给僧人行三跪九叩的大礼，一边笑一边问道："倘若不慎用多了，可有化解的法子？"

那僧人张口正要回话，外头却传来玳安声音："小的禀报爹，太师派来的翟老爷已然到了正门。这一回小的万万不敢做主，还请爹示下。"

别人倒也罢了，这位翟管家乃是太师蔡京的心腹，西门庆又哪里敢怠慢半分。他忙将内服外敷的两样药收在身上，起身拱手道："师父见谅，请在此歇息。等今日晚上的宴席散了，请师父再把用药解药的法子细细说给我听。"

那僧人笑道："施主放心去便是了。和尚与你缘分未尽，你便是赶，也是赶不走的。"

西门庆大喜，转身出了门，跟玳安一同往前面去了。那僧人留在书房中，不摇不动，只在交椅上闭目打坐，竟是一两个时辰一动不动。夜过三更，忽地房门微微闪开，一人轻手轻脚摸了进来，反身又将门掩上。那僧人微微睁开双眼，看见来的不是西门庆，却是个有几分姿色的女子。

这女子不是别人，正是之前跟西门庆在藏春坞里勾搭的宋蕙莲。这蕙莲白日里与金莲一通抢白，心里气不过，暗暗思量道："爹骂我什么，都是应当的；大娘毕竟是爹的正室，说出什么也只好听着；姓潘的淫妇是哪根葱，横竖不过也是个奴婢，害了自家男人进到这里，凭什么在我跟前吆五喝六！"

蕙莲越想越气，走到一半忽地转身回来，躲在藏春坞外，想听听西门庆跟金莲说些什么。这一听不要紧，正赶上西门庆提到西边来的和尚，说要向他求些灵药。西门庆还说，得了药头一个便要用在金莲身上，管叫她一刻也离不开。

外头的蕙莲听见，不觉又妒又气，心想："这淫妇无非先叫爹相中，又有哪里强得过自己！入门没一年，仗着爹宠，如夜猫护食般看管爹，旁人碰一碰，便要寻死觅活。若爹说的那和尚真有灵通，身上想必也带着女人家能用的药。若私下找他求些，赶明日用在爹身上，包叫爹下半辈子都把心放在自己身上。到时候生下几男几女，休说盖过那几个淫妇，便是大娘也不用放在眼里。"

蕙莲行事向来只知一味发狠，却不计较后果，打定主意便是九条牛也拽不回来。听说那僧人到了，她便留心起来。挨到后半夜，见西门庆还未回到书房，便孝着胆子进来，一下子跪在那僧人腿前，叩头如捣蒜一般，嘴里说道："小女子今日得见活佛，乃是上辈子积德行善。求活佛赏些能叫小女子用在爹身上的灵药，保我后半辈子步步高升！若能如愿，将来发迹，千里万里，定然将活佛供奉起来，保活佛万世香火。"

那僧人并未惊慌，俯首看着蕙莲，依旧一动不动，只低声道："女施主请回吧！和尚与你无缘，便磕多少头，也是无用。须知，药落在有缘人手中，便是锦上添花；若是落在不该落的人手里，只怕会招灾惹祸。和尚不愿看女施主掉进无尽苦海，还请回头是岸。"

　　蕙莲心魔已生，哪里听得进去半个字，往前跪爬两步，竟一把抓住僧人两脚，不住摇晃道："只要能叫小女子出头，休说什么苦海辣海，便是刀海火海也去得。"

　　那僧人低低叹了口气，顿了半晌才说道："女施主，还请抬起头来。这一抬，若知难而退，便是无缘；若你还不肯退，和尚也只好随缘行事。"

　　蕙莲大喜，手不放开，一下子抬起头来，两只眼睛直直朝上面瞧了过去。

第六回　政和八年

西门庆隔了脸前青纱，直直盯了普静半晌，才狠狠道："去年今日，有人送药过来，将我害成这副模样！师父是嫌我还存着一口气，寻思再送一味药过来，好叫我去见阎王老子？"

普静淡淡一笑道："去年的人，贫僧一个不认得；去年的药，贫僧也是一味不晓得。施主若要动怒，怕是找错了人。错怪了贫僧，倒是无关紧要；若碍了施主大事，便是得不偿失。"

西门庆一时摸不着头脑，低着嗓子道："我已然成了烂泥一摊，哪里还有什么大事！"

普静道："贫僧说的大事，正是这个。施主若肯赏几分薄面给贫僧，保不齐这世上便再没什么烂泥，只剩下清河县内生龙活虎的大官人。"

普静话一出口，西门庆身子便是一震，竟不知该如何答话。普静见状淡淡一笑，又伸手拍了拍肩上布袋，自顾自道:"看施主模样,确是叫去年的药害得不轻。那胡僧毕竟是从永福寺出来的,贫僧虽从未与他谋面,更不知那些药里究竟藏了什么玄机,却也不能置身事外。"

普静微微一顿,接着说道:"那些……那些调养身子的虎狼之药,贫僧所知甚少;不过,那些能治病救人的方子,倒还略知一二。相传上古神农氏行遍四海八荒,尝遍天下百草,将药理药性一一记下。贫僧读过这些典籍,于一味灵药最是难忘。神农皇有言,昆仑之西千里,有大泽一处,万物生于泽畔。有参天巨木,高百丈,通体乌黑。以掌叩之,声若玉石,固有'墨玉'之称。木有脂出,遇风而凝,状若焦炭,虽百年不得半升。泽畔野人取之成药,能疗绝症,续筋骨,去死肌,有十余载卧床不起者,涂之不过三五时辰,便可……"

西门庆不甚读书,这番话却也懂了七七八八。不等普静说完,西门庆一张脸已然涨得通红,只觉头晕目眩,大口喘气,好似将死之人忽地见一粒老君炉里的仙丹悬在眼前,却还没一把抓在手里。

普静看在眼里,却依旧不急不慢道:"由中原至昆仑,路途何止千里;再往西边走上千里,只怕比玄奘大师西行求法还要艰难百倍,凡人自是难以企及。况且'墨玉'之说荒诞不经,贫僧倒也从未将其放在心上。不想这次回来,头一样看见的便是那胡僧留在永福寺里的布袋。施主定然记得,去年今日,他只系了只葫芦来到这里,其他一应物件,寺内僧人并未移动分毫……"

西门庆盯着普静肩上布袋，颤着嗓子问道："师父是说，能让我重又成人的药，便在这胡僧的布袋中装着？"

普静苦笑一下，微微摇头道："阿弥陀佛！施主且慢生出欲念！须知万事万物，无欲则刚。这袋子里，杂七杂八装了不少丸散膏丹，其中有一味，确与典籍中记着的'墨玉'有七八分相似……"

说罢，普静伸出右手，自布袋中摸出一只砚台质地的盒子，用左手将盖子开了，托在西门庆面门跟前。西门庆从头到脚已然抖作一团，直勾勾盯着普静手里的东西。若是去年今日前的西门大官人，怕早已恶虎般扑过去，把东西抢在手里——须知在清河县里，凡叫他看上的，不论是人是物，没有拿不过来的。只可惜今年上元的西门庆，却摸不着近在咫尺的救命宝贝。

普静早将西门庆看了个通透，不等他开口便道："施主少安毋躁。'墨玉'产自昆仑之西，确是那胡僧生长修行的地方；形状味道，也与贫僧手里这样东西大差不差。只是即便如此，此物是否便是'墨玉'，贫僧却无从得知。施主身子本就受了大伤，倘若再用错了药，只怕后果不堪设想……"

西门庆怒道："如此说来，依师父之见，我这辈子就只有认命，如烂泥般瘫在这里了？！"

西门庆声色俱厉，脖上青筋根根都暴了起来。普静却全不在意，只是缓缓盖上盒子，又把盒子收进了布袋里。西门庆正要发作，门外头的金莲却开口说道："爹何须焦急。师父送药过来，正是为了救爹于水火中，只是不肯草草坏了爹的身子。师父一片苦心，爹如何体会不着？"

西门庆骂道："淫妇，说这些不咸不淡的，可有半点儿屁用！"

金莲并不急躁，只沉声答道："那奴家便说些有用的。院子里养了猫狗，后头伙房又满是活鸡活鸭。爹叫人抓来一只，把前后爪子全都断了，再把这药涂在上头。师父方才说三五个时辰便有起色，咱们不妨就等上几个时辰。若猫狗鸡鸭复原如初，便真是灵药，再给爹用在身上，爹便又成龙成虎了！"

普静微微一笑，点头说道："阿弥陀佛！施主身在局中，难免看不清眼前轻重缓急。倒是外头的女施主，瞧了个一清二楚。"

西门庆听了金莲这几句，不禁急骂道："淫妇，既有了法子，还戳在那里装什么尸！还不赶紧叫玳安去后面抓只活鸭来！记着，要公的，要最是能跳能咬的！"

金莲却一动未动，思量片刻后低声答道："爹再听奴家一句。叫奴家说，不如叫玳安领三两个小厮，套了那条守门的大黑狗，断了前后爪子给爹试药。"

西门庆一顿，扭头看了普静一眼，沉着嗓子道："是鸭是狗，还用拿来问我？吩咐玳安弄便是了！"

金莲这才低声回道:"遵爹的吩咐,奴家亲自去办。"

听金莲脚步声远去,普静又缓缓道:"阿弥陀佛!出家人眼中,万物皆是一等。只不过于施主而言,看门护院的狗,似比自家圈养的鸡鸭要紧不少。既是拿来试药,施主因何舍轻而取重?"

西门庆沉吟半晌,忽地叹了一口气,开口答道:"师父有所不知,打去年今日起,我这宅子里便生出了灾星,叫人恼火之事一桩挨着一桩。人自不必说了,就连带了毛的畜生也与我作对!方才说的那条畜生,在宅子里也有三五年了,最是通晓人性,只在前面看护,从不往后面来。偏这一年不知道怎地,那畜生隔三两日就跑到后边,在花园里一通刨,将那里毁得不成模样。叫人打了百八十回,偏就不改。里里外外的人都嚼舌根,说是有什么东西附在那畜生身上……"

说到这里,西门庆忽地停下,似不愿回想过往一年里的事。普静微微点头,低声说道:"施主这一年间所遭所遇,贫僧有所耳闻。贫僧本想置身事外,但那胡僧既然牵涉其中,有些事终究还须弄个明白。"

西门庆冷哼一声,哑声道:"绕了一圈,有些事情,师父还是放不下的!"

普静笑道:"与人方便,自己方便!"

西门庆忍不住抬高嗓子道:"师父的意思是,倘若我不先给你个方便,纵然那条畜生上药之后欢蹦乱跳,师父也不会施舍半点墨玉给我?"

普静依旧八风不动，只淡淡道："一切皆有缘法，此药何去何从，只怕贫僧说了不算。施主不必烦恼，贫僧别无所求，只求在贵宅略作停留，之后便走。届时哪怕一无所获，也定将此药留下。"

西门庆求药心切，况且药涂在黑狗身上，也总要等到第二日才见分晓。想到这些，西门庆只好道："既然如此，就请师父在这里歇着，待会儿自有小厮侍奉师父用斋。今日是上元节，家中有贵客登门，我还要出去支应，就慢待师父了。"

不料普静却缓缓站起身来，双手合十，朝西门庆微施一礼道："施主见谅，说到今日来的诸位宾客，贫僧有个不情之请。贫僧知道，今日来的，十有八九去年上元也来过府上。施主若不在意，贫僧愿与施主一同出去，为诸位宾客祈福，也算是报答施主款待之情。"

西门庆猛一阵咳，直咳得上气难接下气。普静微微俯下身子道："施主身子确是不佳。既然如此，还请不要推托。见过诸位贵客，贫僧才好把袋子里的药与施主留下。"

西门庆猛地僵在那里，呆了半响，才一字一顿道："既然如此，师父便随我来！"

不料普静反又坐了下来，双手合十道："阿弥陀佛！施主果然是通情达理之人。想来这上元佳节，清河县内三教九流都要给施主面子。在前头厅堂的，除去贵府用人，只怕全是些男施主。男施主自然要见，内宅里诸位女施主……也劳烦施主请来这里，与贫僧一见。"

此言一出，西门庆登时三尸暴跳、七孔生烟，只恨手脚不听使唤，不能将眼前和尚撕作两半。普静却无半点不安，只是垂着眼皮端坐在交椅中，似乎从未觉得此请有何不妥。这样一来，反叫西门庆胸中的火没了出口。

见西门庆半晌没有回应，普静长叹一声，又站起来，双手合十道："看来贫僧与施主缘尽于此。方才口无遮拦，还请施主海涵。贫僧告辞！"

说罢，普静径自往外去了，好似对此事从没有过半点期许。

普静走到闭着的房门跟前，正要伸手推门，忽地听见西门庆在后头沉声道："师父且住！既是有缘，不可轻易叫缘分断了。师父是得了道的高僧，我家里的人有幸得见，也是她们的造化……"

普静缓缓转回身子，朗声说道："多谢施主成全！贫僧生平所学，算来算去只有三样：一是自幼皈依我佛，研读佛法；二是杂七杂八读了些医书，粗通医药之理；这第三样……便是学了些星象占卜、求签望骨之术，颇能与人分辨祸福。施主只说逢此佳节，请贫僧过来与诸位女施主观相，便可省去诸多口舌。"

西门庆淡淡一笑，低沉着嗓子回道："由此看来，这一步一步，早就在师父计算之中。正好，打去年今日起，除了方才师父见到的潘氏，其余几个倒也不常与我相见。如此一看，果然都是个'缘'字，该着今日与她们一道过节。"

说罢，西门庆忽抬高声调，朝外头喊道："可有人在外头候着？去请诸位娘来这里，一刻也不得耽搁！"

方才金莲出去，叫了春梅过来守在外头。听西门庆这一喊，春梅旋即回道："回爹的话，大娘、二娘、三娘、四娘跟咱们五娘都是随叫随来，唯有六娘，这大半年很少见她出来走动……"

第七回　政和七年

夜过三更，宅院里的一堂宾客已然散去了七八成。不论太师蔡京派来送礼的翟管家，还是清河知县、富户、士绅，抑或与西门庆有生意往来的商贾，都已拜辞离去，剩下的都是那些跟西门庆没甚权钱往来却意气相投的旧相识。其中最打眼的两个，自然是应伯爵跟谢希大。

应、谢二人已然有了七八分醉意，来来回回只是那三五句话，无非将西门庆夸作天人一般。西门庆一门心思全在那药跟后头的胡僧身上，只是敷衍着喝了三两杯，寻思找个话头将二人打发了才好。

没等西门庆开口，应伯爵便把酒杯放在桌上，往跟前凑了几凑，低声道："哥这一年，升官发财得儿子，可说是富贵冲天！今日又是大吉大利的日子，我这里再给哥来个喜上添喜！"

西门庆并不接话，只是抿了一口杯子里的竹叶青酒，似笑非笑睐着眼看向应伯爵。应伯爵扭过脖子，却见旁边的谢希大只顾低着头,把一筷子油爆肚丝往肚里填。应伯爵只好朝西门庆咧嘴一笑,说道:"哥可知道,正月前,旁边临清县码头上,来了二十几条运了生丝的船?"

应伯爵嘴里说的"临清县"在清河县西,快马加鞭半日便到。一道清河如草绳般绕临清而过,这才分出了"清河"跟"临清"两处。临清方圆不及清河五分之一,久而久之,世人只知"清河"而不知"临清",都将临清当作了清河的一处码头。既是码头,每日迎来送往、载人载货的船只便络绎不绝,南边北边的行商坐贾,倒有一大半在这里周转。西门庆在清河县是个说一不二的人物,又是商贾出身,自是对临清县里里外外一清二楚。

应伯爵见西门庆不接话,便又道:"这二十几船生丝,是打南边过来的,主家姓苗,人称'苗员外'。这人上无爹娘,下无儿女,中无妻妾,只收丝卖丝,倒也积下了不少钱财……"

西门庆本是极不耐烦,忽地听见"钱财"二字,一下子睁大了眼睛盯住应伯爵。应伯爵喜笑颜开,急忙道:"苗员外这一趟押货过来,身边只带了一个自小养大的小厮,唤作'苗青'。也不知怎地,这苗青偏偏起了歪心,竟串通两个船家在水上害了主家,将尸首沉在了水里……"

西门庆这里刚听进去,春梅忽地打外头进来,乜斜着眼睛白了应、谢一眼,只对西门庆道:"三更已过,爹怎地还在这里?娘叫奴家唤爹回去,说给爹备了解酒刮油的二陈汤。"

西门庆抬头骂道："小淫妇，只跟你那娘不学好！没见我跟你应二爹、谢三爹说要紧的事。"

春梅并不退缩，上前一步问道："爹几时能把要紧事说完，还须给奴家个准话儿，免得回去要吃娘的打。"

西门庆不怒反笑，边笑边道："小淫妇越发踩着鼻子上脸了，敢是要当我的家！回去告诉你娘，待会儿这里散了，你爹还要去自己书房，那里有人等着，今晚就不过去了。"

春梅听西门庆这么说，也不再接话，转身便走了出去，好似从没瞧见应、谢二人坐在旁边。

应伯爵多少知些春梅的性子，哪里敢多说半句，只是赔着笑捡起方才的话头："那两个船家各得了一百两好处，撇下家当一去了之。也是该着出事，这两个银子花得太过招摇，一前一后叫官家拿了去，关在牢里一通拷问，打了个皮开肉绽。实在挨不过了，两个便把苗青供了出来。苗青押着二十几船生丝刚在临清靠岸，便被差役劈头盖脸摁了下来……"

西门庆是个极精明的，听到这里已然明白了七八分，便张口问道："那些生丝如何处置了？"

应伯爵笑道："哥到底不是凡人，只一句就问在点子上了。那苗员外无亲无友，二十几船生丝都停在清河边，成了没主儿的东西。"

西门庆微微一笑，点了点头。应伯爵又道："那苗青也算是个人物,在牢里三挣两挣,竟托人找到我的头上。苗青放出话来,若能保他平安出去,愿将那二十几船生丝献出来,任凭取用。哥,我跑去河边看过,全是一等一的好货,加在一处少说也值个两三万两!我思量着,放眼清河、临清两县,这等好事哥不去做,还有哪个能去?"

西门庆又喝了一口,不慌不忙道:"听着倒也是件积功德的事。临清那头,我倒也能递得上话;只是……这里头终究死了个苗员外,还要有个说法才是。"

见西门庆应允下来,应伯爵自是欢天喜地,便胸有成竹地说道:"这个不劳哥操心,我已想好了应对。这档子事,一股脑儿推在那两个船家身上就好——都是些没根没干的下贱坯子,已然被打了个半死,让他们去了反是积德行善。哥掌管刑名,只说是这两个图财害命,问个斩立决就是了。苗青能喘着气打牢里出来,已然是他的造化。那些生丝没了主家,自然要充公,到时就全凭哥一人定夺。"

西门庆不觉仰面大笑,伸手点着应伯爵道:"不枉这几年你前前后后跟着我,倒是越来越有手段了。人家既然找上你,我若不帮这个忙,岂不是毁了你的脸面?"

应伯爵笑道:"哥最是疼我,我自然不能丢了哥的脸。不瞒哥说,我这里备了一份东西,写明船上生丝就地封存,叫衙门的人好生看管,不得妄动。哥只要摁个手印在上面,在临清那边便比圣旨还好使。后头的事哥只管放心,我跟谢三哥会从头到尾盯在那里……"

应伯爵边说，边从怀里掏出一张纸，铺在桌上推到西门庆跟前。一旁的谢希大听到这里，才急忙放下手中筷碟，点头赔笑道："哥在后头坐镇，应二哥打个先锋，我便跟着充个火头军，也能吃饱喝足。"

西门庆并不在意谢希大口无遮拦，只叫玳安拿朱砂印泥过来，伸出右手大指蘸了几蘸，在落款那里摁了个印儿。应伯爵心满意足，一边将纸收起，一边又道："这一回还跟之前一样，一切安排妥当后，八成送到哥这里，我跟谢三哥各留一成。"

西门庆叮嘱道："须做得干净些，莫留口舌到人家嘴里。"

谢希大已然醉了九成九，拍着大腿道："哥也忒小心了！谁人不知，在清河、临清两处，哥便是强奸了嫦娥，拐了许飞琼，盗了西王母的女儿，也没人动得了哥半根汗毛！"

应伯爵在桌子底下狠狠踩了谢希大一脚，旋即起身道："大事已成，哥静候佳音。我跟谢三哥这便告辞，不敢再搅扰哥了！"

西门庆并不起身，只略拱了拱手，拿眼睛送了应、谢两个出去。见二人去得远了，西门庆狠狠一笑，将杯中酒一饮而尽，起身朝后头书房而去。

另一边，春梅打正厅出来，往后边金莲院里去了。这春梅原也是大户人家的千金，怎奈时运不济，父母早亡，家产悉数落在叔叔手里。叔叔担心春梅成了人与自己找麻烦，十五岁那年便给她寻了个人家，叫春梅嫁了过去。后来夫家遭了大水，春梅流落到了清河县，叫这里的吴千户看中，买了给女儿来做贴身丫鬟。往后吴家女儿嫁给西门庆做了正室，春梅自然跟了过来。

这春梅与一般丫鬟不同，最是胆大心细，服侍主人尽心尽力，却又不卑不亢。西门庆见了啧啧称奇，反倒高看她一眼。后来金莲进门，月娘示好，将春梅调拨到了金莲房里。这春梅也有一股子痴劲儿——服侍月娘时，心里只有月娘；如今来服侍金莲，心里便只有金莲。慢说是应伯爵跟谢希大这等人，便是西门庆，也在她身上讨不着便宜。

春梅边往回走，边在心里思量："平日里这时候，爹急得跟屁股着了火的猴子似的；今日怎么谁的房里也不去，偏要回自己那里？"转念又想："我又管他做甚！大好时日，难得只有我跟娘两个！我这便去端些酒菜，跟娘喝上一通，喝到乏了再一起睡下。"

想到此处，春梅甚是欢喜，转路往后厨去了。上元之夜，月色正好。春梅无意间抬起眼皮，借白茫茫一片光亮，忽地瞧见有道黑影一晃而过。春梅虽没看清那人的脸，却从身形猜了个八九不离十，不禁思量道："竟是宋蕙莲那个淫妇！三更半夜，这淫妇到这里闯的什么丧！"

进了厨房，春梅随手取了几样小菜跟果子，又拿了一壶藏了七八年的女儿红，都放在托盘上，一溜烟回了金莲卧房。金莲早就等得不耐烦,见春梅端了酒菜进来,以为西门庆随后就到,脸上心里全都是欢喜。春梅瞧见金莲的模样,也不开口,只把托盘往桌上一蹾,冷冷地哼了一声。

金莲跟春梅可说是天造地设的一对儿,哪一个都是另一个肚子里的蛔虫。看春梅如此,金莲脸上登时没了笑意,开口问道:"爹不过来了?"

春梅在金莲面前向来没有拘束,直通通回道:"跟应二、谢三不知在说些什么,还说前面完了事要回自己书房,有人等在那里。"

今日正午西门庆跟金莲说过,要请个胡僧到宅子里求些滋润身子的灵药,又说求到了头一个便要用在自己身上。此刻听春梅这么一说,金莲反倒不胜欣喜,对春梅说道:"小淫妇懂得什么!你爹确有要事,了结了便会来咱们这里。"

春梅又是一声冷哼,神色甚是不屑,缓缓回道:"娘只会哄自己开心!这话骗别人还好,却骗不了我!我方才亲眼瞧见,宋蕙莲那淫妇偷偷摸摸,打后面一闪而过,分明就是朝爹那边去了!娘在这里眼巴巴候着,那淫妇却自己找上门去。爹的性子咱们谁不清楚,见着送上门儿的,哪里还想得到旁人!"

春梅这一番话,字字如刀子般扎在金莲心上。金莲登时火冒三丈,怒骂道:"不要脸的小淫妇,白日里不三不四被我抓着,晚上竟又跑去干这些勾当!粪坑里捡了鸡毛插在身上,便觉得自己成了凤凰!今日我若不褪了她一身骚毛,明日整座宅子怕都要叫她翻过来了!"

见金莲动了真火,春梅急忙劝道:"娘少安毋躁!若单是那小淫妇,便是将她千刀万剐,都只凭娘高兴;只是,今日过节,若是坏了爹的兴致……"

不提则罢了,春梅这一提到西门庆,于金莲更是火上浇油。金莲又骂道:"若不是他惯着,那淫妇能凑到跟前?说是头一个找我,却都用在了那淫妇身上……"

春梅听了个没头没脑,问道:"娘说的是用什么?"

金莲哪里还顾得上回话,一阵风似的冲到门外,径直朝西门庆院子奔去。

第八回　政和八年

　　春梅去各院请诸位娘，一时尚未回来。普静抬眼打量西门庆，忽地开口道："既然诸位女施主过来还需等些时候，贫僧可否先为施主批批八字，再观观面相？"

　　西门庆身子微微一震，旋即扭过头去，冷冷哼了一声道："我看就不必了！在下活了大半辈子，凭的全是皮糙肉厚、铜头铁骨，对诸位神佛鬼怪，向来是敬而远之。师父手里拿着我想要的东西，打算叫我做些什么，我自然从命；除此之外，就不劳烦师父了。"

　　普静听了这话，先是一愣，随后一笑，淡淡道："施主这话，真叫贫僧无地自容。贫僧乃出家之人，还不及施主六根清净。清河县无人不知，施主是头一等的入世之人，三教九流全在心里装着，五欲六尘全在眼前摆着，一时一刻不曾停息。贫僧万没想到，方才的话是从施主嘴里说出来的。既然如此，是贫僧唐突了。"

　　普静这话叫西门庆半晌无语，过了良久才缓缓道："师父勿怪！委实是这一年里我的境况与之前已是天上地下，如今早没了之前的心思。不过……既然师父开了口，在下悉听尊便就是了。"

普静点头道："如此甚好！万事都是一个'缘'字，与施主信或不信，没有半点干系。劳烦施主将生辰八字告知贫僧。"

西门庆略一迟疑，旋即说道："在下属虎，戊寅年辛酉月壬午日丙午时下地。"

普静听了，微微闭上双目，十指寻纹，良久方道："贫僧算来，施主是七月二十八日降生，那日该是白露时节。依贫僧所见，施主元命贵旺，八字清奇，非贵则荣之造。但戊土伤官，生在七八月，身忒旺了。幸得壬午日干，丑中有癸水，水火相济，乃成大器。丙午时，丙合辛生，后来定掌威权之职。一生盛旺，快乐安然，发福迁官，主生贵子。为人一生耿直，干事无二，喜则合气春风，怒则迅雷烈火。一生多得妻财，不少纱帽戴，临死有二子送老。"

西门庆淡淡一笑，并不动容，只说道："师父说的是或不是，如今都与我没了半点儿干系……"

普静好似没听见一般，犹自念道："今岁丁未流年，丁壬相合，目下丁火来克，克我者为官为鬼，必主平地登云之喜，添官进禄之荣。大运见行癸亥，戊土得癸水滋润，定见发生。目下透出红鸾天喜，定有熊罴之兆。又命宫驿马临申，不过七月必见矣……"

西门庆道："师父是说，今年七月，我还能升官发财？"

普静道："此非贫僧所言，乃是施主八字所示。"

西门庆忽地生出一阵干笑，笑到最后又化作一阵咳，直咳得屈了身子，肩膀不住抖着，许久才说道："咳咳……升官发财……哈哈……今年七月……哈哈！师父可是来消遣我的……"

普静面色如常，好似全没把西门庆的反应看在眼里，依旧说道："贫僧只是如实相告。"

西门庆渐渐缓了过来，冷冷道："既然如此，但愿如师父所言。只是，师父不要只拣好的说，有什么叫人不欢喜的，也请讲出来才好。"

普静说道："难怪旁人都说施主非寻常人物。既然问了，贫僧便知无不言。由施主八字来看，命中不宜阴水太多，后到甲子运中，将壬午冲破了，又有流星打搅，不出六六之年，主有呕血流脓之灾，骨瘦形衰之病。"

普静如此一说，西门庆不禁低下头看自己两手两脚，不怒反喜，竟纵声大笑道："师父说了半天，我只懂了最后这句——呕血流脓之灾，骨瘦形衰之病！哈哈哈，说得真是准！只不过，这并非算出来的，而是师父瞧出来的！"

见西门庆模样有些癫狂，普静沉吟半晌，待他慢慢缓了回来，才又说道："无论是算是看，都在命里，避无可避。"

西门庆也不追问，只问道："不说日后，只讲当下。敢问师父，在下眼前可有该提防的？"

普静答道："当下逢破败五鬼在家吵闹,难免有些小气恼,本不足为灾。只是……施主还须小心应对,稍有不慎,小气恼便会酿出大灾祸。"

西门庆似不以为意,只说道："我已成了这副模样,哪里还怕再有灾祸上身!"

普静并不接话,缓缓说道："八字已然算过,可否请施主露出真容,让贫僧一观……"

西门庆身子猛地往后一缩,厉声说道："痴心妄想!"

自打进了宅子,无论听见瞧见什么,普静皆是八风不动,泰然处之。此刻被西门庆一喝,头一回露出惊讶神情,竟不知如何是好。

西门庆自知失态,又不想开罪这个把灵药捏在手里的老僧,急忙收敛道："师父见谅。我顶着这青纱已有一年,这一年里,除了方才师父瞧见的潘氏,便是自己,也从未在镜子里看过一眼。这张脸早已不是人脸,师父就不必看了。"

普静双手合十,反向西门庆施了一礼："阿弥陀佛!贫僧失言,还请施主宽恕。夫相者,有心无相,相逐心生;有相无心,相随心往。贫僧倒也不用强人所难,施主只需安坐,贫僧一观便知。"

普静如此一说,西门庆不好再推辞,只好将身子正了一正。普静自上到下,又自下到上将西门庆打量一番,不禁紧锁眉头,自言自语般说道："怪哉!怪哉!"

西门庆瘫在交椅里一动不动,冷冷问道："师父又看出了什么？难不成我又要遇上血光之灾？"

普静缓缓摇头道："实不相瞒，或是贫僧所学不精，以施主骨相观之，竟与方才八字所示大相径庭，可说是差了十万八千里！贫僧相人无数，却从未……从未遇见过这等状况！"

西门庆冷笑一声，沉声道："师父不必大惊小怪！我是个遭过劫数的人，师父看见的这副皮囊，被火烧了个透，早已跟生辰八字没了关联。这是我的命数，跟师父修为没有半点干系！"

普静微微点头道："所幸施主骨相所示，似乎比八字所示好上许多……"

普静话未说完，房门忽地开了。春梅头一个走了进来，吴月娘紧跟在后面，李娇儿、孟玉楼、孙雪娥也鱼贯而入，连方才出去捉狗试药的金莲也在其中。除去金莲，几位姨娘这一年间只隔着青纱见了西门庆三两回，上回还是在头一年的八月中秋。月娘瞧见西门庆，不禁露出关切神情。西门庆却依旧坐在那里，脖子也没转上一转。月娘见状不好多说，只是领着众人朝西门庆行过礼，随后站到一边。

西门庆并未理会诸位姨娘，只对普静道："照师父吩咐，家眷已在这里，剩下的悉听尊便。"

普静急忙起身，朝站在头一个的月娘施了一礼。月娘急忙还了一礼，口中说道："给师父见礼。"

这月娘乃清河县左卫吴千户之女，是八月十五生的，小名唤作"月姐",后来嫁到西门庆家,便称她作"月娘"。这月娘自嫁到这里,看着西门庆平地卷起了风雷,不由得又敬又怕。久而久之,月娘心里只剩下一条,便是万事都遵照西门庆好恶行使。月娘房中使着三四个丫鬟妇女,都是西门庆收用过的。

普静一眼看去,这月娘约三九年纪,生得面如银盆,眼如杏子,举止温柔,一望便知是个持重寡言的。普静端详了一会儿,才开口道:"这位女施主面如满月,家道兴隆;唇若红莲,衣食丰足,必得贵而生子;声响神清,必益夫而发福。请出手来——"

月娘从袖中露出十指春葱来。普静观之又道:"干姜之手,必善持家,照人之鬓,坤道定须秀气。这是几桩好处,却还有些不足之处,休怪贫僧直说——泪堂黑痣,若无宿疾,必刑夫;眼下皱纹,亦主六亲若冰炭。"

月娘听了也不多问,只朝普静屈身行礼,便退到一边。

李娇儿来到普静近前。这李娇儿乃是勾栏瓦肆中唱曲儿的出身,生得肌肤丰肥,身体沉重,风月不及金莲多矣。普静观看良久道:"此位女施主,额尖鼻小,非侧室,必三嫁其夫;肉重身肥,广有衣食而荣华安享;肩耸声泣,不贱则孤;鼻梁若低,非贫即夭。请走几步与贫僧看看。"

李娇儿走了几步。普静看了又道:"额尖露背并蛇行,早年必定落风尘。假饶不是娼门女,也是屏风后立人。"

李娇儿似懂非懂,退到一旁。

孟玉楼上前两步，朝普静恭恭敬敬施了一礼，开口说道："有劳师父了。"

普静见她如此得体，急忙还礼。孟玉楼约三十年纪，生得貌若梨花，腰如杨柳，长挑身材，瓜子脸儿，稀稀多几点微麻，自是天然俏丽，唯裙下双湾与金莲无大小之分。这玉楼娘家颇有些资财，因爹走得早，才嫁与清河县南门外贩布的杨家，乃是个正头娘子。不想夫家出门贩布，竟死在外头，万贯家资全落在玉楼手中。杨家三亲六故自然如狼似虎，个个盯死了玉楼，都想着从她身上啃下二两肉来。偏偏玉楼是个最精明通透的女子，为丈夫守过半年，便托人与西门庆说亲，一月后便带着满堂嫁妆进了门。玉楼模样出挑，生性不喜争宠，又给西门庆添了数千两资财，西门庆如何不喜？杨家人闹了一回，却被西门庆反手一下，整了个家败人亡，自此再不敢侵扰玉楼。这玉楼为人八面玲珑，与诸位姨娘相处融洽，又跟金莲最是投缘。

普静打量一番，朝玉楼点头道："这位女施主三庭平等，一生衣禄无亏；六府丰隆，晚岁荣华定取。平生少疾，皆因月孛光辉；到老无灾，大抵年宫润秀。也请娘子走两步。"

玉楼走了两步，普静又道："口如四字神清澈，温厚堪同掌上珠。威命兼全财禄有，终主刑夫两有余。"

玉楼微微一顿，若有所思，旋即又朝普静施了一礼道："奴家谢过师父指点。"

玉楼退在一边，孙雪娥急忙上前，直挺挺戳在普静跟前。这雪娥乃是原配陈氏房里出身，五短身材，轻盈体态，能造五鲜汤水，善舞翠盘之妙，是个好争强的，平素最看不惯的便是金莲。

普静打量半天，低声说道："这位女施主体矮声高，额尖鼻小，虽然出谷迁乔，但一生冷笑无情，作事机深内重。只是吃了这四反的亏，后来必主凶亡。夫四反者：唇反无棱，耳反无轮，眼反无神，鼻反不正也。"

雪娥自然不知普静说些什么，一心还等他叫自己也走上两步，不想普静竟无此意，只能涨红着一张脸退了下去，满是不忿神色。

月娘左右看看，对金莲说道："五娘，你不妨也叫大师看看。"

月娘如此一说，金莲便站到前面。方才仓促，普静并未仔细打量金莲；此刻细细看来，不觉大吃一惊。这金莲虽出身小户，又与人做了小妾，却全然没有半分忐忑拘泥，竟比正妻月娘更似管家之人，又加其天生丽质，美艳非凡，简直如落入市井的杨太真一般。

普静看了半晌，急忙收敛心神，缓缓道："此位女施主发浓鬓重，光斜视以多淫；脸媚眉弯，身不摇而自颤。面上黑痣，必主刑夫；唇中短促，终须寿夭。"

金莲全不在意，只是问道："可还要叫我也走上两步？"

普静微微一笑，摇头说道："贫僧以为不必了。"

月娘又说道："今日大师来到这里，乃是咱们修了几世的福分，万不可错过。不如把大姐也叫来，请大师指点一二。"

月娘嘴里的"大姐"，乃是西门庆与亡妻陈氏生下的女儿，乳名唤作"西门大姐"。大姐许与东京陈家的公子陈敬济为妻，本不在宅中居住。陈家老爷陈洪在禁军中任职，与奸臣杨戬是亲家——西门庆能攀附太师蔡京，也是走了陈家门路——不想两年前，杨戬叫人一本参倒，陈家也沾了包。陈洪入狱，儿子陈敬济跟着西门大姐，带了万贯家财投到清河县，于西门庆家里栖身。西门庆差人进京，找太师蔡京打点，才避开了这场祸事。转眼间，陈敬济和西门大姐在这里已然住了一些时日。

不多时，大姐走了进来，站在普静跟前，与普静问安。普静道："这位女施主鼻梁低露，破祖刑家；声若破锣，家私消散。面皮太急，虽沟洫长而寿亦夭；行如雀跃，处家室而衣食缺乏。不过三九，当受折磨。"

金莲见月娘叫来了大姐，也把春梅推到前面说道："大师，也给这小蹄子看看。"

普静抬眼打量春梅，低声道："此位施主五官端正，骨格清奇；发细眉浓，禀性要强；神急眼圆，为人急躁。山根不断，必得贵夫而生子；两额朝拱，主早年必戴珠冠。行步若飞仙，声响神清，必益夫而得禄，三九定然封赠。但吃了这左眼大，早年克父；右眼小，周岁克娘。左口角下这一点黑痣，主常沾啾唧之灾；右腮一点黑痣，一生受夫敬爱。"

春梅似懂非懂，朝普静行了一礼，退到金莲身旁。月娘又道："沾大师的光，今日咱们都聚在爹这里，只可惜，六娘身子不好，缺了她一个……"

月娘话音未落，只听门外头的玳安说道："禀报爹知晓，六娘过来，给爹跟诸位娘请安了！"

第九回　政和七年

　　金莲出去良久，屋里只剩下春梅一个。春梅是天上地下最知道金莲的，知她最不能看的便是没名没分之人凑到西门庆旁边。平素遇见旁的事情，金莲都算是个知晓轻重缓急的；只是一旦与西门庆有了瓜葛，便立时成了个炮仗筒子，任谁也拉不住。一来二去，春梅也就不拉着了，只把热水、小吃食跟各类专治跌打磕碰的丸散膏丹预备好。此时，春梅已备好这些，坐在了灯下，一面解着金莲解了一半的九连环，一面等着她在西门庆那里闹了回来。

　　转眼到了四更天，外头忽地传来一阵嘈杂之声，似有一大伙人慌慌急急朝西门庆屋子奔去。春梅忙放下手里的九连环，起身来在窗子跟前。窗纸微微映出红色，似乎是西门庆那里烧起了大火！想到金莲已然去了多时，春梅一头冲了出去。

　　还未跑到跟前，春梅便觉一股热风扑面而来，激出了一身大汗。待她跑到屋子跟前抬眼一看，不觉惊愕万分。整座屋子已成了一片火海，红焰黑烟，直冲天际，似乎用不了半刻就能将悬在半空的满月也一并燎去。宅子里已乱成一锅粥，耳边全是惊慌喊叫之声。

春梅站在屋前左看右看，却不见金莲踪影。正巧玳安提了水桶从身旁跑过，被春梅一把拉住问道："可瞧见五娘在里头？"

玳安只回了一句"不在里头还好"便跑去了。春梅听他这么一说，心里的火比眼前的火烧得还旺，哪里顾得上其他，铆足了劲儿便冲到火里找寻金莲。屋里早已如炼狱般，春梅被裹在烟尘之中，强睁开眼四下打量，却也只能勉强瞧出各样东西的轮廓。春梅一面顶着热往里摸索，一面放声叫道："五娘？五娘可在里头？"

只喊了两声，春梅便被呛得一阵咳，更没听见屋里有人回应。春梅越发急了，脚下紧走了两步，猛地被一样东西绊了一下，险些摔在地上。春梅俯下身子看过去，不禁大惊失色。地上的是个已然被烧得满身黢黑的男人，一张脸如被狼狮虎豹挠了啃了一般，直叫春梅汗毛倒竖，一下跌倒在男人身旁。

男人似是认出了春梅，拼了命般伸出右手，抓了春梅脚脖子。春梅仿佛叫地下爬出来的恶鬼擒住一般，想也没想便是一踢。不想男人手上竟没半点儿力气，一下便被踢开，只从喉咙里挤出两个字："春梅……"

春梅爹着胆子仔细分辨，才发觉这不人不鬼的竟是西门庆！春梅定了定神，爬了起来，打算将西门庆弄去屋外，却见他如烂泥般瘫在地上一动不动，似是昏了过去。春梅正在思量该如何是好，忽地抬头往里一看，里头竟还有一人倒在地上，四周熊熊烈焰眼见就要烧到身上。春梅瞧不清那人五官，只是从身形上看出确是个女人无疑；再往两只脚上一瞧，却不是金莲是谁？

找见了金莲，春梅眼中哪里还有旁人，竟把西门庆丢在一边，径直冲到金莲身旁。春梅并不看金莲是死是活，只一把将她架了起来，手脚并用拖出了火场，放在院子正中。直到此刻，春梅才长长吐出一口气，低头一看，却又将这口气抽了回去——自己拼了性命拖出来的哪里是金莲，竟是金莲最恨的宋蕙莲！

春梅见是蕙莲，不由得恶狠狠骂道："五娘若有个好歹，姑奶奶头一个便活剐了你这小娼妇！"

春梅也不知从哪里又涌上来十分力气跟百分胆量，扭过身便要第二回冲进去。便在此时，却见大火中有一个人死命拖着另一个爬了出来。春梅一眼瞧去，竟是金莲拽着西门庆。春梅三两步过去架了金莲，险些哭出声来："方才我将那小娼妇当作五娘拖了出来，还以为娘遭了不测……"

金莲听见春梅说的，顿了一顿才道："爹伤得不轻，我这儿半步都不能离开，只叫你去办一件最要紧的事。"

说罢，金莲扫了一眼躺在地上不省人事的蕙莲，啐了一口道："这淫妇犯了千刀万剐的罪，险些毁了爹的性命，这回无论如何不能饶她！你这就将她抬到园里小楼二层中间的屋里，万不能叫她跑了，更不能叫旁人进屋与她勾连！等爹这边安稳了，咱们再找她盘问清楚。"

春梅是个极精明的，一听便知眼前的火定跟蕙莲有脱不去的干系。她最知金莲行事风格，也不多问，只低声说了句"娘须照看好自己"，便叫住两个小厮，让他们一前一后抬了蕙莲，往金莲说的地方去……

金莲说的小楼，便是先前她跟玉楼下棋的那座二层小楼，是头年修扩园子时新盖起来的。小楼坐北朝南，分作两层，底下的是一间大屋，当作厅堂，二层是五间小屋跟一处平台。

春梅领着人来到二层平台上，一把推开正当中一间小屋房门，吩咐小厮道："将这淫妇扔在屋里。"

两个小厮抬了蕙莲进来，看见屋里摆了两把交椅跟一张小桌，并没有能叫人躺下的床榻之类，一时不知该将蕙莲放到哪里，只是愣愣地瞧着春梅。春梅不觉柳眉倒竖，杏眼圆睁，厉声叱道："没眼力的东西，还想找龙床凤榻，将这淫妇供在上头不成？只扔在地上就是了！"

宅子里上上下下没有不知春梅性子的，都晓得她虽是奴仆，却比有的主子还要厉害，急起来连西门庆都敢顶撞，自然无人敢惹。两个小厮二话不说将蕙莲扔在地上，急急地退到一边。这蕙莲不知怎地，这样一通折腾却依旧不见醒来，好似叫人带走了三魂七魄。

春梅瞧着地上的蕙莲，狠狠一笑，领着两个小厮出了房，反手将门关了。春梅想着金莲叮嘱，须防备蕙莲转醒溜走。这里五个房间全是一样的制式，除了房门，便只有一扇小窗开在门对面的墙上。小窗外头是园子里一处没人去的所在，堆的全是修园子没用上的土石草木。窗子平素总是关着，偶尔打开，只是用来通风换气。窗子横竖不过一尺，慢说成年之人不得进出，就是孩童也休想过去。只要盯紧房门，里面的人决计无处可走。想到这里，春梅打定主意，转身对两个小厮道："你们在这里好生看管这淫妇，等五娘过来发落。"

小厮哪里敢多问一句，看着春梅下楼离去，只剩下他们二人站在二层平台上。那边的火势比方才似又猛了许多，已然将大半边天烧得通红。宅子里的人全都围在那里，个个如同被野狼恶鬼追急了一般。二人看看眼前景象，又抬头望望一轮满月，忽觉天上地下一静一动，甚是稀奇。

待这一场大火彻底平息下来，已然过了四更。宅子里的人如同自地狱里走过一遭，盯着眼前断瓦残垣，兀自惊魂未定。西门庆独处一院，此刻书房和卧房固然化作灰烬，还牵连了院里两处耳房、两处厢房以及四边游廊，便是院前垂花门、影壁跟院后的罩房，也是烧得片瓦不剩。

另一边，金莲早已将西门庆放到自己卧房的床上。不多时，月娘带着娇儿、玉楼、雪娥赶了过来，便是身怀六甲的瓶儿也顾不上许多，风一样奔了过来。众人往床上一瞧，躺在上面的人哪里还有半分人形，分明是一具只提着一口气的干尸。瓶儿只瞧了一眼，便两眼一翻昏了过去。

众人少不得又是一阵慌乱，还是金莲喝道："哪个没长心的把六娘领来这里？她肚里有了爹的骨血，如何瞧得了这些？还不赶紧把人弄走，好生伺候着！"

金莲这么一说，月娘也回过味儿来，急忙吩咐下人将瓶儿送回自己卧房，又叮嘱叫郎中把脉安神。瓶儿去了，月娘戳在西门庆跟前，颤声问道："怎会……怎会弄成这样？谁把爹害成这副模样？又是谁放的火？"

见月娘辨不清轻重缓急，一旁的玉楼忍不住说道："娘这些话句句问到了点子上！正因如此，倒也不是一两句能问明白的，不妨从长计议。眼下最要紧的，是把爹的命打阎王手里抢回来！"

不等月娘开口，金莲便把话接了过来："三娘说得不错！爹今日若是起不来，咱们明日都将死无葬身之地！"

月娘这才回过神来，迟疑着说道："既是如此，这就叫玳安把清河县的郎中都请过来，挨着个儿地来给爹诊脉！"

玉楼没再说话，金莲想也不想便皱眉摇头道："爹这一回遭了大劫，慢说是清河县的郎中，只怕把汴梁城里的郎中叫到这里，也都是无计可施！"

月娘颤声道："照你这般说，爹……是过不了这一回了？

这便如何是好?难不成要请死了的华佗扁鹊过来?"

旁人愈急,金莲反倒愈沉得住气,只略略一顿,便开口说道:"死了的自然请不来,活着的华佗扁鹊,我倒真听过一个。此人是建康府人士,姓安名道全,跑江湖的都称他'神医'。传说此人是阎王爷第一号的对头,一服药下去,能把进了鬼门关的都给拉回来。这一回只有找来此人,爹才能逢凶化吉。"

月娘喃喃道:"'神医'安道全?这等江湖人,五娘是从哪里听来的?"

金莲竟挤出一丝冷笑,淡淡说道:"是书房里烧死的那个,说与我听的……"

第十回　政和八年

西门庆坐在正中，隔着脸前青纱，目不转睛地盯着缓缓进来的李瓶儿。瓶儿迈进屋里，怯生生环顾众人，最后把一双眼睛落在西门庆身上。瓶儿身子微微一震，旋即移开眼睛，急促促施礼道："瓶儿给爹请安，给娘请安，见过二娘、三娘、四娘、五娘……"

普静右手轻捻垂在胸前的银须，心中想道："这位六娘与众人倒是大相径庭，竟不似这家里的人。"

普静乃得道高僧，六根清净，因此反倒不像走惯了江湖的僧道那般欲盖弥彰。他微微抬眼，大大方方打量瓶儿。只见眼前这位六娘皮肤香细，容貌端庄，只是身子单薄，眉宇间隐隐藏了无尽愁苦。普静精通医理，这一望便知眼前的人气血有亏，抱恙已久，是强撑着来到这里。

旁边的月娘见西门庆一声不吭，忙赔笑道："都是自家人，六娘何必如此？快些起来。"

瓶儿挣扎着站了起来，身子微微一晃，竟险些跌下去。

金莲急忙上前将瓶儿一把扶住，扭回头对春梅道："没眼力的，还戳在那边！赶紧给你六娘搬个座儿来。"

春梅打旁边搬了把交椅，放在瓶儿身后，却并不理会二人，回身退到后面。金莲将瓶儿塞在交椅里，一边替她整理衣裳，一边道："这些该天杀的，爹真该把他们全打出去！六娘身上不甚爽利，这正月未出，外头又凉又闹，怎么就没一个拦着些，竟叫六娘来到这里！"

西门庆依旧一语不发，瓶儿忙笑道："奴家知道五娘只是向着我，也不怨他们，是我自己偏要过来。上元佳节，爹跟诸位娘都在这里，奴家再不懂礼数，也是要过来的……"

瓶儿偷眼瞥了西门庆一下，又吞吞吐吐说道："难得今日大伙高兴，奴家便自作主张……把官哥儿也抱了过来……"

西门庆身子一震，金莲忙抢着道："还是六娘想得周全！知道官哥儿是爹第一块的心头肉，今日特地抱来，叫咱们沾沾喜气。不知官哥儿现在哪里？"

瓶儿忙答道："奴家不敢自作主张抱他进来，这会儿让迎春抱着在门外听候爹的吩咐。"

这回不等金莲开口，月娘便道："真是糊涂！这个月份，怎能叫官哥儿在外面受冻！迎春，还不快些进来！"

月娘这么一喊，外头的迎春忙抱着官哥儿进了屋。西门庆已过而立，除去亡故的原配陈氏生下的西门大姐，便再无一儿半女。这些年来，月娘、娇儿、玉楼、雪娥及金莲皆无所出,偏偏瓶儿来得最晚,却生下官哥儿。于情于理,官哥儿都该叫西门庆当作眼珠子般。怎奈世事无常,官哥儿还未降生,宅子里便出了大事,西门庆自此一蹶不振。到了年中,官哥儿来了,西门庆却没看上几眼。如今官哥儿已然半岁有余,瓶儿越发觉得这般下去不是办法,今日听闻来了高人,西门庆又发话叫诸位娘过来,便一发猛带了官哥儿来。

官哥儿叫一床苏绣小锦被裹了个严严实实,只有小半张脸露在外头。此刻官哥儿睡得正酣,外头吵吵闹闹仿若与他没有半点儿干系。迎春将官哥儿轻轻放到瓶儿怀里,便退在一边。

瓶儿低头看着官哥儿一张小脸,不由得面露笑意,顺势抬头瞧向西门庆。却见西门庆一动未动,只从鼻孔里挤出一声冷哼。屋里一时鸦雀无声,瓶儿抱着官哥儿满是拘谨,一张俏脸本来没甚血色,此刻却是一片通红。旁边诸人或垂头无语,或冷眼旁观,只有月娘三两步凑到跟前,一边看着襁褓里的官哥儿,一边说道:"哥儿虽还小,却看得出是个英武不凡的坯子。照我说,跟爹倒是有十成十的相似……"

月娘话音未落,西门庆似被火星子点着了一般,哑着嗓子道:"十成十?这话还真是说到了点子上!这小冤家本就是来找我索命的,如何不像?!"

西门庆这声吼犹如地下的恶鬼被判官踩了脖子,叫屋子里的人不寒而栗。瓶儿怀中的官哥儿一下子哭出了声,瓶儿顿时慌作一团,强撑着站起身,一边安抚官哥儿,一边偷眼瞧西门庆。听见啼哭之声，西门庆更加不能自已，若不是手脚动弹不得，定会扑将过来！

官哥儿哭得越凶，西门庆越是怒不可遏，发疯般叫道："小冤家，还有脸哭！你自腹中时起，便来找我索命。现如今未满周年，已然把我三魂七魄拿去了两魂六魄，害我成了这副模样！也好，今日又是正月十五，你索性把我哭死，也省了我在阳世上遭罪！我去了，这一世挣下的金银土地，便全是你的！哈哈！全是你的！哈哈哈！"

众人皆知西门庆这一年遭逢大难，满腔悲怒无处宣泄，却没想今日竟出在了官哥儿身上。官哥儿越哭越凶，瓶儿身子一软，一下子倒了下去，险些把官哥儿摔在地上。月娘虽是正妻，平素却只知一味逢迎西门庆，此刻早已没了主意。又是金莲上前俯下身子撑住瓶儿，抬头对西门庆道："爹这几句说得好没道理！"

说罢，金莲直起身子，竟挡在了西门庆跟瓶儿之间。府里上下无人不知金莲便是这样的性子，较起真来便是西门庆也敢冲撞。只是今日不同往昔，这一年里又有哪个敢如此顶撞西门庆？

四娘孙雪娥最是蠢笨，之前她因小事遭过金莲的打，今日看到眼前光景，真是乐得把后槽牙都要露出来。她想着怎么上去来个火上浇油，却瞥见春梅一双刀子般的杏眼正瞪着自己，好似就要扑上来一口咬住自己的脖子。平素雪娥最是畏惧春梅，竟比对西门庆更甚三分，此刻急忙把头低下，恨不能钻进地缝里遁了。

春梅将目光转向金莲,两条柳眉不禁紧锁起来,心里寻思道:"五娘虽是个炮仗筒子,却从来都是响在该响的地方。况且在爹跟前,能跟五娘相提并论的只有六娘。六娘有孕,风头盖过了五娘,五娘恨得咬牙切齿。这一年里,爹疏远了六娘跟官哥儿,正是五娘求之不得的,这时又何苦出来挡横儿?"

没容春梅琢磨明白,金莲又朝西门庆走了一步,朗声说道:"这一年间遭了变故,咱们没一个不知道爹心里头苦。可这话须从两头来说!爹纵然是苦,咱们又有哪个是舒坦的?又有哪个不是尽心竭力,想伸一把手将爹从泥坑子里拽上来,今日六娘强撑着身子,带了官哥儿过来,无非是想叫爹开心,怎么就成了不是?难不成爹非要把这屋的顶子掀了,叫咱们上上下下整日都活在风刀霜剑里,才算心满意足?"

金莲说得入情入理,叫西门庆无话可驳,只好喝道:"来在这里便哭个不停,哪里是叫我开心?"

西门庆口气虽硬,但较之先前,已然是服了软。月娘急忙说道:"六娘也真是的,既然带了官哥儿给爹请安,就该安排妥当。这样哭闹,岂不是在贵客前失了爹的脸面?"

月娘如此一说,众人才想起还有客人坐在一旁。普静却不在意,缓缓站起身来,走到瓶儿近前,低头看着襁褓里的官哥儿。任凭瓶儿如何来哄,官哥儿只是闭眼张嘴不住地哭。普静微微一笑，伸了右手轻放在官哥儿额头，一边抚着一边道："笑当哭，哭里笑，七情六福少不了。你的来历我知道，既然来了先要笑！"

话音刚落，官哥儿竟止住了哭声，忽地睁开一对大眼望着普静，旋即露出天真笑容。屋内众人无不惊讶，瓶儿则喜得眼泪花都落了下来，直冲着普静拜道："奴家谢过师父！谢过师父！"

普静微微摇头道："女施主不必如此。贫僧与这位小施主有缘，不过顺势而为罢了！"

月娘又道："依我看来，师父不但跟官哥儿有缘，更是跟六娘有缘。方才师父为咱们几个看了相，此刻不妨也与六娘看看。"

普静虽早已不在三界之内，但久在清河县修行，免不了听见尘世里的风言风语。对西门庆宅子里的几位姨娘，普静也都略有耳闻。吴月娘乃是正室，李娇儿出身勾栏，孙雪娥是原配陈氏房里的，这三个倒也简单；孟玉楼死了夫家嫁到这里，也算没乱了礼法。

唯有潘金莲跟李瓶儿，常被清河县内的三姑六婆当作话本来讲。金莲夫家武植武大郎死得蹊跷，武松大闹狮子楼更是尽人皆知。但闹到九重天上，武大之死终究查无实据，也就坐不实金莲行径。

瓶儿却又与金莲不同。瓶儿夫家姓花，也是清河县内数一数二的大户，论起金银田土，未必在西门庆之下。其先夫花子虚与西门庆比邻而居，一心攀附，遂与之结为兄弟——西门庆居长，花子虚排行老四，中间两个乃是应伯爵跟谢希大。

不想花子虚一片苦心，换来的只是西门庆跟自家妻室走到了一处。西门庆自打头一眼瞧见瓶儿，便一心想着如何拆了花子虚的台，将金银田土跟瓶儿一并收过来。瓶儿也不是个安分的，只觉花子虚没一处及得上西门庆。西门庆略一伸手，二人便成了奸情。花子虚乃是酒色之徒，十夜里倒有八夜不在家里。西门庆便爬墙去到花子虚后宅，与瓶儿私会。

不过半年，西门庆设计将花子虚关进牢里。又过了半月，花子虚气恨交加，撒手而去。瓶儿旋即带了花家全套家当嫁了进来。这前前后后大事小情，清河县街头巷尾没个不知道的，普静自然也不例外。

听月娘这样说，普静又是微微摇头，缓缓说道："这位女施主身染小疾，须以静养为第一要务；待女施主报了大安，气血充盈，贫僧再看不迟。"

普静止住了官哥儿啼哭，瓶儿心中已然感激不尽，听他这么一说，忙施礼道："师父所言甚是，今日便不搅扰了。只是……"

瓶儿低头看了眼怀里的官哥儿，又抬头道："师父若不嫌弃，还请为小官人看上一看，奴家不胜感激。"

普静微微一惊，不禁看看瓶儿，又好一番打量怀中的官哥儿，旋即把目光投在了西门庆身上。见西门庆默然无语，普静略一沉吟，开口问道："敢问女施主，小施主自降世以来，可曾得了名讳？"

瓶儿身子一震，竟不知该如何作答。一旁金莲忙道："师父有所不知，这一年间，宅子里头真是一件事跟了一件事，爹未得空闲，便没有给哥儿赐下名字……"

瓶儿忙接着金莲道："五娘说得不错！便是'官哥儿'这个小名，也是爹出事……也是爹在他降世前起的。"

普静缓缓点头，淡然道："这便是了！小施主既然降世在这里，荣华富贵都在眼前，贫僧相或不相，并不能动摇分毫。只是……名不正便言不顺，以贫僧浅见，西门施主还是及早为小施主赐下名讳，才好保其平安富贵。"

说罢，普静缓缓坐回到交椅中，并不再看西门庆。反是屋里诸人，一齐朝西门庆看去。只见西门庆似是用尽了全身力气，才把头往前略探了一探，沉声道："大师乃世外之人，这一回，未免管得太宽了！"

第十一回　政和七年

西门庆躺在床上一动不动，与死人无异。金莲领着众人离开卧房，将房门紧紧关了，转回身对上上下下诸人道："爹命悬一线，万不能叫人打搅，往后都由我来照看，只留春梅在旁边打个下手便好。其他人，也就不必围在旁边。"

月娘一向是个没主意的，又最是怕事，只好任凭金莲安排。春梅走到月娘跟前道："回禀娘知道，五娘差了人去往建康府，便是捆也要把那个安道全捆来。再一个，姓宋的那个小淫妇吃里爬外，五娘叫我把她关进了园中小楼里，只等爹这边安顿好了，再去扒了她的皮，送官家定罪！"

一旁的雪娥喃喃道："五娘真是把自己当作主事的了！想关哪个便关哪个，想扒下谁的皮便扒下谁的皮！"

春梅是何等精明凌厉之人，不等雪娥讲完，早已柳眉倒竖，杏眼圆睁，死死盯住雪娥骂道："你跟那姓宋的真是天造地设的一对，都是活该扒皮的！爹被害成这副模样，你还替那淫妇说话，难不成你跟她是一伙的，勾结了爹的仇人，今晚里应外合下了死手？"

这一句把雪娥三魂七魄吓没了大半，万没想随口说了一句，竟叫春梅抓着了把柄！雪娥只得扭过头看向月娘，一脸苦相道："娘听真了，这都是五娘调教出来的！平素也就罢了，今日爹出了这样的事，她却把夜壶便桶全都扣在奴家身上！奴家……"

月娘越听越气，忍不住喝道："都给我把嘴闭了！这般时候，还在这里扯闲！"

见月娘火了，雪娥哪敢再说半个字。月娘旋即又问春梅道："你可知爹这里出了什么事？"

春梅道："方才一阵手忙脚乱，我也只是听五娘说了几句。爹送走了前头的人，与那胡僧在书房里见面。五娘想着爹多吃了几杯酒，委实放心不下，便留下我看家，自己去到那边瞧瞧。却不想，有个人早了一步，在娘前面摸进了爹的书房里，便是宋蕙莲那淫妇！"

春梅心思甚密，有意抹了自己先瞧见蕙莲一折，只说是金莲过去才瞧见的。月娘哪里看得透这些，只是追问道："她去那里做甚？"

西门庆与蕙莲相互看对了眼儿，乃是宅子里无人不知的事，月娘自然也不例外。此刻明知故问，反叫众人甚是尴尬。春梅却不动声色，沉声回道："起初五娘觉着那淫妇是叫痰堵住了心，一门心思想着往爹身上贴。不想走到书房门口一听，却是大吃一惊。只听见那淫妇串通了西边来的和尚，已然把爹放倒在地上，正要害爹性命！"

众人听了皆大惊失色。月娘问道："那和尚是爹请来的，咱们都不知晓根底，蕙莲如何能跟他串通一气？爹寻他过来求药，定然少不了他的好处，他又为何要害爹？"

没等春梅开口，一旁金莲忽地搭话道："娘真是挚诚之人，怎地还没想明白里头的关节。和尚自然不会做出这等行径，但若不是和尚，便不好说了。"

月娘神色大变，急忙问道："五娘说那和尚不是和尚，那又能是谁？"

不等金莲开口，一个小厮打外头风风火火跑了进来，向月娘禀道："报娘知道，团头何九叔过来了！"

西门庆书房这边的烟已然散去了九成，月娘领着众人站在瓦砾间，却把一双眼睛瞧向四边，哪里敢低下头去看脚下的东西。

原来脚下乃是一具尸首，此刻已是黢黑一片，瞧不出半点儿人形，身上戴着的铁界箍、人顶骨数珠和那对雪花镔铁戒刀，却俱是完好无损。

何九叔俯下身子验着尸首，过了良久才缓缓直起身子，朝月娘抱拳道："禀报夫人得知，小人有十成把握，这个叫火烧了的，确是那年在景阳冈打死了大虫的武松武二郎！"

此言一出，众人无不惊骇，唯有金莲面无表情，只是冷冷看着地上的人。月娘问道："九叔竟有这样的手段，烧成这般模样，如何认出这和尚是武二郎装扮的？"

何九叔回道："夫人容禀。尸首烧成了这副模样，皮肉都化了，自是辨认不出的，不过那武二郎却是个例外。当日他赤手空拳打死了大虫，虽如天神下凡，却终究是血肉之躯，叫大虫一爪子打折了右手小指。后来武松成了本县都头，又曾跨马游街，全县无人不知他缺了一根指头。方才小人仔细查看过了，尸首右边手上确是没了小指……"

一旁玉楼忽道："奴家听人说了，火烧得厉害了，不单是皮肉，便是骨头也能化掉。此人右边的小指头，该不会也是如此吧？"

何九叔不禁露出惊讶神情，点头道："不错，单凭没了小指，确是不能断言这副尸首就是武二郎。不过，加上另外一处，小的倒是能拍着心口说上一句——这被烧化了的，定是武二郎无疑。"

玉楼不禁低头看了一眼尸首，皱了眉头喃喃道："另外一处？"

何九叔道："诸位请上眼！这死了的身量较之寻常男丁长出二尺有余，少说也有八尺开外！放眼天下，身长八尺开外，右手缺了小指，又……又特地来贵宅寻事的，除去打死大虫的武二郎，便再没第二个了！"

何九叔此言一出，众人皆无话可说。顿了许久，月娘才叹道："都是爹引火上身……日子过得顺顺当当，偏……偏要寻什么和尚来求药……"

金莲接道:"娘说得不错!爹一心求药,咱们又都没见过那个和尚,这才让武松跟那淫妇钻了空子,联起手来把爹害成这副模样!奴家想来,定是那武松从孟州回来寻仇,得知爹今晚邀了胡僧进府——十有八九,消息便是宋蕙莲那淫妇漏出去的——武松便寻了个当口儿,坏了那胡僧性命,取了他全套家当,乔装改扮混进府来!奴家听人说过,西边的人,十个有九个身量高大,男子比起咱们大宋的来,个个都要长出个一头半头。武松扮成胡僧,又蒙了青纱,倒也露不出什么破绽。爹求药心切少了提防,这才着了他的道儿!"

听金莲这样一说,玉楼不禁连连点头道:"是了!五娘这么一说,前前后后倒是严丝合缝。今日晌午,奴家跟五娘在楼上瞧见……瞧见爹与蕙莲在一处,想来这求药的事,蕙莲便是那个时候打爹口中知道的!爹一心求药,定会独自与来人相见,确是最妥帖的下手时机!"

月娘见金莲跟玉楼都这样说,随即问道:"武松进来寻仇,倒也不足为奇;可那蕙莲……一向受着爹的恩惠,好端端怎地会做出这等吃里爬外的勾当?"

金莲冷哼一声道:"这等下三烂的淫妇,什么腌臜事儿干不出?想必不知什么时候背着爹得了武松的长处,便恨不能把什么都给了人家!"

一旁雪娥忽地笑道:"得了武松的'长处'?五娘这句说得真是恰如其分。奴家想着,五娘又不是蕙莲肚里的虫儿,怎么对那淫妇所知所想一清二楚?是了!要说跟那武二郎最是熟识，最知道他'长处'的，咱们这屋子人里没一个能跟五娘比。该不会说蕙莲的这些，都是五娘自己试过的吧？"

自嫁进这里，金莲样样争先，可谓锋芒毕露，从未在人前露出半点儿窘迫。雪娥这一番说辞，字字句句皆打在金莲最痛之处。可此刻金莲却像是叫鬼魅魇了一般，站在那里直勾勾看着地上的尸首，竟没开口回应雪娥。

一旁的春梅如何听得了这些，两步抢到了雪娥身前，扬起胳膊，将一个耳光狠狠甩在雪娥脸上。雪娥一个趔趄倒退了几步，捂着半边脸瞧着春梅，竟没敢出声。春梅怒道："爹遭了大难，你个天杀的还在这里扯这些咸淡话！敢不成你真同武二跟宋蕙莲是一伙的，才想尽了法子东拉西扯？"

雪娥见春梅又把自己扯了进去，正要回嘴，却被月娘呵斥道："再不与我把嘴闭了，便去拿爹的鞭子来管教你们！火烧到炕头儿了，你们这些不知死活的还在这里作死！"

见二人都不再讲话，月娘才又朝金莲说道："五娘，你往下说。"

金莲猛地回过神来，朝着月娘微微点头，旋即又道："我在书房外头听得明白，那时武松跟那淫妇已然挑断了爹手脚上的筋脉，正拿了灯油四处泼洒，想放火烧个干干净净！现在想来，那武松定是先拿了一样药粉，指使那淫妇放在灯油里烧了，生出烟来放倒了爹。想来爹定是心急，推开房门一头便扎进去，才着了道儿。"

玉楼忽地问道："武二跟宋蕙莲也在房里，如何没叫烧出来的烟放倒?"

金莲一愣,也露出不解神情。旁边何九叔忙道:"这样的手段,于惯常行走江湖之人,倒也不难做到。小人听闻,但凡这样的迷药,使它的人手里定然配好了解药。事先将解药使了劲儿地闻上几闻,便不会着了自己的道儿。"

金莲缓缓点头道:"原来如此,怪不得当时这对狗男女在房里头蹿上蹿下,却没有半点儿异样。"

"既然他们已然将爹……怎么……"月娘仗着胆子看了一眼地上的尸首,颤颤巍巍地接着说道,"怎么反倒成了这个样子?"

金莲登时露出刚毅神情,微微抬了抬嘴角,沉声道:"是我冲进屋里,放了这把火,把他变成这副模样!不光如此,我还捡起了他砍爹的刀子,在他手脚上头一通乱砍!"

第十二回　政和八年

　　西门庆甩出这样一句，叫屋里众人都垂下了头，竟没一个敢出声解围。不想普静却只是淡淡一笑，似全没放在心上，缓缓说道："施主勿怪！贫僧只觉与这位小施主有缘，便信口开河。既然施主不以为意，只当清风拂岗、明月照江，皆不必放在心上。阿弥陀佛！"

　　普静这般风轻云淡，反叫西门庆无话可说。瓶儿急忙压下在眼眶里打转的两行泪，对普静道："奴家多谢师父美意！想来……哥儿的名字，爹还要斟酌一番，也不急在这一时。今日哥儿既已给爹瞧过了，奴家心满意足，便不打扰爹、娘跟师父了。"

　　说罢，瓶儿抱着官哥儿朝西门庆跟月娘施了礼，转身便要出去。不想坐在交椅里的西门庆忽地挣扎着动了一下，哑哑地说道："且留步！"

　　这一句不单叫瓶儿大吃一惊，金莲、春梅、月娘等也是瞠目结舌，就连八风不动的普静也将目光投在西门庆身上。

金莲两步抢到西门庆旁边，屈身说道："爹……"

不想西门庆并不理会金莲，只对瓶儿道："这一年里……事情太多，叫我心性全都乱了，对你这一大一小慢待了些。你不要放在心上，只拿我当个得了失心疯的就是了……"

瓶儿听西门庆这样说，含了半日的眼泪像决了堤般簌簌而落，她抱着官哥儿一下跪了下去，边叩头边道："爹说的这是哪里的话！是奴家不能为爹排忧解愁，叫爹不得舒心！奴家恨不能替爹接下这一场，自己在床上躺一辈子，换爹带着哥儿平平安安！"

瓶儿这样一说，似又触到了西门庆痛处。西门庆身子一阵颤抖，紧跟着便是一通咳嗽。金莲急忙近前摩挲前胸、捶打后背，帮西门庆顺气。月娘则在一旁斥道："上元佳节，好端端的，又来提这些，真是昏了头！"

瓶儿又是一阵惊慌。她并不担心月娘如何恼怒，却知道这一年里西门庆越发喜怒无常，只怕被哪一句勾出了心火，便是自己的灭顶之灾。金莲好一通忙活，才叫西门庆平复下来。西门庆胸口一起一伏，又喘了好一会儿，才盯着瓶儿说道："难得今日人到得齐全，又有师父坐镇，常言说'拣日不如撞日'，索性在这里把名字起了，叫你母子二人安心！师父，你说这样可好？"

普静一愣，旋即面露笑意，微捻须髯道："阿弥陀佛！'拣日不如撞日'，说得好呀，这便是佛门中讲的一个

'缘'字！"

西门庆哑着嗓子笑了两声，缓缓道："只是，我西门庆是个不读圣贤书的，斗大的字识不得一筐，百个字的书看不到三本！吃喝玩乐甚是在行，诗文礼乐却是一窍不通。叫我起个名字，真是难上青天。可偏偏给儿子起名的，只能是他亲爹，不然这当爹的，便是乌龟王八……"

瓶儿跪在地上，不觉低下了头，紧紧锁住了双眉。其余众人虽没挂在脸上，心里却都觉得西门庆这番话说得没头没尾，不甚妥当。唯有金莲轻轻拍了拍西门庆肩膀，故作轻松般道："爹快些起了名字就好，哪里拉扯出一堆有的没有！"

西门庆思索许久，方又说道："思来想去，不如化繁就简，寻个谁听了都挑不出毛病的字——依我看，便叫个'明'字，一日一月，通通透透，光光亮亮！"

西门庆话音未落，月娘已然拍手叫道："还是爹有见识！这个字儿吉利上口，比起那些酸文假醋、叫人听不懂写不出的，真不知高出几百层！师父是得道之人，奴家这几句可说到了点子上？"

普静微微点头道："女施主所言不错。佛祖眼中，万物平等，本就不该有什么雅俗之别。俗即是雅，雅即是俗，大俗大雅，大雅大俗，便是这个道理。"

普静这样一说，月娘欢喜得不得了，急忙对瓶儿道："六娘还戳在那里做什么，还不赶紧替咱们西门明小官人给爹磕头？"

不想瓶儿跪在那里,竟如木雕泥塑般动也不动,只是瞪大了眼,直勾勾盯着西门庆。宅子里的人无不畏惧西门庆,慢说是这一年间,便是先前他最得意的光景,自正室月娘到最底下的奴仆,除去金莲跟春梅,也没一个敢这般盯他。瓶儿进门最晚,平素最会看别人的脸色,从来不会引火烧身。今日她忽地如此,委实叫众人摸不着头脑。

月娘一时不知所措,还是金莲在一旁低声道:"六娘,怎地还不谢过爹?"

瓶儿似是全没听见金莲说些什么,依旧盯了西门庆,脸上神情难以言喻,顿了许久,竟颤声反问道:"奴家问上一句,爹给哥儿起的,可是一日一月的'明'字?"

这一下反把西门庆问住,坐在那里不知瓶儿有何用意。金莲忙道:"平素六娘是最耳聪目明的,今日这是怎么了……"

不想瓶儿不等金莲把话说完,竟打断道:"奴家只想问爹一句——爹给哥儿起的名字,可是叫'西门明'?"

偌大厅堂内霎时间鸦雀无声。西门庆半晌不语,又是金莲在一旁问道:"六娘这样跟爹回话,究竟是何意?难不成爹起的名字,不合六娘心意……"

瓶儿猛地扭过脸,两只眼睛里射出两道利光,如刀子一般插在金莲心口,竟让金莲将后半句硬生生憋了回去。瓶儿死死盯住金莲道:"官哥儿是我跟爹生下的嫡亲骨血,名字合不合意,也是我跟爹的事,五娘何必如此上心?"

瓶儿这句说得在情在理，纵然是金莲、春梅这等嘴上不吃亏的，也驳不出一言半语。瓶儿不再理会金莲，把头转了回来，又盯着西门庆道："奴家再问爹一回——爹给哥儿起的名字，可是叫'西门明'？"

这一回西门庆没有半分迟疑，沉声道："你听得不错！我给哥儿起的名字，便是'西门明'！若不合你的心意，你便带了他搬出宅子，再别让我看见你母子二人！到那时，你想叫他什么，便叫他什么！"

屋子里的人连大气也不敢喘上一口，只有外头的烟火一簇一簇炸开，发出隆隆声响。西门庆把话说到这个份儿上，一旁的月娘不禁在心里叹道："又不知有多少人，要挨上这顿鞭子了！"

不想瓶儿略一沉吟，脸上神情忽地一变，全没了先前的迟疑跟惶恐。瓶儿把怀里的官哥儿用力往上抱了一抱，脸上满是笑意，恭恭敬敬给西门庆磕了三个头，才直起身子道："奴家替哥儿给爹磕头，谢爹赐了名字。哥儿定能靠着爹的福分，岁岁平安，富贵终生！"

瓶儿这样一弄，倒叫众人没了分寸，不知她在这转瞬之间想了些什么。月娘怕再生出什么乱子，急忙赔笑道："六娘终究是个懂事的。今日哥儿得了名字，改日爹定要在宅子里大摆酒宴，到时候再请师父过来赐福。六娘有病在身，哥儿也禁不得折腾，还是早些回去歇着！迎春，快把哥儿接过去，伺候你娘回房。"

瓶儿不慌不忙又给西门庆跟月娘施了一礼，缓缓直起了身子，将官哥儿递给了迎春，又朝着普静施礼道："奴家多谢师父提点。"

这一句把普静说得如堕五里雾中，不觉反问道："女施主何出此言？"

瓶儿只是淡淡一笑，不再回话，转身领着迎春退了出去。

月娘笑道："师父不必介怀。这一年里六娘身子不好，再加上她向来心思重，旁人说上一句，她便要想上三天；别人叹上一口气，她便三夜睡不着。宅子里上上下下都已见惯了，师父用不着放在心上。"

普静微微点了点头，便不再答话。就在此刻，玳安闪身进来，施礼禀报道："禀报爹跟诸位娘知道，京城太师府派来给爹送礼的，已然到了；知县老爷跟县里各位大爷，也全来了；应二爹跟谢三爹到得最早，都在正厅里用茶。姑老爷在那里应付，差人到这里请爹过去。"

西门庆顿了一下，忽地叹了一口气说道："去年上元，就是这些人都到齐了，事情才坏到了如今的地步……"

金莲劝道："爹也不要这样说。这些年若不是太师提携，咱们也没有如今的日子。旁人来了，有姑爷应付，原也用不着爹出面；只是这太师的人，咱们万万不敢怠慢。"

西门庆道："不用你多说，我心里自有分寸。你们几个都跟着娘回去，只留五娘跟春梅在我两旁伺候着。"

西门庆发话，自然没一个敢不从。月娘起身朝西门庆跟普静行过礼，领了娇儿、玉楼、雪娥出去。玉楼打金莲眼前经过，朝着她微微点了点头；雪娥狠狠白了金莲一眼，又见春梅恶狠狠盯着自己，忙将两只眼睛移开，紧走两步抢了出去。

　　西门庆好似全没看见，只扭过头对普静说道："方才已经答应了师父，既然如此，就请师父与我到前面走一趟。来的全是县里的头面人物，今日他们能见着得道高僧，定然欢天喜地。"

　　普静旋即站起身来，双手合十道："阿弥陀佛！施主言而有信，贫僧先行谢过！如此说来，咱们就去前面走上一遭。"

　　春梅叫来四个小厮，把房门全都开了，将西门庆连同交椅一起朝前宅正厅抬去。金莲一步不落紧跟在旁边，生怕入夜的风吹坏了西门庆。普静则跟在交椅后面。众人一路穿过两重院落，来到了正院大厅前。

　　普静抬眼瞧去，一个二十五六岁的年轻后生快步迎了上来，扑跪在交椅跟前，一边磕头一边道："儿子给爹问安了！京里、县里诸位贵客已然来了些时候，儿子都把他们请进了厅堂，就等着爹来主持大局。"

　　西门庆并未开口，金莲却回道："爹知道姑爷最是稳妥伶俐，应付这些易如反掌，就在后头跟诸位娘多说了几句。"

金莲这样一说，普静才知道这年轻后生便是西门庆的女婿、打京中搬来清河县的陈敬济。借了一抹月光，普静仔细打量陈敬济，只见此人腰圆背厚，面阔口方，剑眉星眼，直鼻权腮，妥妥一副忠厚质朴的君子相。

听金莲这样一说，敬济忙回道："说话的到处能找，能明白爹心思的，却只有五娘一个。如若不然，爹到这里迎接贵客，又怎么只叫五娘一个跟在旁边？"

金莲扑嗤一笑，点着敬济说道："姑爷这张嘴果然厉害，一万句里头，偏偏能把叫人听了最得意的那一句拣出来。行啦，贵人们都在里头，赶紧把爹请进去。"

敬济急忙起身，引着四个小厮便要往正厅里去。就在此时，院中角落里忽地蹿出一道黑影，竟朝西门庆身上猛扑过来！

第十三回　政和七年

　　金莲话一出口，旁边众人良久无语。见无人应话，金莲反倒冷笑一声，低下头瞧着脚边的干尸，冷冷道："叫我撞见了他，定然只有一个能活着打里头出来！"

　　春梅大惊失色，两步抢到金莲身侧道："五娘莫不是吃了熊心豹子胆？那武松打死了大虫，又背了二十条性命，还有宋蕙莲那淫妇在旁边帮衬，五娘如何敢冲进屋里？"

　　金莲又是一下冷笑，依旧盯着黑炭般的尸首道："我若不立时进去，此刻躺在这里的，定然就是爹了。想到这一桩，我管他什么文松还是武松！只不过……你娘倒也不是个没长脑子的蛾子，就只会往火上扑！我在外面时已然把他们的勾当听了个清清楚楚，便憋住了一口气，再一脚把门踹开。里头那两个天杀的以为做成了大事，全然没有提防。我一把抄起那盏添了迷药的灯，朝武二泼了过去。他打得死大虫，却躲不开雨点一样的灯油。油刚沾在身上，灯芯儿上蹦出去的火星子就到了。火遇见了油，只一眨眼便把武二变成了一个火人，也算他喝下了自己的洗脚水！他登时掉了刀子倒在地上，任凭是什么打虎英雄，也只能在地上胡嚎乱叫！我哪里还能放过他，猫腰把刀子提在手里，对着他便是一顿砍伐……"

金莲这番话说得轻描淡写，跟躺在地上的干尸恰成反差。众人低头瞧瞧，再抬起头看看，都不觉倒吸了一口凉气。唯有春梅满心全在金莲身上，兀自追问道："宋蕙莲那淫妇在旁边，可曾伤到了娘？"

听春梅问到蕙莲，金莲神情忽为一变，先前说起武松时那股子得偿所愿的劲头儿没了踪影，只剩下了千分轻蔑跟万分不屑，不紧不慢地回道："这等叫脂油蒙住了心的下贱货，哪里动得着你娘半根汗毛！这淫妇只知道勾引汉子风流快活，哪里会跟汉子一个心眼儿！见武二浑身冒火，她一下便吓没了魂，疯狗一般想往门外跑。谁知竟脚下一滑，一头磕在了桌子角上，哼都没哼一声便昏了过去！想来是老天有眼，定不会折了爹的性命，更不会叫这两个天杀的称心如意！"

一旁的月娘听到这里，旋即说道："还是五娘胆大心细！这样一来，便是转危为安了。"

金莲摇头冷笑道："娘未免把事情想得太容易了些！若这样便能转危为安，那倒真是爹跟咱们的万幸了。"

这一句把月娘说得面红耳赤，金莲却浑然不觉，接着说道："两个天杀的都倒在了地上，房里的火却是越烧越旺，眼见大梁就要塌下来了。我顾不上许多，只一门心思把爹拖出来。爹已然没了一丝动静，像个秤砣般只是往下坠，我费了九牛二虎之力，才死命弄出了屋子……"

春梅在一边忙道："五娘这么一说，便全都对上了。我打咱们院子跑来这里，挂念……爹跟五娘，便一头扎了进去。见有人躺在屋里，我以为是五娘，三两下就拖了出来，到外面才看清竟是宋蕙莲那淫妇！早知如此，我该在她身上捅三五个窟窿！本来我还要进去，没想五娘已然把爹带了出来。没有五娘的大智大勇，咱们这会子只怕全都要披麻戴孝了！"

春梅是何等精明之人，自然不会把自己撇了西门庆去救金莲一折说出来。听她这样一说，月娘狠狠道："武二化为焦炭，真是报应；只是没想到，竟让宋蕙莲那淫妇阴错阳差捡了一条性命……"

金莲道："娘不必介怀。我已然叫春梅将她关在园里的小楼上，留人看守着。咱们只等着衙门的人过来，便将她押进死牢，千刀万剐！"

金莲这句还未说完，一个小厮打外面跑进来，跪在月娘身前道："禀报娘知道，小的已经去了县衙报信儿。不想一来才是四更天，二来又赶上了上元，只有一个不中用的杂役在那里当值，说知县老爷还未到过衙门。想来昨日晚上在咱们这里跟爹饮过酒，定然是回宅子里歇下了，没三四个时辰是醒不了的。这么算来，等知县老爷领人到咱们这里，只怕要到今日晌午了。"

金莲微微皱眉道："如此一来，那淫妇还得在楼里再待上几个时辰。只怕……保不准三两刻后，她便会醒来，到时候难免狗急跳墙……"

春梅接道："如此还真是有些麻烦。娘定然知道，二层上那几间屋平素没人住在里头，也没放着什么值钱的物件儿，是故门里门外既没上锁，又没上闩。纵是有小厮守着，那淫妇一旦醒了，发了疯往外奔，也是不好办的。"

春梅这样一说，确是给月娘跟金莲提了醒。月娘问金莲道："倒是春梅心细！依着五娘，该如何挨到晌午？"

金莲略一沉吟，旋即回道："娘不必挂心，我自有安排。二楼上一排五间，我叫春梅把那淫妇关到了正中的一间里。除去房门，屋里只有一扇小窗，任谁也不能从那儿出去。要想离开，只能打房门出去，经过第二间跟第一间门口，再从楼梯下到一楼厅堂，自厅堂大门去到园子里。这么一来，只需把住几个要紧的关节，就算大罗神仙也逃不出去！"

金莲略略一顿，又说道："头一个要紧的，便是关着淫妇的那间房。我这就过去，守在紧挨着楼梯口的那间里；二一个，便是下了楼梯的厅堂，叫两个小厮守着；三一个，是打厅堂去向园子里的大门，也叫两个小厮一左一右把住，也就平安无事了。"

月娘点头道："五娘心思缜密，安排得妥妥帖帖。只是，咱们万不能只留五娘一个在那里。倘若那淫妇狗急跳墙，不知又会做出什么害人的勾当来，五娘岂不又要独自遭险？如此，咱们非但对不住五娘，更是对不住爹！"

金莲正要开口，春梅却在一旁道："娘说得在理！倘若咱们全都回去歇了，岂不成了天底下最没心没肺的？依我看，我跟五娘都去楼上，五娘守在第一间，我守在第二间，一边帮五娘看守淫妇，另一边也能关照五娘。这样一来，诸位娘便可放宽心，回去歇了。"

不料月娘却是一通摇头，沉声说道："你跟五娘在上头守着，自然万无一失；下面的几个小厮，也是一个也不能少。不过，叫咱们几个回去，却是万万不能够的。你跟五娘自去楼上两间房中歇着，六娘身上有喜不必叫着她，我自领着二娘、三娘跟四娘在楼下厅堂里守着，也好有个照应！"

金莲微微一惊，瞧着月娘道："娘何必……"

月娘双眉一皱，摆手道："不必废话了！来人，吩咐厨房，预备些醒酒充饥的果子点心，再沏上一壶大红袍，都送去那小楼里。我跟诸位娘这便过去，守到衙门里来人。"

众人都知月娘性子一向如此，虽没甚主见，却颇为执拗。西门庆在时不显，但凡西门庆不在跟前，一旦拿定了主意，便听不进旁人半句。这一回想来是不愿金莲把前前后后的功劳都抢了去，才要在一层的厅堂里守着。话已至此，金莲便不再开口，同春梅一起跟在月娘后面，朝园子里的小楼去了。

春梅头一个自楼梯上到二层,径直走到中间的第三扇门前,一把将门推开。月娘、金莲一行人走了进去,瞧见宋蕙莲直挺挺躺在地上,除去一呼一吸,跟死人没有半点儿分别。

月娘冷哼一声,竟伸出脚踢了一下蕙莲的腰眼儿,口里骂道:"吃里爬外的贱人,咱们爹险叫她给害了!依着我,此刻就该将她碎尸万段,哪里用得着等知县老爷过来!"

众人皆不答话,唯有金莲道:"娘不必跟她用劲儿,到了晌午,自会有人来收她。诸位娘既然都看过了,就到楼下安坐吧,只留我跟春梅守在这里就是了。"

春梅对金莲道:"五娘先到第一间里歇着,我回去卧房给娘取些后半夜能穿的衣裳。四五更的夜最是难挨,娘又不好睡下,唯有多加些衣裳,才不致受了夜寒。"

月娘点头道:"还是春梅想得周到,快去快回就是了。"

春梅瞧了金莲一眼,又朝月娘微施一礼,便转身下楼。月娘领了娇儿、玉楼、雪娥也下了楼,在一层厅堂里依尊卑落座。早有人在厅堂正中间摆下了八仙桌,桌上备好了四干、四鲜、四冷荤、四蜜饯十六样压桌碟。众人不约而同朝楼上看去,二层高高在上,五扇房门跟门前的平台都是瞧不见的,但左手边的木头楼梯却是一览无余。倘若有人从上面下来,任谁都会瞧得一清二楚。四名小厮两个站在一层楼梯口,两个站在厅堂大门两侧,确是万无一失。

不多时,春梅怀里抱着一件带了毡帽的大红猩猩毡斗篷，还有一件玫瑰紫二色金银鼠比肩，不慌不忙走了进来。这两件衣裳，是瓶儿进门时拿出自花家带来的银子，寻了京城里的上等料子，又找了清河县手最巧的裁缝做的。那一回，瓶儿总共做了六件斗篷跟六件比肩，每位娘都有里外两件，就连西门大姐也没落下，哄得西门庆甚是开心。

春梅进来并不与众人说话，只朝着月娘点了点头，便快步上到二层。

此刻四更已然过半，宅子里失火死人，西门庆又遭了大难，任谁也不敢喘一声大气，都只是垂头而坐，不时把面前的东西夹起一样放进嘴里，却也品不出酸甜苦辣。

不知不觉，众人坐了大半个时辰。正月十五，昼短夜长，离天光大亮差得还远。众人皆担惊受怕了大半宿，早已疲惫不堪，挨到此刻，个个上下眼皮都粘在了一处，来个枕头便能倒头大睡。

恰在此时，楼梯上忽地传来一阵脚步声。众人迷迷糊糊抬眼瞧过去，只见一个纤细人影打二层下来。这人里头穿了玫瑰紫二色金银鼠比肩，外头套了大红猩猩毡斗篷，一边下楼一边把斗篷上的毡帽扣在头上，却不是金莲是谁？

月娘正要开口，却见金莲一手捂了肚子，脚下加紧，急匆匆跑出了厅堂大门。月娘心想，金莲十有八九是身上来了事情，当着众人自然不便多问，也就由她去了。

过了约莫两炷香的工夫，却依旧不见金莲回来。月娘不禁微微皱眉，对身边侍女说道："你去外面各处瞧瞧，看五娘怎么还不回这里来，敢是……"

不等月娘这一句说完，头顶上忽地传来春梅一声撕心裂肺般的叫喊："淫妇逃了！"

第十四回　政和八年

那道黑影如箭般朝西门庆射来，隐隐还伴了似兽非兽之声。任谁也没预料到这一手，几个小厮手脚一软，竟将西门庆硬生生蹾在地上。西门庆手脚不听使唤，如一块肉被狠狠拍在砧板之上一样，嗓子里发出一声闷哼。

金莲定了定神，仔细一瞧，才看清扑过来的并非什么魑魅魍魉，而是宅里养的那条大黑狗。这狗疯了般扑在西门庆身上，抬起爪子踩住了他的心口，咧开瓢一般的嘴，便要往脸上咬。

小厮一时都呆在那里，金莲一步抢在西门庆旁边，抬起脚便往狗肚子上踹。只是这一脚上去，非但没把这畜生赶走，反倒更激起了它的兽性。那狗把脖子一扭，恶狠狠盯住金莲，两只眼在夜色里微微闪了绿光，喉咙里呜呜作响，口水自獠牙缝里一道道往下淌，似乎就要扑来，一口将面前的妙人儿吞进肚里。

金莲看见这畜生的眸子，不觉倒抽了一口凉气，往后退了两步。这畜生又转过头去，把獠牙对准了西门庆。旁边春梅早已急了，眼见金莲又要往前冲，急忙一把将她扯住，冲着陈敬济喊道："姑老爷是死人不成？眼看着爹跟五娘要叫这畜生伤了，却怎地只在一旁站着？"

春梅这样一喊，陈敬济才如梦初醒，一边架了西门庆右边胳膊，一边扭过头对几个小厮喝道："还都戳在那里晒尸？快将这畜生乱棍打死！"

几个小厮也都看清了眼前并非妖魔鬼怪，被陈敬济一喊，有两个上来几脚将狗赶开，另两个打旁边取来碗口粗细的门闩，径直打了过去。陈敬济见狗被赶到一边，这才把西门庆缓缓放回交椅里。

这冲上来的狗正是方才金莲跟西门庆提过的那条。金莲自普静手里拿了墨玉，叫着几个小厮把狗抓来，将它四肢打折，又将药敷在断口上面。依金莲所见，普静拿来的便是太上老君的仙丹，也总要过些时辰方才见效，便叫人将狗抬去一边的墙根底下。未曾料想刚刚过去一个时辰，这狗已然痊愈，竟自墙根底下来扑西门庆。

只是，看门的狗终究不是狮狼虎豹，叫四个拿了家伙的汉子赶到墙根，也只好等死。几个小厮还有些迟疑，金莲却在后面厉声喝道："爹险些叫这畜生坏了性命，你们几个要是手下留情，我便再去找人，连上你们四个的腿也一并打断！"

宅子里无人不知金莲的性子，四人哪敢迟疑，门闩、拳脚一齐招呼，直打得这狗先是哀鸣连连，后渐渐没了声息。普静站在一旁微微摇头，不禁闭目，双手合十道："阿弥陀佛！"

见这边把狗了了事，陈敬济朝西门庆深深施礼道："爹不必担心，那畜生已然没了命！爹是天上的星宿下凡，谁敢碰爹一根汗毛，不出一刻定然死无全尸！"

不想西门庆猛地一阵咳，一边气喘一边吼道："星宿下凡？你见过哪个下凡的，险些叫一条疯狗一口咬断了脖子？我……我西门庆半生要强，此刻却是虎落平阳！哈哈！虎落平阳被犬欺！哈哈！"

西门庆这一吼，陈敬济吓得不敢接话。金莲知西门庆又陷了进去，急忙过来一边给他轻轻捶打后背，一边说道："依奴家说，爹不是虎落平阳，却是一头猛虎快要生出了翅膀！"

西门庆坐在交椅里，两个肩膀不住起伏。金莲接着说道："那畜生这下虽把爹吓得不轻，可在奴家看来，却是给爹报喜的鹊儿！一个时辰前，奴家亲眼见这畜生的四条腿被打折了两对，蜷在墙根底下一动不动。此刻，它却如恶虎般扑过来，可见师父今日带来的确是天上地下头一等的灵药。爹今晚用了，等不到明日晌午，便又是生龙活虎了！"

金莲这几句，字字都说在了西门庆心尖上。他瘫在椅子上，哑着嗓子喃喃道："生龙活虎……生龙活虎……哈哈！哈哈！不错，我……我又能生龙活虎了！哈哈哈！"

西门庆如着了魔一般，越笑越是癫狂，越笑越是咳得厉害。金莲知他本早已万念俱灰，此时猛然间有了希望，就如同烈火烹油，定然难以自持。

西门庆眼里心里已然全都是墨玉，扭过身子直勾勾对普静道："求师父……求师父赐药！我……我情愿倾家荡产，只求师父赐一帖灵药救我！"

普静垂首合十，道："阿弥陀佛！施主不必急躁，药本就不是贫僧所有，自然没有据为己有的道理……"

一旁的金莲忙道："爹怎地忘了，师父已然将灵药给了奴家……"

不等金莲把话说完，西门庆一下子把脸伸在金莲面前，恨不能拿眼神将她钉死在那里，急急说道："那还叫我在这里做甚？还不快去卧房，与我把灵药敷上！敷上！"

金莲死命压着西门庆，抬头瞧了一眼灯火通明的大厅，对西门庆道："奴家知道爹这一年过得苦，恨不能立时飞起来才好。只是……蔡太师派来的，还有知县老爷，都已等候多时了，爹要是……"

西门庆身子忽地往上一蹿，旋即又落了回去，一边大口喘着气一边恶狠狠道："我再说一回，与我把灵药敷上！"

西门庆这句，声调压得极低，只有金莲听得清楚，好似再耽搁半刻，便要把她撕成几块。金莲知道这一回是无论如何也劝不住了，便直起身子，吩咐在另一边架着西门庆的陈敬济道："确是爹这边更要紧些。既如此，今晚有劳姑老爷顶上，替爹款待诸位贵客，就说爹多有不便，改日定会挨着家儿登门谢罪。姑老爷是最靠得住的，之前又跟着爹与这些头面人物往来，定然应付得来……"

金莲边说边瞧陈敬济，却见他直挺挺站在西门庆旁边，好似叫西门庆方才那一声吼断了魂魄。

金莲心里着急，不禁抬高嗓门叫道："姑老爷！姑老爷！"

陈敬济却只是戳在那里，脸上渐渐露出惊恐神色，黄豆大小的汗珠子顷刻间便从额头上淌下来，直直流进了眼中。敬济只觉眼里一辣，这才回过神来，慌慌张张朝金莲作揖道："娘……请自便！这里的事，敬济自会应对！"

陈敬济转身径直进了大厅，竟未再对西门庆说一句，也未理会普静。金莲满面尴尬神情，想不出陈敬济这是怎么了，只好对着普静挤出一丝笑道："师父勿怪，想是那畜生来得突然，一时间吓着了姑老爷。师父先请到大厅吃茶，奴家这便叫人为师父打扫出一间房，师父一路辛苦，今晚委屈在这里歇了。明日爹身子大好，定然领着我等来给师父磕头。"

普静淡淡道："有劳女施主费心！"

说罢，普静朝金莲跟西门庆深施一礼，缓步朝厅内而去。

酒过三巡，还没出一更。西门庆不曾露面，陈敬济又是一副心事重重的模样,叫这场上元夜宴变了味道。无论太师蔡京派来的人,还是县衙里的人,皆十分克制,并不开怀痛饮。普静与众人逐一见过,便坐在一边闭目养神,未动桌上酒菜。唯有应伯爵跟谢希大两个出身市井,又与西门庆相识已久,向来百无禁忌,此刻已然有了七八分醉意。

清河知县是个最擅察言观色、拜高踩低的,今晚来到这里,四成为了西门庆,其余六成都是为了京中来人。他知道这位翟管家在太师门下做了二十余年,是蔡京头一个信得过之人。此人通达干练,最会经营人情世故,是故十个想走蔡京门路的,倒有八个先要把这位管家伺候舒坦。

当初西门庆带了重金去到汴京,正是有了翟管家引荐,不单得了官职,还认了蔡京做义父。回到清河,西门庆头一件事便是寻了个绝色的丫头,添了三千两嫁妆,连夜送到翟管家家中。翟管家得了这房妾室,甚是受用,隔三岔五便在太师跟前将西门庆夸到天上。正因如此,每年上元,蔡京都会派他来到清河。

除去金银绸缎,今年蔡京特意写了一幅卷轴送与西门庆。天下皆知蔡京书法自成一派,与当今圣上的瘦金体并称"双绝",乃是一字千金的宝贝。多少王公显贵求而不得,今日却送到西门庆这里,自然是了不得的事情。翟管家刚刚取出卷轴,陈敬济便命人挂在大厅正位。这一回蔡京写的是行书,乃是"元亨利贞"四字,取自《易经》。

那知县只看了一眼,便露出叹为观止的神色,扭过脸对翟管家道："妙！妙！今日得见太师真迹，下官这辈子也不算白活。字如其人，我大宋江山得他老人家辅佐圣上，真是咱们的福分！"

翟管家久经世故，知县这样的没见过一千，也见过八百。碍于西门庆的颜面，翟管家倒也不好怠慢，便不紧不慢道："西门大人在太师跟前时常说起大人，说他在清河如鱼得水，全赖大人照应。太师于心甚慰，已然说过几次，下一回圣上考核大小官吏时，定然会将清河上下繁华气象如实上奏。"

只这一句，便喜得知县屁滚尿流，恨不能当即跪下给翟管家磕上三百个响头，急忙连声说道："如能得太师抬爱，下官此生结草衔环，也难报万一。"

翟管家又道："大人不必如此。现如今东南西北都不甚太平，正是用人之际，推举贤能也是太师分内之事。北边辽人蠢蠢欲动，南边的方腊日渐做大，西边西夏吐蕃都不是省油的灯，原本咱们东边还算平安，近来却有一伙强人占了个叫'梁山泊'的地界……"

知县皱了皱眉头，喃喃道："梁山泊？下官似听人说过……"

翟管家呷了一口酒，缓缓道："这梁山泊在咱们山东济州辖下，本是个水乡，方圆八百里，中间的地方叫宛子城蓼儿洼。起初有个不及第的秀才叫作王伦，领了三两个头目，聚起百十号喽啰，在那里安营扎寨，打家劫舍。不想天下走投无路之人纷纷投奔,先是来了京内八十万禁军枪棒教头'豹子头'林冲,后又来了在黄泥冈上劫了太师生辰纲的那伙歹人……"

知县大吃一惊,不由得问道:"还有这等吃了熊心豹胆的,敢在老虎口边拔毛?"

翟管家冷笑一声道:"这生辰纲整整十万贯,乃是北京大名府梁大人进献给太师的寿礼!后来才知道,在黄泥冈上劫了宝贝的共有七个:为首的叫作晁盖,人称'托塔天王';二一个出主意的叫吴用,又唤作'智多星';其余的还有'入云龙'公孙胜、'赤发鬼'刘唐跟石碣村的三个渔家!这几个劫了宝贝,全都投到了梁山泊。"

知县一听,啧啧道:"这样一说,那个王伦倒是个能容下人的……"

翟管家又喝了一口酒,不屑道:"王伦哪里有这等本事!他心胸狭窄,只怕天底下有能耐的都到了山上,架空了他寨主之位。林冲上山时,他便想尽法子轰他出去,后不得已才给了他第四把交椅。晁盖一伙上山,他又是故技重施,却不想这一回机关算尽,反算丢了自己的性命。"

知县问道:"此话怎讲?"

翟管家道:"他正劝晁盖下山,林冲忽地从背后横出一刀,送他见了阎王。这林冲也算是个人物,杀了王伦,自己却不做梁山之主,只把外头来的晁盖推为首领。自那时起,梁山可谓一日千里,不过一年便添了十几位头领、几千个喽啰……"

知县听到这里，不觉嘁着牙花子道："梁山离咱们清河也不算远，倘若成了气候，成了江南方腊、河北田虎、淮西王庆那样的巨寇，真是要了咱们这等人的命……"

翟管家道："谁说不是！这些事非同小可，慢说是太师忧心，便是当今圣上，也是食不知味，夜不能安。太师跟我说过，圣上用瘦金体将'淮西王庆''河北田虎''江南方腊'这十二个字题在了睿思殿内的素白屏风上！依我看来，用不了几年，上面定要加上这伙梁山贼寇！唉，到了那时，真不知该如何是好！"

翟管家这边话音未落，另一边竟有人尖着嗓子高声叫道："我却知道！我却知道！"

第十五回　政和七年

听见春梅这一声叫，待在一层的人无不大惊失色，抬头四顾，却瞧不见二层上出了何事。月娘心里早就慌作一团，眼巴巴瞧着众人，却说不出个主见。玉楼最擅察言观色，又能体谅旁人，急忙起身说道："娘在这里，咱们又何必慌张。上头出了事，娘自会领着咱们过去。这里的男丁，也都跟着娘上楼去……"

月娘看了玉楼一眼，旋即起身往前走了两步，对守在楼梯口和门边的那四个小厮道："你们四个跟了我，两个在前，两个在后，一道去楼上看看！其余的也全跟着上来！"

月娘发了话，一众人呼呼啦啦拥上了楼梯。上到二层一瞧，只见手边头一间房门紧闭，乃是金莲待的那间；往前二一间，门敞开着，正是春梅守着的那间，此时里面却不见她的踪影；第三间便是关了宋蕙莲的，门也开着，里面直挺挺站着一人，不是蕙莲，却是春梅！只见春梅瞪大双眼，额上汗水一道道淌下来，似是瞧见了世上最叫人错愕之事。

见上来了人，春梅忽地回过神来，不等月娘问便道："我坐在屋里，打了几回瞌睡，却没睡死过去，一直支着耳朵听着左右两边。就在方才，只听门外过道上啪嗒一响，像是什么小物件落在了地上……"

春梅这样一说，众人都回过身子，齐齐朝过道上看去。玉楼心思最细，扫了几眼，便瞧见有个发着光的物件贴在了第四扇门前。玉楼并不妄动，只伸手指了道："春梅听见的响动，该是这样东西弄出来的！"

众人一起瞧过去。雪娥想也不想，两步抢过去俯身捡在手里，歪着脑袋打量半天，忽地扯了嗓子喊道："这东西我认得！是六娘进门时，送给爹的那颗珠子！"

说罢，雪娥将东西托在掌心里，端到月娘跟前。众人定睛打量，见这颗珠子非比寻常，圆润硕大，晶莹剔透，比南边海上产的那些大了两圈不止。月娘、娇儿、雪娥跟玉楼都心知肚明，这珠子也是瓶儿进门时打花家带来的，共有七颗，一大六小。瓶儿说过，这些珠子唤作"东珠"，大江南北都产不出，是从东北女真人那边偷偷贩进中原的。瓶儿自己只留下一颗小的，其余五颗小的给了另五位娘，最大一颗则放在了西门庆手里。

偏偏西门庆想都没想便把珠子给了蕙莲。蕙莲最是个爱招摇的，才拿到了手里，便喊叫得天下皆知。月娘只是装聋作哑，娇儿、雪娥说不上话，玉楼并不将这些放在心上，瓶儿更是不敢开口，唯有金莲眼中揉不得半粒沙子，跟西门庆大吵了一场，却也于事无补。有了这么一出，宅子里没一个不知道最大的一颗珠子落在了蕙莲手中。此刻珠子落在门外，蕙莲却不见了踪迹。

月娘打雪娥手里一把拿过珠子，厉声骂道："果然还是叫那个淫妇溜了去！平素她最是爱财如命，这一回却连珠子也顾不上了，可见真是成了丧家之犬！这淫妇在宅子里兴风作浪，今日本该得了报应，却不想……"

见月娘越拉越远，一旁的玉楼急忙轻声道："娘暂缓雷霆之怒，咱们还是叫春梅往下说。"

月娘这才回过神来，扭过头对春梅说道："不错，我正想叫你接着说。"

春梅定了定神，又开口道："我在屋里听见响动，就像被针扎了一下，一下子打椅子里弹了出去，三两步抢到门前，一把推开门出去。我站在过道里左右瞧了瞧，一眼就看见关淫妇的屋子房门大开！我浑身上下的汗毛都立了起来，来不及寻思，便跑进屋里，却已找不见那淫妇的影子……"

春梅一边说，一边领着众人打过道上走进第三间屋里。房间本就不大，更没有半点儿能藏住人的地方，一眼扫过去，哪里还有蕙莲的踪影！众人无不露出讶异神情，月娘更是喃喃道："咱们都守在下面，从没见过这淫妇下楼，可她却又不在这里，莫不是撞见了鬼？"

玉楼四下打量，脸上神色忽然一变，径直冲了出去，站在了第四扇门前。玉楼好似打定了什么主意，猛地伸手将门推开。春梅也跑到旁边,不禁咬牙跺脚道:"是了!我这脑子真是叫狗吃了!"

玉楼走进第四间屋,又是一番环视,扭过头对春梅道:"并不是你叫狗吃了脑子,倒是我自以为是,把事情想得太过简单。"

春梅并不回话,又跑去最末一扇门前,哐当一声推开门。里面跟第三、第四间屋一般无二,哪里有半个人影?

月娘从来都是见事迟缓,玉楼跟春梅来来回回,弄得她满头雾水。玉楼见最后两间房里都没有人,转身回到第三间里,这才发觉月娘脸色甚是难看,忙装出一副不经意的模样,淡淡地道:"蕙莲既不在第三间里,第四间门口又掉了珠子,我便想着她十有八九是耍了个心机——她猜想咱们若发觉第三间屋里没了人,定是不管三七二十一冲到外头找寻。她便反其道行之,打第三间出来,躲进了第四或第五间里。这叫作'灯下黑',任谁也想不到她竟敢躲在那里头。待咱们都冲出去,她再溜下楼,找个空当儿逃之夭夭。我想到了这一节,便立马推开了第四扇门……"

春梅接话道:"不错!见三娘冲出去,我也想到了这一节,才开了最后一扇门。万没想到,那淫妇并没有躲进后面两间房里。"

玉楼紧锁眉头,自言自语道:"她既不在第三间里,也没躲到后面两间,更没下到一层,莫不是从那扇小窗出去,跳在了园子里?"

春梅一听，两步走到那扇小窗前，仔细打量，见四边窗框全都嵌在墙里，严丝合缝，显然从未被人动过手脚。玉楼也走了过来，伸出两个指头在窗框上摸了一把，玉葱般的指头尖儿上顷刻便沾满了灰尘。

玉楼一边取出帕子擦去灰尘，一边瞧着春梅。二人四目相对，微微点了点头。春梅把两只手放在窗上，猛地往外面一推。窗外似黑非黑，可见底下栽了一排垂柳，此刻没有半片叶子，只是孤干枯枝。远处便是花园的东南一角，一条鹅卵石铺成的小路蜿蜒其间，尽头是一扇月亮小门。众人都知道这扇门并没上锁，只有一道门闩，任谁都能从里面打开。门外便是一条小路，平素鲜有人经过。倘若有人顺着小路从月亮门出去，当真是神不知鬼不觉。

春梅站在窗前，将两条胳膊伸到外头，比了比宽窄，又试着将头探了出去，却被窗框卡住了两个肩膀。春梅把身子收了回来，微微摇头道："除非那淫妇学了七十二变，化了个蛾子飞出去，不然绝不能从这里逃去外头。"

玉楼皱眉道："既不是从这里，就定是顺着楼梯溜了下去，断没有第三条路可走。只是，娘领着咱们不错眼珠地盯着，从头到尾除了五娘，再没第二个人下来……"

说到这里，玉楼忽地一顿，随即神色大变道："怎地还不见五娘回来？"

春梅登时睁圆了一对杏眼，盯着众人问道："五娘下了楼去？"

月娘答道:"方才她穿了你拿来的比肩跟斗篷,捂着肚子急匆匆奔了出去,想来是身上来了不方便。当着几个小厮,我也不好多问,便由她去了……"

春梅一张脸变得煞白,也不理会月娘,急忙朝金莲待的头一间房奔去,一边奔一边道:"五娘三日前身子才爽利了,今日又怎会再来那个!"

这么一说,众人都知出了大事,全跟着春梅来到第一扇房门前。春梅既不拍门也不喊叫,只飞起一脚将门踹开。众人往里一看,见金莲蜷着身子趴在地上,一动不动,外面这一番吵闹竟也没让她醒来。

春梅两步抢到金莲旁边,俯下身将她揽在怀里,伸出手在她脖颈上一通摸索。摸了许久,春梅脸上才见了血色,长长吐出一口气道:"各路神明保佑,五娘只是昏在这里,想来没什么大碍……"

春梅抬起头来,在屋里四下打量,不觉自言自语道:"五娘这屋里,似乎少了什么东西……"

旁边玉楼插话道:"方才你打卧房里取来的斗篷跟比肩,五娘可立时穿在了身上?"

春梅摇头道:"并没立时穿了。娘说只是守在这里,又不出去,用不着捂在身上,便叫我放在了旁边的交椅上。我把衣裳放在那里,便带上门出去了……"

说到这里,春梅身子一震,扭头朝那把交椅瞧去——上面却哪里还有什么斗篷跟比肩!春梅愣了许久,才颤着嗓音对玉楼说道："三娘，你是说……"

玉楼面色煞白，缓缓点头道："衣裳没了，事情反倒是对上了！想来，是蕙莲醒了过来，偏在此时，五娘来到中间屋里，想要看她有无苏醒过来，一个没提防，被她起身打昏。蕙莲将五娘拖回这里，瞧见了椅子上的衣裳，便想出了逃脱的法子。她穿了斗篷跟比肩，将自己装扮成了五娘模样，夯着胆子摸下楼去。想是她命不该绝，咱们竟被瞒天过海，让她从眼皮子底下溜了去……"

春梅接过话来道："定是如三娘所说！想来那颗珠子便是那淫妇打昏娘时落下来的，一路滚到了第四扇门前。是我该被千刀万剐，竟跟娘待在两间房里！若守在一处，撞见淫妇作妖，我定能揭了她的皮！"

月娘忽地脸色大变，高声喝道："不对！咱们在下面可都瞧见了，从上面下来的就是五娘，并非那个淫妇！难不成我眼睛瞎了，守了一晚，却守出了个天大的笑话？"

春梅急忙道："娘，话可不是这样说的！娘是最精细稳妥之人，却也架不住那淫妇太过奸诈，设计叫咱们没了防备！再者说，宅子里没一个不知，那淫妇的身量体形跟五娘有五六分相近，就连那双脚都是一样的三寸金莲。天还没亮，她穿了斗篷跟比肩一闪而过，娘又如何辨得出……"

月娘颔首不语，玉楼也道："春梅所言不差。况且那个时候，咱们都已熬了一夜，似醒非醒，远远瞧见个人下来，便是认错了也不算稀奇。"

听玉楼这样一说，月娘才点了点头，心不甘情不愿地道："事已至此，咱们也只好认了！只是走了那淫妇，真是叫我气炸肝肺！"

春梅忙道："娘也不必把话说绝！我听见珠子落地，便出来喊叫。如此想来，那淫妇定然还未走远。娘不妨多派人手，点着火把从四面追赶，十有八九能将那淫妇抓回来！"

春梅如此一说，月娘登时又来了精神，扭过头对玉楼道："这丫头说得甚是有理，三娘可也是这样想的？"

玉楼却忽地出了神，竟没理会月娘问话，只是喃喃自语道："这前前后后，似有哪里不对……"

第十六回　政和八年

陈敬济这一叫，让众人都停下了手中杯箸，疑惑不解地看向他。他自己却浑然不觉，脸上挂了诡谲笑意，眉眼鼻口不住地乱动，一会儿仿若挤在了一起，一会儿仿若要从脸上飞出去。一双白净厚嫩的手，更在半空一下下舞着，好似在拍打蚊蝇。

普静乃世外高人，任凭陈敬济如此怪异，仍是八风不动，微微垂了眼皮，好似没瞧见一般。知县跟翟管家最是入世，自不能如普静那般视若不见。二人相互瞧了一眼，脸上皆是尴尬神色。知县心中明白，西门庆不曾露面，与翟管家相比，此刻自己便是这里半个主人。

想到这里，知县深深提了一口气，起身走到陈敬济跟前，脸上堆笑，双手抱拳道："上元佳节，想必府上来了喜事，才叫姑老爷这般高兴！姑老爷不妨讲说出来，也叫翟老爷跟下官一并欢喜……"

不等知县把话讲完，陈敬济忽地把眼一瞪，恶狠狠盯着知县，又伸出双手，铁钳般夹住知县两个肩膀，狰狞笑道："这一回落在我手里，你便是插翅也难飞！哈哈！哈哈！"

这一弄可是把知县吓得不轻，便是一旁的翟管家也惊得碰翻了桌上酒壶。陈敬济似已没了心智，如一头饿狼般，只差把知县摁在地上囫囵吞进肚里。眼见陈敬济着了疯魔，众人正不知所措，只见普静缓缓站起身来，双手合十，沉声诵道："阿弥陀佛！苦海无边，回头是岸！"

普静声音并不大，这一句却如同南海观音的瓶中甘露般，登时叫陈敬济清醒过来。只见陈敬济身子一震，眼睛里忽地有了神采，这才发觉自己失了仪态，急忙把两只手从知县肩上抽了回来。他满面通红，并不敢瞧向在场众人，只是低了头吞吐着说道："方才……方才小人忽地想到爹得了灵药，明日就能行走如风，心里真是压不住地欢喜。诸位大人也都知道，爹这一年过得比黄连汤还苦，是一炷香一炷香熬过来的。想到这一节，小人才失了态，这里给诸位大人赔罪了！"

说罢，陈敬济朝着众人深施一礼，待他直起身子，两个眼圈竟已微微泛红。须臾之间，敬济言行举止大相径庭，倒叫众人一时不知如何反应。知县看了翟管家一眼，只能尴尬一笑，拱手道："好说！好说！常言道，一个女婿半个儿。姑老爷至诚至孝，当真叫我等钦佩之至。庆公遭逢大难，咱们没一个不伤心落泪的。如今便要苦尽甘来，真是好人自有好报……"

众人都随了知县，大厅里一时全是附和之声。陈敬济的心思却已然不在这里，虽面朝众人，两枚眼珠却四面乱瞟，再没一刻能定得住。未出一更，陈敬济端了酒杯，朝众人抱拳道："诸位大人，一来今日天色已晚，二来上元佳节户户团聚，想必诸位家中都有人候着，咱家又怎忍心久留。小人替爹敬了这杯酒，就恭送诸位大人回府。三两日后爹身子大好，定然带了小人挨着个儿地登门拜访！"

陈敬济说完，将杯中酒一饮而尽，满脸挂着笑，将杯底亮给众人。众人都是一愣，万没想到竟遇见这么一手。知县最是尴尬，急忙拿起酒杯一饮而尽，口中连连道："姑老爷说得是！今日有劳盛情款待，天色已晚，便不叨扰了！"

旁边的翟管家沉了脸，并不去碰面前酒杯，只起身冷冷道："既然如此，在下便打道回京，向太师交差。由京城到清河，虽不说远，却也不近。这些年每逢上元，太师都派我过来，如今年岁大了，腿脚儿不听使唤不说，精神头儿也一日不如一日了。这一路颠簸，又多贼寇，若有了闪失，丢了太师给西门大人的东西，便是有一百个脑袋，也是不够砍的。这次回去，我便跟太师说了，叫他老人家明年另派年轻力壮的过来才是正经。"

说罢，翟管家径直朝大厅门口走去，既不理会陈敬济，也不跟知县再打招呼。知县早已吓得屁滚尿流，这边朝陈敬济拱了拱手，那边三步并作两步跟在翟管家身后，一同出了大厅。万没想到，陈敬济竟不以为意，任凭二人出了大厅，并没跟出去送上一步。

陈敬济扭过身子环顾大厅，其余宾客都已去了，只剩下应伯爵跟谢希大还坐在一处推杯换盏，全没在意周遭生了变故。二人各自喝了大半坛子金华酒，都是面红耳赤，醉眼惺忪，正在口沫横飞地各说各话。

陈敬济走到二人跟前，屈身一礼道："二位爹请了！今日的酒也算是喝透了，小侄这就差人送二位爹回去！坛子里的酒，桌子上的菜，也叫人用热水温上，装进食盒子里一并送到府上。"

没承想，这一套应付得了翟管家跟知县，却应付不了应伯爵跟谢希大这类不顾脸面的。借着酒劲儿，应伯爵一抻脖子，把嘴里的一块扒羊肉条咽下去，又端起酒杯喝了一口，猛地把杯子礅在桌上，乜斜着眼道："我说陈姑爷，你少在这里挺腰子！咱们跟你爹八拜结交时，你上上下下都还没长出毛儿来！今日我跟你谢三爹过来，就是为了跟你爹见上一面！他不出来，你便是点了这座宅子，也赶我不走！"

旁边的谢希大应和道："姑老爷，你应二爹这几句虽有些刺耳朵，却也都是掏心窝子的话。咱们跟你爹从来都是穿一条裤子，这一年他遭了难，正是该咱们床前床后出力的时候。不想你爹却把大门二门全都闩了，不叫咱们近他半步，真叫我跟你应二爹又是挂念，又是咬牙！到今日正好一年，咱们既然过来，便打定了主意，这一趟不见着你爹，死了也不回去！"

陈敬济没想到遭了二人当头一棒，不禁神色一变，立时露出凶相，却又一笑，将凶相藏在脸底下。敬济又深深施一礼，轻言细语道："二位爹勿怪，便是借侄子百个千个胆儿，也不敢在二爹跟三爹跟前爹翅。这一年里爹心绪不佳，三番五次明说了不让旁人靠前，便是来了的官哥儿也是如此，我这等晚生后辈又哪敢有二话？二位爹已然等了一年，不妨耐着性子再等个三五日。爹既已得了灵药，几日之后便又是一头猛虎，二位爹还愁不能跟他把酒言欢？"

见陈敬济换了张脸，应伯爵跟谢希大倒没了先前气势。谢希大瞟了应伯爵一眼，朝着他努了努嘴，自己却低下头去抓面前的酒杯。应伯爵只好又对陈敬济道："姑老爷休怪，咱们也不是不知道你的难处！只是……姑老爷难，我跟你谢三爹更是难上加难……"

陈敬济登时一愣，不觉问道："二爹这话从何说起？"

应伯爵叹了一口气，吭吭哧哧地说道："不知姑老爷可曾听你爹说过，去年上元，咱们跟他讲好了一笔生丝生意。没想一个眨眼的工夫，你爹就出了这档子事。整船的生丝扣在库里，无人过问。那苗青更是在牢里哭喊了大半年，最后竟一口气没上来死在了里头……"

这些变故，陈敬济原本知道一些，听应伯爵这样一说，心里已然明白了八九分，却依旧皱了眉头问道："这些都是八竿子打不着的事，又怎能叫二爹跟三爹为难？"

旁边的谢希大接话道："如何打不着？分明是结结实实

打在我跟你应二爷的天灵盖儿上！为这档子买卖，我跟你应二爷东拼西凑，各自借了三百两做本钱。有道是，借人钱财如杀人父母，这三百两乃是应允了二分利才弄到手里的。我二人算得妥当，这一笔能跟着你爹弄个两三千两，去了三百两本钱跟利钱，往后十来年也能吃穿不愁了。偏偏你爹遭了这一下，一年也不见咱们一面。东西封在库里，变不出钱来，我跟你应二爷都快叫债主把皮揭了去！姑老爷最明事理，你倒说说，咱们如何等得了？"

陈敬济脸上堆着笑，微微点了点头，似是丝毫不感到意外。他略一沉吟，旋即抬起头来对二人说道："二位爹不必心急，事情侄子已然明白。你们这便回去，安坐家中。明日晌午前，我差人各封五百两纹银送到府上，帮二位爹连本带利还了亏空，还能落下百十几两，也算是我替爹补上这一年里的怠慢。"

谢希大一下子瞪圆了双眼，眸子里喷出贼光，一把捏住陈敬济胳膊道："姑老爷敢不是喝了酒，拿咱们消遣？"

陈敬济笑道："一千两银子不是小数，敬济又怎敢消遣？"

一边的应伯爵急急插话道："这些还在其次，只是……那整船的生丝，若就这么丢了，着实是可惜了些！"

陈敬济依旧不慌不忙道："二位爹尽放宽心，小侄既然敢替你们补了亏空，便不会放过那笔财货。明日我便去拜会知县大人，让他把这个买卖给了咱们。"

应伯爵露出惊讶神情，道："此事非同小可，姑老爷就不等到明日知会你爹一声，再做打算？"

话音未落，陈敬济似再也把持不住了，无征无兆地仰面大笑道："不单这一件，只怕从今往后，宅子里大事小情，都无须爹来操心了！哈哈！哈哈哈！"

陈敬济越笑越癫，似跟方才一样又中了邪。应伯爵跟谢希大相互瞧了一眼，哪里再敢说话，急急地朝陈敬济施了一礼，一前一后溜了出去。

见厅里宾客都已离开，陈敬济越发肆无忌惮，右手伸出两根指头点着前面，尖着嗓子学了女腔，竟唱起了戏："冤家啊！奴手持钢鞭将你打！打死你这活王八！"

就在此时，旁边一个低沉的声音仿若从天而降，将陈敬济从梦境中拉了回来："阿弥陀佛！该散的都已散了，只剩下贫僧在这里碍眼。"

第十七回　政和七年

未到巳时，知县带着衙门口儿里全套班底，急匆匆赶过来，连头上的官帽也跑丢在了半路。另一头，应伯爵跟谢希大惺忪着眼，挂着满身酒气，一路跟跄着奔过来。二人一只脚迈进了门，也不顾知县正与月娘寒暄，只往地上一跪，便咧了嘴干号起来，边号边念道："老天爷真是瞎了两只眼，怎么就单叫哥撞上这等事！何不让咱们替了哥，让哥得了咱们两个的寿数，活他个千年万年！哥啊，咱们昨天夜里才商量好了发财的门路，不过四五个时辰，你怎就丢下不管了！"

二人越哭越没了分寸，月娘又气又急，站在一旁却不知该如何是好。知县急忙让手下把二人架去偏院，还叮嘱下人送些茶水点心过去。待安顿好了二人，知县才转过身对月娘道："方才何九已然与我说了始末，还请娘子切莫太过伤悲，顾好庆公才是正经。这边的事情，尽可交予下官。"

月娘朝知县微微一礼道："我一个妇道人家，爹出了事，早已没了主见，全凭大人调度。只是，武二虽死，宋蕙莲那淫妇却不见了踪影,大人定要将她捉拿归案,千刀万剐才好!"

知县道:"娘子只管安心。她既然扮了五娘子的模样下楼,定是从那月亮门溜了出去。她又不会飞天遁地,定会一路留下痕迹。我这便带人一根草一根草地扒拉过去,不怕寻不着她的踪迹。"

知县与三班衙差站在月亮门前,直直盯着眼前这扇上了闩的木门。这里长久无人进出,上上下下皆落满尘土,上边两个角都挂了蛛丝儿,横在中间的门闩上更是积了半寸厚的灰。知县走到近前仔细打量,见门闩上的灰落得十分均匀,显然是天长日久自然落上的,并没被人动过,看来是没人打这里进出。

知县不禁紧锁眉头,心里寻思道:"这便怪了!慢说昨天夜里,便是三五个月内,似也没人经过这里!倘若如此,那个叫宋蕙莲的是如何离开花园的?正门那边定然走不通,难不成是从围墙上翻了过去?"

便在此刻,一名衙差跑到近前,屈身禀报道:"回老爷话,小的已然照老爷吩咐,带了十几个弟兄,把宅子边边角角翻了个遍。院里院外、墙上墙下,都没找到半点儿有活物出去进来的痕迹!"

知县听闻不禁又是一惊,原本轻捋胡须的手微微一抖,竟齐根儿扯下了一绺儿。他却顾不得腮下疼痛,自言自语道："无人出入，却凭空少了个人，真是奇了！莫非她真的变成了个蛾子，打窗户飞了出去？"

衙差微微抬眼，偷瞟了知县一下，吞吐着说道："老爷，依小的看来，没了的人即便真是飞了出去，也是一头摔在了地上，把头都撞出了血……"

这一句把知县说了个满头雾水，不由得骂道："吃了屎的东西，什么时候了，还在这里打哑谜！寻见了什么，还不快说！"

衙差脸色煞白，急忙道："小的也说不清楚，请大人移步验看，便有分晓！"

说罢，衙差直起身子，朝小楼而去。知县领人跟在后面，一旁的月娘也带了娇儿、玉楼跟雪娥跟了过去。另一边，金莲叫人打昏，已被送回了卧房，由春梅照看。

一众人跟着衙差绕到小楼后面，头顶上便是玉楼跟春梅查看过的小窗，下面是一排尚未见绿的垂柳。树下则是一片衰草，那条鹅卵石小道儿就铺在草间，弯弯曲曲通到月亮门前。

知县抬头看看开着的小窗，又把刀子一样的眼神投在衙差身上，沉声喝道："撞丧似的把我领到这里，敢不是拿我来消遣？"

衙差扑通跪了下去，头磕得如捣蒜一般，颤颤巍巍说道："大人，还请上眼……"

说罢，衙差伸手指着窗下一株垂柳。知县两步走到垂柳跟前，上上下下仔细打量。他忽地将两只眼落在树干上面，把头伸到跟前定睛一看，不禁大惊失色，身子一歪，险些坐在地上。月娘也凑过来瞧，只一眼便"哎呀"一声跳在一边，脸上霎时没了血色。

这株垂柳主干有两人多高，碗口粗细。树皮本是棕褐之色，此刻却有一道暗红的颜色挂在上面，甚是骇人。这道红色不是始于树干顶端，乃是出在半高不高的地方，从上而下抹出一尺来长。

知县冞着胆子又往前凑了几凑，踮脚伸手比画了半天，却还离红道子起始之处差了一个巴掌。何九也凑了过来，不等知县开口问便道："启禀大人，依小人之见，抹在树干上头的，该是一道子人血！"

知县皱眉道："好端端的，怎会有人把血抹在树上？再者说，又是谁有这等本事，能把血抹到这样高的地方？"

知县身长六尺有余，再踮脚伸手，少说也有七尺来高，却依旧碰不到血道子的顶儿。以此推之，在树干上抹血之人少说也有八尺。想到这里，一旁的玉楼忍不住低声说道："八尺往上的，世上怕是没有几个！偏偏昨天夜里，宅子里就来了一个，那便是武二郎！"

玉楼这句如同惊雷一般，轰得众人目瞪口呆。过了许久，知县方回过神来，缓缓说道："三娘所言不虚！除了武松，确是没有第二个能将血抹在那里！只是……那武松若是来寻庆公晦气的，为何会跑到这小楼后面来？又为何会把人血抹在树上？再一节，这抹上去的血，又是谁的？"

玉楼微微皱眉道："不论血是谁的，皆说不通。若是武二郎自己的，他为何要将自己破开？若不是他的，便只会是爹的，因为昨夜宅子里再没第三个人受伤。可大伙儿都瞧得明白，爹从头到尾都是在屋里遭的难，那武二郎也是在那里遭了报应，二人谁也没踏出书房一步……"

玉楼这番话在情在理，可偏偏这一道子血清清楚楚印在树上，任谁也不能够视而不见。一旁的雪娥最是没心眼儿的，加上已是两天一宿不曾合眼，早不耐烦起来，不过碍于月娘就在跟前，不好发作，只是皱眉低头，两只眼睛四下乱瞧。

这一瞧不打紧，只见离垂柳不过四五步的枯草上，也有一块殷红！这红与树干上的一般无二，足有一方帕子大小。雪娥纵声大叫，引得众人都看了过来，众人这才发觉那血已然把衰草最上面的半寸都洇了，竟比树干上的还要骇人百倍。

未及众人多想，一个衙差又指了垂柳后面一块衰草道："老……老爷……这里也有！"

紧跟着，众人又发现了五六块血迹，每块皆是差不多大小，全都绕在垂柳前后左右。染了血的衰草皆东倒西歪，显然是不久前才叫人踩倒压弯的！

瞧到这里，众人没一个不瞠目结舌，说不清心里头是惑是怕。知县急忙叫手下的人四下找寻，却没在其他地方瞧见如此情景。

过了良久，月娘才直愣愣说道："难不成，是宋蕙莲那淫妇走时挂了伤，一路流着血溜了出去？"

玉楼皱眉摇头道："事情怕未必如娘说的这般。头一个，咱们亲眼瞧见蕙莲扮作五娘溜了出去，身上未见有什么伤，又怎会在外头流了这许多的血？二一个，蕙莲若是打楼前的门出来，必定直奔月亮门，又怎么会跑来楼后？三一个，即便她真挂了伤，又来过这里，血也该是滴滴答答连成一溜儿才是，又怎会东一块西一块，还有一道子竟到了树上？"

知县顺着玉楼的话道："三娘子蕙质兰心，句句打在了点子上。方才我还在想，倘使那个宋蕙莲是从窗子翻出来，跳在树上，又落到地上，保不准会把哪里碰破，把血蹭在树干上头，又踩倒四周的草。只是，大伙儿全都查看过了，头顶的窗子是万万出不来人的！如此一来，下官一时真想不出个头绪来……"

窗子出不来人，偏偏下面有人到过的痕迹；人该是从月亮门出去的，偏偏那里却没有半点儿进出的模样；再加上树干上常人抹不上去的血，四下踩压了的草……这桩桩件件叠在一起，把昨天夜里的事搅成了一团乱麻。

知县叹了口气，扭过脸对月娘道："事已至此，依下官之见，最要紧的有两件事。头一件，无论如何，那个叫宋蕙莲的贼女子不见了踪影，若将她缉拿归案，方才所见种种便都有了分晓。下官回去便发海捕公文，不信抓她不来……"

知县这样一说，月娘把头点得如鸡啄米般，恨恨道：

"那淫妇的三亲六故都死绝了,只剩个男人叫来旺儿,也是这宅子里的。一个月前,爹差他去京中办事,年也是在那里过的。掐指算来,也就是这三两天,便该回了!"

知县忙接道:"如此甚好!那来旺儿若回,不论白天晚上,娘子立时差人知会与我,我自有话问他。这二一件……烦请娘子引下官去庆公身前问个安。下官与庆公乃生死之交,他这番度劫,真是叫我心里如针扎一般,断不能不去瞧他一眼……"

话未说完,知县已然红了眼圈。月娘登时慌了手脚,左顾右盼道:"大人既这样说了,我自然不能拦着,这便引大人过去。只是……打昨日夜里出了事儿,五娘把爹送去她房里,爹便没再醒来,只怕……"

不等月娘说完,知县便抢道:"娘子放心,便是只在房外站上一站,也不枉下官与庆公相识一场!"

月娘再无话可说,只好叫娇儿、玉楼、雪娥各自回房,自己引了知县朝金莲卧房走去。金莲一嫁进这里,西门庆便命人腾出东边一座小院,叫金莲住在里头。平日里,外客男宾自然不会进到这里,是故月娘一边往里走,一边与知县解说。

小院正中坐北朝南有三间正房。居中一间当作厅堂,西门庆每到这里,便与金莲在此用饭;厅堂左边是金莲卧房;右边一间略小些,乃是春梅睡的地方,为的是能时刻听见金莲的盼咐。正房东西两边各有两间厢房。东边的是给几个小丫鬟住的，西边的眼下无人住着，却也收拾得干干净净。

月娘说到这里，知县微微皱眉，抬眼朝西厢房看去，随口问道："这西边原先也有人住着？"

知县这样一问，月娘方觉出自己话说多了，只得支吾应道："原本是有个人住着，可如今……"

月娘欲言又止，顿了片刻，不觉长长叹出一口气来。

第十八回　政和八年

　　陈敬济眼中跟心里似已没了普静，只差了一名小厮将他送到东边侧院一间卧房里，自己则是眉飞色舞着一路蹦跳出去，却不说要去哪里。好在金莲先前已命人将房间收拾出来。普静进房抬眼打量，这里虽不算大，亦不算奢，却也干净别致。普静修行多年，早不将这些放在眼里，朝小厮微微施礼，便将房门关上，盘腿打坐，诵起了玄奘大师传下的《心经》。

　　普静每日二五更都要诵念经文，只在三更四更睡两个时辰。他天赋异禀，两个时辰竟抵得上寻常人睡四五个时辰。今日诵罢了经，二更还未过去一半。普静并无困意，却不起身，只是思量起今日里见到的桩桩件件。

　　清河县内无人不知西门庆的性子，这一年又毁了身子，变得更喜怒无常，是故西门庆今日所说所做，普静皆不意外；反是瓶儿跟敬济，二人前后表现均大相径庭，真是叫他百思不得其解。

瓶儿刚到大厅时，处处委曲求全，话自然不敢多说一句，便是气也不敢在西门庆跟前粗喘一声。偏偏怀里的官哥儿得了名，瓶儿反倒硬气起来，竟当着众人逼问起了西门庆，令人始料未及。

陈敬济便更奇了。普静生平阅人无数，今日在大厅外头一眼瞧见陈敬济，便知此人定是个八面玲珑，最懂人情世故的。陈家已然垮了，此人依附在这里，慢说是西门庆，便是月娘、金莲抬一抬眉毛，他都要赔尽了小心。今日西门庆虽不露面，翟管家跟知县老爷却都来了。照理说，只要能叫这二人高兴，便是将陈敬济肝肺肠子都扒出来，他也是心甘情愿，又怎会忽地变了个人，竟把两尊神都撵了出去？

还有一节也算稀奇。应伯爵跟谢希大上门索要钱财，陈敬济竟没有半点儿迟疑，一口便应了下来。普静早有耳闻，西门庆将钱财看得比亲爹还重三分。有用的钱，千两万两眼皮不眨一下；没用的钱，一钱一厘也不会出。在西门庆眼里，像巴结蔡京的，投下一个能赚来十个，便都是有用的；扶危济困的，十个也换不回一个，便都是些没用的。今日支给应伯爵跟谢希大的，该是后头一类，怎地陈敬济便敢自作主张？

普静闭着双目，却仿若又瞧见了陈敬济疯魔般的模样，不禁微微皱眉，一时想不透其中关节。便在这时，外头忽地传来一声闷响，似有什么东西重重撞了一下。普静张开双眼，不及多想便起身推门而出，又快步出了偏院，左右张望。

院门外是一条夹道，自北向南纵贯宅子。打北边出去，便是晚上宴请宾客的正院；打南边出去，再往东边一转，乃是宅子的东角门。普静先是朝北边看去，并不见有甚动静；扭回头往南边瞧去，却瞧见了一个人。

只见这人后背冲着普静，朝着夹道尽头一步一步蹭过去。说他是"蹭"，只因这人微微往前弓着身子，脖子上套了一根麻绳，绳子另一头系在一辆两个轱辘的太平车上。这车比市集上常见的小了两圈，显然是大户人家宅子里拿来搬运物件的。车上放了一只不大不小的樟木箱子，盖子扣得严严实实，瞧不见里头装了什么。那人两只手握了太平车左右两侧的扶手，吭哧吭哧拉了车往前奔。

这拉车之人气力并不算大，把车子拽得一顿一顿，上头的箱子不时碰在车两边的围子上。方才普静在屋里听见的一声闷响，便是木箱撞在围子上发出来的。没等普静开口，这人已然到了夹道尽头，往东边一拐，连人带车没了踪影。

普静不觉微微皱眉。此刻已然临近三更，二人离得甚远，又只是个背影，自然瞧不见拉车人的面目。只是，普静自幼便有过目不忘的本事，借着十五的满月望去，只一眼便认了出来，这人头上插的簪子跟身上穿的衣裳，分明就是今日晚上陈敬济那身打扮！

看出这一折，普静心中一紧："打入夜起，陈敬济便在作妖。这三更半夜的，他孤身一人拉了箱子，又是要做什么？"

普静虽有疑惑，毕竟是世外之人，拉车的又是这里的半个主子，倒也不便深究。想到这里，普静低低叹了口气，转身回到屋里，灭了桌子上的油灯入睡。

外头街上打更的才敲过五下，普静已然诵完了经文，又踱步出了房门。他站在院正中，吸了一口早起的凉气，觉得通身上下甚是舒坦。日头还没出来，东边天上只有一抹不浓不淡的紫色。

普静走出院门，又站到了夹道中间，侧耳倾听，宅子里各处传来下人打扫的声音。既然已有人醒来，普静便不愿待在院里，一路往北，朝宅子正院那边过去。

普静走进正院，四下打量，又想起昨晚西门庆便是在这里叫狗扑在地上，不禁在心中念道："想来不出意外，西门施主身上的伤今日便会有起色。即便不能立时生龙活虎，也该能叫人扶着动上一动了。"

普静正低头寻思，忽听见一阵细碎脚步声由远及近，抬头一瞧，见两个丫鬟各自提了一只檀香木的便桶过来。二人微微皱眉，脚下加紧，打普静进来的门闪去了夹道。

普静紧走两步跟出来，瞧见夹道里已停了两辆太平车，与自己夜里见的一般无二。两个小厮各自看管一辆，上头齐齐整整排了十余只便桶，都刷得干干净净。那两个丫鬟走到太平车旁边，把手里的桶递给小厮。桶被接了放到车上，小厮又拿了一只干净的，交给丫鬟。

丫鬟接过桶，掀开盖子，一只手却朝车旁挂着的一只桶里伸去。那桶是黄铜的，里面插了一只瓢。丫鬟抓了瓢把儿，一连从里面舀出四瓢灰黑色的粉末，撒在桶里，又把盖子盖了，转身回了正院。

普静一世经理佛事，只一眼便知道黄铜桶里的乃是香灰。想来把香灰铺在底下，无论往里头屙屎屙尿，洗刷起来都不算费事，更可把些骚臭味道遮盖起来。

普静略一沉吟，随即走到太平车旁，施礼问道："敢问小施主，这些五谷轮回之物，可都是用这车子拉出去的？"

府里下人都知普静是贵客，又给西门庆施了药，自然不敢怠慢。其中一个急忙回道："老神仙说的什么'轮回'的，敢是桶里的东西？若是说这些，确都是拿这车拉出去的。咱们这里一早一晚拉两回出去，用的都是这样的车子。不用的时候，都停在西边一个侧院的墙根底下。"

普静微微点头，寻思道："原来是随手放的，难怪夜里能叫陈敬济推了出去。"

普静旋即又问道："这些东西，要拉去哪里？"

小厮回道："并不算远。顺着这里的夹道往南，再往东边，打那里的角门出去不过一里，便有个专存这些东西的池子。每天有人从那里把东西淘走，挑去卖给城外的庄户人家。"

普静又点了点头，双手合十朝两个小厮施了一礼，瞧他们拉着车子去了。普静信步回到正院，不觉间走到了后宅入口。打这里往里看，已然能瞧见里面有座二层小楼，想来便是一年前关了宋蕙莲的地方。宅子里女眷皆住在里头，普静自知不能进去，转身便要离开。

忽地，一道撕心裂肺的喊叫打后宅里传了出来："官哥儿出事了！"

瓶儿房里的景象可说惨绝人寰，便是普静这样修持一世的高僧，也不觉心惊肉跳，紧闭双目，低头默诵超度往生的经文。赶过来的月娘、娇儿、玉楼、雪娥个个面无血色，幸有丫鬟扶着，才不致瘫到地上。西门庆尚未醒来，金莲行走不开，只叫了春梅过来。

只见卧床之上殷红一片，官哥儿被裹在襁褓之中，不单没了气息，脸上身上无一处不是血肉模糊，如同叫豺狼虎豹啃了一般。骇人的是，那做了恶的畜生就蹲坐在官哥儿旁边——竟是一只通体雪白的肥猫！

这猫睁着一蓝一黄两只眼，伸了比血更艳的舌头出来，一下一下舔着爪子，似再舔几下，上头的血便要滴下来。

床边站了官哥儿的奶子，便是她头一个瞧见这里出了事，才喊叫出来。到了这时，奶子还是没缓过来，从头到脚抖得如筛糠一般。月娘自然六神无主，还是玉楼强作镇定，对旁边玳安叫道："还不赶紧把这畜生拿下，带出去溺死了！"

玳安还未动弹，雪娥忽上前一步，瞥了旁边的春梅一眼,夆着胆子朝月娘道:"禀娘知道,奴家看得仔细,这畜生分明是五娘房里的雪狮子!"

此话一出,众人皆是一惊,齐齐朝春梅看了过去。这猫确是西门庆找来给金莲消遣的,乃是用了二十两自一个天方商人处得来。此猫颇有灵性,在金莲跟春梅跟前甚是乖巧,遇见旁人却比大虫还凶。

此猫通体雪白,皮毛如雪缎一般,尤其脖颈一圈绒毛又长又密,较之寻常的猫又肥了两圈,才被金莲取名叫作"雪狮子"。这样的猫慢说在清河县独一无二,便是在整个山东地界,恐怕也找不出第二只。

见众人都瞧了过来,春梅却不慌张,只是微微垂了眼皮,不等月娘问便开口道:"确是五娘的雪狮子不假。昨日爹得了师父的灵药,急火火回了卧房,五娘跟我也随了去。五娘给爹把药敷了,守在旁边一宿没合眼。我怕雪狮子上蹿下跳碰了爹,便没让它进里屋,这一宿也不知它跑去了哪里。"

春梅这话不卑不亢,却又入情入理。月娘不知该如何接话,雪娥却一下扑到床边,放声干号道:"我的老天爷,你怎么就瞎了眼,叫这畜生毁了官哥儿!可怜爹只有这一条血脉,昨日刚得了名儿,今日就这么没了!你若真长了眼,就该降了神雷,活劈了这害人的畜生……"

众人皆听得出,雪娥这通煽风点火,面上说的是雪狮子,内里字字都打在金莲跟春梅脸上。放在平日,春梅的大耳刮子早就扇上去了，只是今日官哥儿遭难，又确是金莲养的猫惹出来的，实在不是发作的时机。是故春梅只得冷冷道："既然如此，咱们就替老天爷处置了这畜生！玳安，还戳在那里做什么？！"

玳安猛地回过神来，急忙道："诸位娘勿怪！小的是在想，即便五娘那头顾不到，六娘却总是跟官哥儿在一块儿的。六娘白天晚上不错眼珠儿地盯着，又怎会叫这畜生钻了空子？"

玳安这样一说，众人也都回过味儿来，这才发觉出了这等惊天大事，却不见了官哥儿的娘亲。一旁的奶子支吾道："平素到了五更，哥儿定会醒来吃奶，我便早早在外头候着。今日五更已过，屋里大人孩子却没有半点儿动静。我怕有什么变故，便轻推开门往里瞧。这一瞧，没瞧见六娘的影子，却瞧见这畜生……"

奶子讲到这里，又抖作了一团。普静在旁边不曾开口，眼睛却在房里四下打量。忽地，一样东西将他的双目死死拽住。普静目不转睛，口中喃喃念道："那位女施主，此刻怕是在另一处地方。"

第十九回　政和七年

　　知县见月娘忽地吞吞吐吐起来，便知道住在这里的人非比寻常。只不过，知县是个在场面上打了一辈子滚儿的，对于这种事，心中纵有千般稀奇，脸上也不会带出半点儿颜色，口中更是不会问出半个字。

　　偏月娘却是个想在心里便要说出来的，也不管知县，只是自顾自道："大人不知，原先西边这间里住着的，是那个开茶坊的王婆子……"

　　王婆是清河县里头一号的马泊六，慢说是两个人，便是两座山，只要得了银子，都能叫她撮合到一处。是故上至达官显贵，下到贩夫走卒，没一个不知道这老婆子的。当初便是王婆将西门庆跟金莲安排在了一块儿，才引出后面这些事来。之后王婆进了西门庆的宅子，知县也是知道的，只是不甚清楚个中缘由。

　　月娘接着说道："宅子里向来不缺人手，偏是五娘无事生事，见六娘身怀有孕，便说什么找个见过世面的来伺候，还指名道姓点了这个王婆。爹只是由着五娘,竟拿了一月十两银子召她进来,还把这里收拾停当,让她一个住了一间。住了不到一月,五娘又说六娘身子一日沉过一日,离不开人,叫爹在六娘院子边上打扫出整整一座偏院,叫这婆子搬去那里,这边就空了下来。"

月娘这样一说,知县心里已然明白了八九分,知道王婆手里定是攥了能要西门庆跟金莲性命的东西,才敢这般予取予求,却随口接道:"既是进来伺候六娘子,离得近些,总是方便!"

月娘冷哼一声道:"老爷明鉴,若真是如此,为了爹的骨血,便是叫她住进我那里,也不碍事。偏这婆子连六娘的正屋都没进过,每日只是吆五喝六,要吃要喝,倒成了大半个主子!爹是个眼里揉不得半颗沙子的,却一直不曾发落了她,真叫人摸不着头脑。"

知县不想叫月娘再往下说,便拱手道:"既然到了这里,咱们还是先去瞧庆公要紧。"

月娘这才回过神来,引了知县来到正房门前。知县抬眼一瞧,两扇门死死关着,听不见屋里半点儿动静,只有春梅一人拉了椅子坐在门前,拿后背牢牢把门顶住。

见月娘跟知县过来,春梅忙直起身子,两步抢到跟前说道:"娘请留步,不急着赶这一会子去瞧爹!"

春梅这一下,显然是叫月娘在知县跟前失了脸面。月娘弯眉倒竖,又怕惹了屋里的人,便压着嗓子斥责道:"没眼力的！没见知县大人过来?!"

春梅却还是不卑不亢的模样，只淡淡说道："娘教训的是，只是这一回却不是春梅没眼力。爹方才醒了，在镜里见了自己模样，便毁天毁地般折腾起来。若不是他老人家动弹不得，只怕早把五娘跟我掐死在房里了。爹好容易安分下来，便传下了话，只留五娘一个在里面伺候，任谁也不让进去，如若不然便揭了她的皮！"

换作平日，春梅既是传了西门庆的意思，不论是真是假，月娘定然不敢用强。偏这回知县站在旁边，若三两句便叫个丫鬟挡在外面，只怕往后整个清河县里再没人把自己当回事儿了。

想到这一节，月娘反往前一步，大声道："混账东西，敢不是叫夜里的火烧了脑子！旁人进不得，我偏进得；旁人看不得，我偏看得。我倒要看看，爹会揭了谁的皮！"

月娘一边说一边往前，伸手便要扯开春梅。忽地门旁一扇窗户打里面开了，紧跟着一样东西飞了出来，啪嗒一声落在月娘脚前。月娘三魂七魄霎时被带走了一半，一下跳到知县身后。知县也是一个激灵，定了神低头一看，扔出来的却是一条马鞭子。知县不知所以，两旁的人却都认出这是西门庆行家法时用的。上到几位娘，下到看门打更的，大都领教过这物件的滋味。

月娘大惊失色，却听到金莲在屋里说道："外头的春梅可听真了！替你爹谢过知县大人，就说当下多有不便，请大人先回，改日爹身子大好，定去登门拜会。剩下的都是家里人，若有谁不知分寸坏了规矩，你便捡起爹的鞭子，替爹给她们长长记性！"

春梅长长吐出一口气，扭过头朝窗子里头喊道："春梅全都听见了！五娘只管伺候爹在里头歇着！我守在外头，不论是谁，过得了我，过不了我手里的鞭子！"

说罢，春梅俯身把鞭子拿在手里，却并不在众人跟前张牙舞爪，只是直挺挺挡在门前。

知县急忙朝窗子这边拱手施礼道："既是庆公安好，下官也就放心了！还请尽放宽心，下官定从速缉拿凶徒，为庆公出了这口气！"

不等里面的人回话，知县又朝着月娘施了一礼，也不等对面回礼，便急促促打金莲的院子里闪了出去，生怕晚了一步，便会瞧见不该瞧的东西。

知县这一走，便是把月娘晾在门前，进也不是，退也不是。春梅却当没瞧见，不急不慢挪到椅子跟前，扭着身坐了下去。她一只手里握了马鞭，另一只轻轻抻了抻衣裳下摆，气定神闲地抬起头来，却不往月娘这边瞧上一眼。

月娘本就弹压不住金莲跟春梅，遇事又全没临机应对之策，此刻只是站在那里，一张脸窘得如上了霜的茄子一般。忽地屋里头的金莲又道："爹还说了，从昨日夜里挨到此时，娘一直没歇着，就早些回吧！等爹缓过这一阵，再叫诸位娘过来探望。"

这两句说得冰冰凉，却好歹算个台阶。西门庆躺在里头，月娘纵然有生吞了金莲跟春梅的心，也不敢再说半句，只好朝着窗户微施一礼道："既是如此，还请爹安心静养，也有劳五娘了。"

说罢，月娘领着几个下人转身而去，却不见春梅有半点儿从椅子上起来的意思。

月娘当真是气炸肝肺，一路铁青着脸回到自己的院里。她前一只脚刚跨过门槛，迎面便有人如受了惊的马儿般撞了上来，未曾开口，已然哭出了声。月娘吓了一跳，定睛一看却是四娘雪娥。

月娘满头满腹的火正不知打哪里出，见了她这副嘴脸，气更是不打一处来，厉声喝道："一个个都是恶鬼托生的，走马灯似的在我眼前晃！有屁便放出来，没头没尾地在这里号的哪门子丧！"

见月娘如此光火，雪娥立时收住了哭声，只抽抽噎噎道："奴家不是在哭自己，是在这里替娘叫屈！"

月娘更是没了好脸，沉着嗓子说道："好么秧儿的，替我叫的什么屈？"

雪娥一把将月娘拉进正房，又挥手叫旁边的下人退了出去，把门严严实实关了起来，这才凑到月娘耳根旁边道："心里屈不屈，只有娘自己知道！"

月娘一愣，从头到脚打量雪娥，仿若是头一回瞧见这人，看了良久才佯装不屑道："咱们在这里是哭是笑，全凭爹一句话。屈不屈的，又有什么打紧。"

雪娥见了月娘反应，心里已然有数，便又低声说道："放在往常，娘这样说是不错；可今日里，却大不相同。爹遭了大难，依奴家看，就算玳安寻来了那个什么神医神二的，一时半刻也难跟之前那般生龙活虎。爹一趴下，慢说后宅里的上上下下，便是爹在场面上的那些事，也都该落到娘手里才是！"

月娘身子一震，一对眸子里霎时闪出从未有过的光亮，便是气儿都喘不匀了，嘴里却说道："该杀的小淫妇，爹那边生死未卜，你竟打上了这样的主意！单凭方才这几句，就该用爹的鞭子打你个半死！"

雪娥已然没了退路，又摸出了月娘底细，索性参着胆子道："娘就算打死奴家，奴家今日也要说个痛快！家有千口，主事一人。外头的事也就罢了，宅子里的事，无论如何也该是娘说了算。可自打……自打那姓潘的淫妇进来，把爹霸了过去不说，就连家里吃穿用度的开销，也尽数把了过去，从不把娘放在眼里。娘是个不争竞的，她却仗着有爹撑腰，越发蹬着鼻子上了脸。这一回爹怕是说不上话了，真是老天爷知道娘过得苦，给了咱们翻身的时机。娘不该迟疑，就该将那淫妇，连着春梅那小浪蹄子，一并发落了，往后里里外外便是娘一人的太平天下了！"

月娘紧锁眉头呆了半晌，才深提了一口气道："你说得倒是容易！爹出了这样的事，打今日起都要在她房里躺着，还说了只留她跟春梅在旁边伺候。若是此刻过去发难，不单占不上理儿，事后爹知道了，也断不能饶了咱们！"

雪娥阴阴一笑，沉声道："娘真是天底下最忠厚老实的！奴家既然敢在这儿出主意，自然早就替娘算计妥当了。这一回，娘什么都不用做，不论出了什么事，只是一问三不知就对了。另一边，奴家自会安排旁人从天而降，叫那淫妇遭了报应——爹便是知道了，也绝说不出半个不字！"

雪娥这样一说，月娘甚是不解，痴痴问道："你真是越发失心疯了！从天而降，哪里会有这样的人？"

雪娥道："偏偏就是有一个，只需许些好处给他，不出三日定然叫那淫妇跟春梅脑袋搬家！"

第二十回　政和八年

普静此言一出，屋子里众人无不惊骇。月娘紧皱了眉头问道："师父怎会知道六娘的去处？"

普静双手合十，双目看向房里一处角落道："贫僧看见这里摆着的物件，便知道了那位女施主去了何方。"

众人一起瞧过去，却不见那里有什么物件摆设。再仔细往地上一瞧，只见那里留下四四方方一个印子，印子里头干干净净，四周却薄薄盖了一层灰土。

普静沉声道："贫僧以为，这里原本该是摆了箱柜一类的物件，却让人挪去了别的地方。"

旁边玉楼略一沉吟，上前一步低声道："大师果然慧眼如炬！咱们几个都来过六娘这里，我记得这里放的是一只樟木做的箱子……"

月娘忙接话道："还是三娘心细！这样东西我也是知道的，乃是六娘进门时打花家带过来的，放在这里便没再动过。六娘曾跟我提过，里面装的都是些过时过季的衣裳，值不了几个银子。若是有贼人溜了进来，满屋子随手拿了什么也比箱子里的值钱，何苦连箱子一道儿搬了出去……"

玉楼低声道："娘说的极是，只是……箱子里头的东西，怕不是叫贼人拿了……"

月娘大吃一惊，玉楼却几步走到屋子另一边。另一边摆了一只一人高的柜子，两扇左右对开的柜门全都关着，却有一抹绛珠色打门缝儿里露了出来。再仔细一瞧，是一件夹衣的袖子被掩在了那里。

玉楼并不去碰柜门跟衣袖，只是站在跟前抬手指着道："咱们都知道，六娘平素最是讲究条理，应用之物从来都是一丝不乱。这会子竟有一只袖子被夹在外头，想来定是有些蹊跷。"

月娘三两步走到柜子前，也不管旁人，伸出两只手左右一分，将两扇门左右打开。不等月娘的手移开，柜子里的东西便一股脑儿落了出来。月娘只惊得往后一仰，若不是被玉楼一把扶住，便要仰面跌下去。只见十来件内外衣裙打里面掉了下来，撒花般落在月娘跟玉楼脚边。

月娘定了定神，低下头一瞧，又是大吃一惊，颤着嗓子道："这些我都见过，先前都装在那口不见了的樟木箱子里……怎地箱子没了，偷箱子的却把里头的东西留了下来？"

玉楼道："娘不必心急，咱们不妨请师父指点迷津。师父从没到过这里，却一下子瞧出少了箱子，想必心里早已是通通透透了。"

普静双手合十道:"阿弥陀佛!女施主高看贫僧了!贫僧只是在昨夜里,无意间瞧见过没了的箱子……"

月娘忙追问道:"师父是如何看到的?"

普静将昨天夜里所见的从头到尾说了一遍,在场众人听了无不瞠目结舌。不等普静交代清楚,月娘又插话问道:"依师父看来,六娘为何在夜里拿车把自己的东西往外推?"

普静微微摇头道:"这正是贫僧要说的。东西是这屋里的不假,推东西出去的却不是这里的女施主,乃是昨日在正厅见过的那位陈施主!"

此言一出,众人皆禁不住"哎呀"一声,不知该如何接话。在旁边将这些当作热闹看的雪娥好似叫生了两只钩的蝎子蜇了一般,尖着嗓子叫道:"真是无法无天了!三更半夜,当女婿的跑去六娘房里,还叫一个和……还叫师父看了去。传讲出去,爹跟娘的脸面往哪里放……"

不等雪娥把话说完,春梅两条柳眉早已立了起来,也不与她争辩,却直通通打断道:"敢问师父,可看清了姑爷推着箱子去了哪里?"

听春梅这样问,普静不禁微微皱眉,低头叹道:"阿弥陀佛!我佛心中,万物平等,没有哪里是洁净所在,也就没有哪里是污秽所在。这位女施主,怕是去了世间最洁净的所在。"

玳安站在池旁,抬着袖子掩住口鼻,拧着眉毛招呼七八个小厮拿着长杆套索在屎尿里来回划拉。这几个小厮嘴上不说，心里早将玳安连着月娘等骂了个遍。月娘等一干人却站得远远的，生怕池子里飘出来的味道沾在身上。

一个小厮拧着脸用长杆一通搅和，忽地听见池子里传出一声闷响，好似有什么东西绊住了杆子。不等他喊叫出来，玳安已然跑了过来，挥着两条胳膊扬声道："没用的，都碰着了，还不赶紧钩上来？娘可在边上等着呢！"

众人将长杆套索朝了出声的地方下过去，又是一通摸索搅和，又有三五根杆子也把那样东西套住了。众人一齐用力将物件钩了出来，小心翼翼放在池子边上。这下子月娘等顾不上许多，快步走到跟前上下打量，却正是瓶儿屋里不见了的樟木箱子。

此刻箱上挂的满是金黄之物，叫正月里的风一吹，任谁闻了味道都要呕几下。玳安退在月娘身侧，指点着箱子喝道："没眼力的，还不找些清水跟抹布过来，把这玩意儿擦干抹净！难不成叫娘自己动手？"

西门庆宅子里的都知道，在一众下人里，春梅自是独一份儿的，便是月娘也要让她三分；再往下便是玳安，生得如西门庆肚子里的虫，又得几位娘欢喜，隐隐算得上是小半个主子。他这一招呼，立时便有三五个小厮转身去拿洗刷的物件。

不想一旁的普静却一步跨在前头，双手合十道："阿弥陀佛！此地找出此物，只怕事有蹊跷；既有蹊跷，还是不要妄动为好,以免被眼障心障所迷,反倒失了本真。"

不等月娘琢磨过来,春梅便接话道:"大师说得不错。事关重大,咱们还是原封原样的最好,免得往后说不清楚。玳安,用杆子把箱盖子挑开就是了。"

玳安哪里敢有半点儿迟疑,一把抓过身边一个小厮手里的杆子,凑到樟木箱子跟前。箱子并未上锁,只是扣了搭扣。玳安挑开搭扣,再要挑开盖子,又忽地停下,扭过头满脸迟疑瞧着月娘诸人,两只手竟微微抖了起来。

月娘自然知道箱子里头装着的,十有八九比池子里的还不干净。她向来都是有主事之心,却无主事之才,事到临头又不知该如何是好。被玳安这一看,月娘登时面色煞白,不知该不该叫他把盖子挑开。

还是春梅最有主意,也不看月娘,只对玳安道:"无用的奴才,这便怕了!敢是里面能蹦出鬼来,吃了你不成?再者说,有师父这样得了道的神仙在这儿,哪个妖魔鬼怪敢来作死!"

普静听了,微微低头道:"阿弥陀佛!女施主所言,贫僧万万承担不起。只不过……昨夜箱子叫人拉了出去,今日便连人带箱都不见了。当下人虽不知下落,箱子却在眼前。或许掀开盖子看见里头的东西,便能知晓那位女施主去了何处。"

月娘点了点头道:"师父说得甚是在理。玳安,还不快些将盖子掀了!"

玳安再不敢迟疑，啪的一下掀开了箱子。普静经多见广，况且修心多年，早已是八风不动，并不惧怕箱子里装着什么叫人心惊肉跳的东西。只不过五色令人目盲，五音令人耳聋，五味令人口爽，是故这些时候普静都是先闭了双眼，待心定下来再行再看。

这边普静双手合十闭了眼睛，那边尖叫惊恐之声已是此伏彼起，乱作一团。普静朗声问道："阿弥陀佛！既然开了，可得了那位女施主的下落？"

月娘早已六神无主，只是紧紧攥着身旁玉楼的胳膊，根本听不见普静问话。只有春梅强作镇定，颤着嗓子答道："确是有了下落，师父自行看过便知晓了……"

普静心中已然有了分寸，缓缓睁开眼睛往箱子里看了一眼，旋即将目光移走，垂首叹息道："万般变化，皆有因果；往生极乐，乃是超脱六道八苦。阿弥陀佛！"

原来在箱子当中的，正是李瓶儿！

瓶儿钗发蓬松，衣衫不整，蜷着身子仰着脸躺在箱子里，宛如一片叫人撕下来的纸又被丢在风里，最后飘飘摇摇落进了箱中。她一张粉面已然没了半点儿血色，右边鬓角一片模糊，显然是叫人拿了粗重的物件儿狠狠打了一下，流出来的血将小半边脸染成了猪肝颜色。再往下瞧，瓶儿身上沾了不少池子里的东西，却都是星星点点，既没成片，也没渗到衣裳里头。明眼人都瞧得出，瓶儿定是遭了毒手后叫人装在箱子里，连人带箱扔到池子里，是故只有些许不干净的东西打箱子缝隙间渗进来，沾在了身上。

入夜前瓶儿才抱着官哥儿讨了名字，只隔了一夜，母子二人一个叫畜生毁了，另一个葬身在腌臜物里——想到这一层，众人心里无不起伏。李娇儿向来都是钝钝的，此时站在旁边满脸尽是呆滞神情；玉楼垂着眼皮，脸上并不见悲喜之色；雪娥却是掩不住的窃喜，两只手紧紧攥了拳头，才不致叫自己乐出声来；唯有月娘一边看着瓶儿尸首，一边打怀里掏出帕子不住地抹着两个眼窝，抽抽噎噎道："我那可怜的妹妹，想是见官哥儿走了，做娘的放心不下，也便随着去了……"

春梅怕月娘说着说着便会失了体面，急忙劝道："娘不必伤心，咱们定能找到那害了六娘的贼人，为六娘讨回公道！"

月娘狠狠道："还找什么！可不是明摆着的！师父看得清楚，把六娘杀了装在箱子里拉出去的，便是陈敬济那挨千刀儿的！师父，昨天夜里你看得明白，你说是也不是？"

众人都朝普静看了过去，却见他直勾勾盯着箱子里瓶儿的尸首，两道如雪白眉拧在一处，脸上尽是不解神色。箱子刚打开的时候，普静只是看了一眼；此刻却全没了方才的从容，反倒像是叫尸首吓了一跳，全然没听见月娘说些什么。

月娘见普静并不理会自己，又提高声音说道："师父，你说是也不是？"

普静仿若被这一句喊回了三魂七魄，双手合十道："阿弥陀佛！贫僧昨夜，确是瞧见了陈施主，只是……"

普静这一句还没讲完，宅子里一个小厮着了火一般冲了过来，扑通一下跪倒在月娘跟前，颤着嗓子道："禀报娘……娘知道，小的在园子的那个洞里，瞧见了……瞧见了咱家姑爷！"

第二十一回　政和七年

自正月十五一大早起来，宅子里上上下下已然战战兢兢挨过了三日。到了正月十八夜里二更，除去仍旧瘫在金莲房里的西门庆跟后宅的那片断瓦残垣，其余的倒好似跟之前没什么两样。众人疲惫不堪，都早早睡下了，只剩下玳安一个在各院间行走。他穿了一件镶了灰鼠毛的棉袍在身上，手里提了盏气死风灯，口中吐出道道白气，在心里碎碎念道："正月没出，便把这一年的霉头都触了一遭！那些个该叫雷公劈了的倒裹在被窝儿里睡得香，却叫小爷一连巡了三个夜！巡夜，巡夜，真要是巡见了个鬼，小爷便把鬼带去那些个的房里，看谁能睡得安生！"

西门庆最擅刨别人家的篱笆，正因如此，于自家篱笆看得最紧，每夜都叫人提了灯四下巡视。玳安是一众小厮里领头的，西门庆便将此事交予他来安排。玳安是个精明的，这等费力却未必讨好的差事，自不会亲力亲为，只叫手下每夜前后查看。

偏偏宅子里出了大事，西门庆趴了架，一切皆落在月娘头上。月娘从来摸不着关节，只会拿些不痛不痒的事当作令箭，以显自己有持家主事的本领。头一个安排的，便是把每夜巡视一回改成了两回，还特意叮嘱玳安不得指派旁人，不然便揭了他的皮。玳安嘴上一百个应承，心中却是一万个不情愿。

此刻玳安正由南向北，走在正院跟偏院间的夹道里，忽地往前瞥了一眼，却瞧见叫人吓破了胆子的东西。只见一道黑影猫着腰潜在不远处，贴着墙根一点点往前蹭，好似一只断了尾巴的壁虎成精。玳安着实吓得不轻，急忙缩了身子，又把灯火掩了，隐在暗中不错眼珠儿地盯着。四下一片漆黑，自然瞧不见前头人的相貌，从身量看来，却是个男子无疑。

这男子摸到夹道左手边一扇小门前，便停下了脚步，伸手在腰间一通摸索。忽地，男子把手一抬，玳安借了月光看得明白，却是一把闪着光的柴刀！男子拿了刀子的手似在微微发颤，他低着脑袋盯了白刃许久，猛地吐了一口气，似是下定了决心，闪身进了身侧的小门。

刀子的光在男人脸上一闪，叫后头的玳安瞧见了他的面目。玳安不觉抽了一口凉气，心中念道："这拿了刀子的，却是那宋蕙莲的男人来旺儿！"

之前西门庆为把蕙莲弄上手，便打发来旺儿去汴京办事。来旺儿离了清河已然一月有余，如今回来本不稀奇，奇就奇在他没在白天来找西门庆交差，却在夜深时分摸进了院子里——须知道，这座院子正是金莲住的，如今西门庆正瘫在里头！

西门庆跟蕙莲的勾当，宅子里上上下下可说无人不知。来旺儿若是回来，只怕不出半个时辰，便会知道自己做了乌龟王八！这来旺儿依稀便是个没甚手段跟本钱的西门庆，别家老婆自己偷得，自家老婆叫人家碰了便要拼命。此刻他手里拿了刀子，趁夜摸进了西门庆待的地方，只怕后果不堪设想！

玳安最是精明，想到这一层，浑身上下立时起了一层冷汗。他本想一边喊叫一边冲过去拦下来旺儿，却又想到这人发起狠来连亲爹都敢下手，倘若自己就这样冲过去，保不准他会掉头朝自己砍过来。

想到此处，玳安又吸了口气，把手里的灯撂在一边，蹑手蹑脚摸到了小门跟前，探了半张脸往院里瞧过去。来旺儿显然是有备而来，此刻已摸到了正房门前，只见他伸手轻轻将门推开，旋即闪身进去。

玳安心里明白，各位娘的院子因都在后宅，四面八方有好几道守卫，是故都不会再打里面闩上房门。打这扇门进去，便是厅堂。厅堂左手边是西门庆跟金莲待着的卧房，右手边乃是春梅的睡房。想来临近三更，里头的三人都已睡了过去。来旺儿进屋，自然是直奔左边。若能没声没息了结了该了结的，便可顺着原路溜出来，连春梅都惊动不着。

见来旺儿摸了进去，玳安不禁在外头思量起来："爹平日里虽待我也算不薄，可终究是个喜怒无常的。今日高兴赏个十两百两，保不准明日心里不顺，一顿马鞭便送我见了阎王。五娘跟春梅更是一对要人命的，日后倘若拿了钥匙掌了权，定是比爹更难应对。既然如此，莫不如……叫来旺儿这一遭毁了这三个！这三人没了，宅子里便是娘来说话。娘最是没主见，二娘、四娘没脑子，三娘虽然精明却从不揽事上身，六娘更是身子不好……如此一来，娘只好叫我来拿主意。说不准他日把我收了做个'西门小官人'，这万贯家资便落在了我的手中！"

正是"近朱者赤，近墨者黑"，这玳安跟着西门庆久了，这方面倒是学了个十成十，不论遇见什么事，首先想到的总是自己的得失。玳安打定主意便不作声，只在暗处死死盯住正房的门，想着等来旺儿完了事离去，自己好坐收渔人之利。

玳安在小门外头猫了约莫一刻钟，却不见从正房里传出半点儿动静——好似从未有人拿了刀子溜进去过！饶是玳安如此精明，此刻也是如堕五里雾中。他对宅子里每间屋子皆了如指掌，中间的厅堂自不必说，左右两间屋都是女子家的卧房，哪一间都没有凿墙开窗。如此一来，进去的人想要出来，除非掀了屋顶破了墙，不然便一定要打门里出来。来旺儿进去，无非两样后果：要么事成全身而退，要么事败落荒而逃。不论是哪样，他都该从门里出来才是，断不该不声不响不见动静。

玳安又在门外蜷了一刻钟，却依旧不见来旺儿。他再也忍耐不住，夆着胆子进了院子，一寸寸地挪到了房门边上，侧过身子，把一只耳朵贴上去听里头的动静。不想屋里竟如无人一般，任玳安怎么听，都没有半点儿声音。

玳安的两道眉毛早已拧在一起，他嘬着牙花寻思道："难不成那个进去的不是来旺儿本人，而是什么不干净的东西附在了他身上？这样东西进了屋，把里头三个人的魂儿全都摄了去？"

玳安想起先前无缘无故不见了的蕙莲，还有窗子底下那些没来由的血迹，不觉打了个寒战。他心里一慌，脚下便没了根，身子一下子往前倾了过去。只听扑通一声，房门硬生生叫玳安顶开，他也一头栽进了厅堂里。

没等玳安起身，一双穿了团花绣鞋的脚已疾步到了眼前，紧跟着便是一人压着嗓子斥道："天杀的！深更半夜竟跑来这里作死！"

玳安急忙起身，见春梅右手持了一盏烛台，沉了脸站在眼前。春梅手里的烛火一通乱闪，映得她的一张俏脸忽明忽暗，透着一股说不出的异样。玳安本就对春梅有七分怵头，见了这副光景，更是未言先怯。

春梅却不在意玳安神色，兀自道："娘叫你守夜巡查，你却跑来这里做什么？敢不是趁着宅子里出了事，想趁火打劫不成？"

这几句把玳安说得魂不附体，立时回道："小的岂敢！正是因为在外头巡夜，瞧见了蹊跷的，才一路跟来这里，不想却冲撞了爹跟五娘……"

这话虽是朝春梅所说，却是给左边房里的人听的。没等春梅回话，左手边的房里便传出金莲的声音："两个催命的，在外头吵吵什么！敢是争着去投胎不成！爹身子不适，才睡下去不到半个时辰。若是给你们弄醒了，看我不揭了你二人的皮！"

厅堂里的春梅跟玳安都不敢接话，金莲接着道："春梅，在外头给我问清楚了，这个挨千刀的今晚闯的是什么丧！"

春梅点头称是，扭过脸死死盯着玳安，看他如何应对。不想玳安却似没听见般，两只眼睛直愣愣的，心里盘算道："看来爹、五娘跟春梅全都好好的，并没受到惊扰。这么一来，那个来旺儿去了哪里？"

想到这一层，玳安不禁四下打量厅堂。厅堂里除去桌椅，便全是多宝架一类的家什，上面摆了各式物件，却没有箱柜一类能藏人的东西。玳安又寻思道："既是不在厅堂，便是进了左右两边的卧房，可五娘跟春梅如何都没觉察？难不成他进来并未动手，只是在卧房哪个地方藏了起来？"

春梅见玳安发起痴来，不禁恼了，又怕惊醒西门庆，只得低声骂道："又是装的哪门子尸，没听见娘问话呢！"

玳安猛地被叫回神来，依旧不答金莲跟春梅的话，却一头冲进右手边春梅的卧房。春梅霎时大惊失色，险些叫出声来，紧紧地追了进去。玳安先一步进来站定，见房里有一张下了帘子的卧床、一只黄杨木的立柜跟一只樟木箱子。除去这三样，便只剩下摆在角落里的一张梳妆台。台子上立着一面铜镜，显然是刚刚磨过的；台子上面零零散散摆了些瓶瓶罐罐。

　　玳安打定主意，两步走到立柜跟前，伸出两只手一把扯开两扇柜门。柜子里头放了几十件衣物，全都齐齐整整叠好摞着，并没有玳安要找的人。不等春梅醒过味儿来，玳安又抢到那只箱子跟前，一把将箱盖子掀了起来。箱子里头装的也是些瓶瓶罐罐，跟梳妆台上摆着的似是一类东西。一眼瞧过去，这里头更是藏不下一个大活人。

　　玳安直起了身子，猛地转过头去，死死盯住了下了帘子的卧床。倘若来旺儿真是进到了这里，却又不在立柜跟木箱里，那便只能是藏在床帘之后。想到此处，玳安缓缓挪到春梅的床前，深深提了一口气，猛一把将垂下的帘子左右分开！

　　霎时间，一股淡淡香气扑面而来，幽幽飘进玳安鼻孔里，真是说不出的受用。这股香气并非胭脂水粉般的浓香，也不是檀香般的雅香，似是体香一类的味道。饶是此刻玳安心中千头万绪，闻见此香却不由得心中一荡，好似把眼前的局面全然抛到了三十三重天外。

　　玳安兀自出神之际，猛然间啪的一声，紧跟着只觉右边的半张脸如着了火般，这才打幻境中掉了回来。玳安侧过脑袋一瞧，只见春梅叉着左手站在旁边，恨不能将眼角瞪裂；再扭回头往床上一瞧，上面除去被褥枕头，又哪有别的东西！

玳安顾不得脸上的疼，心里思量道："来旺儿若不在这里，便只能是在……"

恰在此时，另一边金莲房里传出了西门庆的一通干咳！

第二十二回　政和八年

众人万没想到，短短半日里，竟然一连见了三处吓破胆子的场面！方才的化粪池子虽是污秽，却倒也是谁都见过的东西；此刻藏春坞内的情景，却是这辈子想都不敢想的。

这里是西门庆避寒暑、行快乐的隐秘所在，内里物件一应俱全。一张铺得甚是舒坦的卧床安在东南角，上面堆了一床苏绣锦被，似是昨天夜里有人在这儿睡下了。

床头不远的地方是一张梳妆台，上面摆了些胭脂水粉。台子旁边是个半人来高的木头架子，架子上是一只铜盆。西门庆隔三岔五便要引各类女子到这里行乐，是故洗漱梳妆一类的东西倒是一样不缺。正中间是一张小八仙桌，桌旁摆了两把交椅，桌上摆了一碟桃花烧卖、一碟熘蟹腿儿、一碟白斩鸡跟一碟油炸长寿果，还有一壶惠泉酒跟两只酒杯。酒杯里各剩了半盏酒，显然是有人在此对坐而饮。

不过此时的藏春坞里，却闻不见半点儿酒菜味道，只有一股比化粪池更叫人作呕的气味浮在半空——乃是自一人脖腔子里冒出来的血腥味！只见一人倒在八仙桌旁的地上，两只脚朝了洞口，一双手朝了卧床。这人颈上头颅竟不见了踪影，只剩下了血肉模糊的腔子！地上早已被里头流出来的血浸红染透，那股腥臭之气便是打这里来的。想来此人死了有几个时辰，不论腔子里的还是地上的血，都已然干透了。

月娘、娇儿跟雪娥接二连三瞧见这些不该瞧的，早已抖如筛糠，没了半点儿主意。玉楼跟春梅则微微皱了眉头，一言不发站在一边，只是目不转睛地盯着地上的尸首。普静也在细细打量，忽地合上双目，两只手合十道："阿弥陀佛！果然是陈施主往生极乐……"

玉楼微微一惊，抬起眼对普静道："师父为何如此笃定？虽说奴家看了也……也觉得似是姑老爷，但毕竟这尸首的头不见了踪影……"

普静答道："贫僧并非从皮相上分辨，而是……看见过往生之人身上的衣物！"

众人皆是一惊，玉楼低头瞧了一眼，又抬起头道："难不成，师父是说……"

未等玉楼说完，普静便点头道："不错！深夜时分，贫僧于夹道之中瞧见陈施主推了车子往外面去了。当时陈施主身上穿的，便是这身衣物！缘起缘灭，只在一瞬之间，阿弥陀佛！"

众人听普静这样一说，皆低下脑袋不再言语。过了半晌，月娘才不得不出头道："如此说来，是这天杀的陈敬济害了六娘跟官哥儿的性命，还将六娘扔去了那里……可为何这杀人害命的，又在这里丢了自己的性命？"

普静道："害人者终害己！'螳螂捕蝉，黄雀在后'的事，贫僧倒是屡见不鲜。陈施主遭了不测，倒也……倒也不算意外；叫贫僧想不透的，却是这两桩命案里的另一处关节……"

月娘听得一头雾水，玉楼却皱眉沉声道："师父说的'关节'，莫不是……"

普静与玉楼似已心照不宣，普静朝她点了点头，缓缓说道："两位施主往生极乐，不论是谁动了杀心，得手之后都该速速离去才是。可如今看来，这个歹人却偏偏反其道而行之……"

说到此处，普静又低下头瞧了一眼面前的尸首，接着道："头一桩，陈施主在那位女施主房里行凶，之后先将那口箱子里的东西塞进了立柜，再把女施主的皮囊装在箱子里，又用车把箱子推去了那里……他若将尸首留在那里，自己立时离去，我等第二日便是觉察女施主去了，也断不会猜疑到陈施主头上。可他偏来了这样一出，又恰叫贫僧瞧见，反将这些勾当露了出来。尸首不论在房里，还是在池子里，似无差别，动来动去，于陈施主没有半点儿好处。既然如此，他又为何画蛇添足？"

普静最后一句似是自问，又像是询问众人。众人皆紧皱眉头，并无一人应声。普静却不在意，又接着道："第二桩命案亦是如此。何人在此谋了陈施主性命，贫僧无从知晓，只是……无论是谁，又为何要将头颅取下？取人性命的法子何止百种千种，唯有砍下头颅最是费力，那么行凶之人为何舍易取难？"

普静又是一顿，抬眼环顾整个藏春坞，过了许久才又说道："陈施主颈上人头不知去了哪里——性命已然取了，又何必将头颅拿走藏匿？况且……头颅绝非易于藏匿之物，带在身上只会给行凶之人增加麻烦……如此看来，这人倒是与做下第一桩命案的陈施主一模一样，是个喜欢给自己找麻烦的！两桩命案皆在这个关节十分蹊跷，是故贫僧才会百思不得其解。"

普静这样一说，众人方觉察出来，比起是何人取了陈敬济性命，行凶之人杀人后的行径确实更加可疑。沉默了片刻，依旧是玉楼说道："前头一桩，行凶之人为何将六娘扔……送去那里，奴家愚笨，想不出个所以然来。后面这一桩，或许……或许眼前这没了头颅的，并非咱家的姑老爷，只是叫歹人套上了姑老爷的衣裳……"

月娘在一旁听得似懂非懂，却还强出头道："三娘的意思是说……是说……"

玉楼忙点头道："娘果然早就想到了。奴家是说，死在这里的或许不是咱家姑老爷，而是另一个人！杀人的想叫咱们把躺在地上的这个当作姑老爷，才费力取走了头颅！"

月娘追问道："若死了的不是姑老爷，行凶之人为何想叫咱们把这人当作是他？"

玉楼道："这个……只怕就要从师父瞧见的那位推车人说起了……"

普静早已明白了玉楼的意思，双手合十道："阿弥陀佛！这位女施主所言虽是推测，却入情入理。想来，这两桩命案乃是同一人所为！此人害了女施主之后，想找一人替自己顶罪。不知为何，挑来选去便相中了陈施主。他找了陈施主这身衣裳穿了，又将装了女施主的箱子用车推了出来。此时想来，贫僧昨夜听见的磕碰之声并非偶然，是那人故意弄出来的，只为了引我出去……"

月娘问道："师父此话怎讲？"

普静道："只因贫僧昨日在晚宴上见过如此打扮的陈施主，歹人有意叫我看了他的后背，这样一来，事后贫僧便会做证，说将女施主推出去的乃是陈施主，杀人害命的便也只能是陈施主……"

听到这里，玉楼跟春梅皆不动声色，月娘跟身后的娇儿、雪娥却如梦初醒，将头点得如鸡啄碎米一般。

普静接着道："处置好了女施主，那歹人又将另一人骗到这里，结果了他的性命。而后，此人将自己身上的衣裳套在死了的身上，又取下了他的头颅，带在身上离了藏春坞。咱们在这里见了尸首，又见了这身穿戴，便会认定此乃陈施主，也就会按照'螳螂捕蝉，黄雀在后'的路子追查下去。果真如此，便中了歹人布下的圈套，只会越查越偏……"

月娘两眼一亮，旋即问道："照师父说来，这个躺在眼前的，并不是咱家的姑老爷？"

普静双手合十道："阿弥陀佛！贫僧之所以斗胆妄言，乃是因为唯有这般，方能说得通那歹人行凶之后为何大费周章……"

月娘却不听普静说些什么，自顾自欢喜道："我便说，咱家姑老爷最是懂事持重，又将爹跟咱们都当作亲生爹娘，哪里就能做出这等丧天良悖人伦的禽兽行径！只是……害了六娘性命的会是何人？又是哪个倒了霉的，叫那歹人杀在这里充作姑老爷？还有一节——既然躺在这里的不是咱家姑老爷，那为何到现在都不见姑老爷出来？"

月娘虽痴，这最后一问却问到了点子上。普静跟玉楼说了半天，却都没想过发生了这等大事，货真价实的陈敬济为何还不露面。就在这时，只听藏春坞外起了一声惊天动地般的哭号，跟着便有人一阵风似的抢了进来，扑通一声跪在尸首跟前，却又有意与尸首隔了一尺。众人定睛一看，来的乃是西门庆与原配陈氏所生的西门大姐，亦是陈敬济的正妻。

陈氏病故多年，西门大姐自小便与西门庆甚是淡薄，年岁一到，便嫁去了京中陈家，一连多年从没回过娘家。这次实在是走投无路了，才只好跟陈敬济一起回了清河。陈敬济将西门庆当作亲爹般，反是西门大姐依旧不冷不热。她与一众娘都不算熟络，陈敬济十天里又有八天在外头应酬，是故西门大姐平素只在自己院里打发时光，虽是个主子，却远不及春梅、玳安、蕙莲这些下人引人注目。这一年西门庆遭了大难，也未见大姐如何伤心。西门庆放出话来任谁也不见，倒是正好合了大姐的心意。

今日大姐依旧待在自己房里，听闻六娘瓶儿这边出了事，也并未出去。后来又有人来报，说陈敬济在藏春坞里遭了不测，大姐才不得不赶了过来。大姐从来将陈敬济与西门庆看作一类人，嫁进陈家更是当爹的一手安排，是故平素对他风花雪月从未在意。此刻听闻陈敬济出了事，大姐一路过来，心里却没有半点儿悲伤。只是到了藏春坞外头，知道诸位娘都在里头，才呜嗷一声哭出声来。

众人都知道西门大姐跟陈敬济无甚夫妻之情，只是逢场作戏罢了，因此竟没有一个上前规劝，只是站在身后瞧着。大姐号了半晌，月娘才不得不往前两步，边把大姐搀扶起来边缓缓劝道："大姐且慢悲伤……这位师父方才说了，躺在眼前的不是咱家姑老爷，乃是个穿了姑老爷衣裳的！"

月娘这样一说，西门大姐登时止住了悲声，瞪了一对圆眼低头瞧了瞧尸首，又转头瞧了瞧月娘。忽地，大姐又蹲下身子，两只手抓着尸首的脖领，拼了命地往两边一扯！

尸首的前心立马露了出来，众人看在眼中无不皱眉掩鼻。西门大姐却顾不上许多，低着脑袋一通打量，又猛地直起了身子四下环顾，最后盯着普静一字一顿道："师父所说，真是错出了十万八千里！"

第二十三回　政和七年

　　西门庆这一通咳，把玳安跟春梅都吓得不轻。二人顾不上之前的纠缠，一前一后奔到左边金莲的卧房里。玳安抬眼一瞧，见床上垂了帘子，里面影影绰绰有两道人影，显然是一男一女。男的斜了身子，靠在床头不住地咳，一声声好似钝了的斧头劈在了晒干的柴火上。那女的自然是金莲，盘了腿坐在西门庆对面，一只手轻轻摩挲着他的心窝儿，另一只手拿了一方帕子，不住地给他擦着嘴角。

　　春梅见金莲甚是手忙脚乱，急忙两步走到床前，一边伸手想把金莲的帕子接过来，一边道："娘伺候了一整天，快歇了吧！由我来侍奉爹就是了……"

　　不想金莲像是被点着了的炮仗，抓了伸过来的手猛地一推，让春梅一个趔趄，险些摔倒在地上。春梅先是一惊，旋即垂手低头站在床边，并不问金莲为何恼怒。

　　这一来反叫金莲甚是尴尬，她坐在帘子后头定了定神，狠狠道："两个该天杀的，深更半夜干什么作死的勾当！爹刚睡下，便叫你们弄醒了，看我不拿爹的鞭子打烂你们这一身骚皮！"

春梅依旧不出一声，仿若金莲骂的人跟自己没有半点儿干系。一旁的玳安却已绷不住，扑通一声跪在地上，边磕头边道："爹跟娘暂且息怒，小的并非有什么勾当才冲撞了爹娘……实在是亲眼见了有歹人溜进了这里，才不顾性命跑了进来！"

西门庆又是一通咳嗽，金莲一面加了力气摩挲，一面道："天杀的，被我撞破了，便在这里信口放屁！打入夜起，我就守在爹身边，眼皮都没眨过一下。若有个大活人进来，会不知晓？"

玳安又是一愣，不禁拿眼角打量金莲的卧房。这里的陈设与春梅那里没甚差别，无非是卧床、立柜、梳妆台一类的物件，除去柜里跟床底下，并没有能藏住人的地方。各样陈设不见丝毫凌乱，无论如何不像是有拿了刀子的闯进来的模样。看到这里，玳安心中更是纳闷："这里只有三间房，中间跟右边都没有，定然是进了左边。只是……难不成真是我眼花了？还是说我看到的来旺儿本是一道鬼魂，进来之后便不见了踪影？"

想到这里，玳安磕头如捣蒜，将自己所见之事一五一十说了出来。金莲坐在床上半晌不出声，似是出了神，西门庆猛地又咳了起来，这才让她回过神来。金莲扭过脖子对春梅道："你在那边，可听见什么动静？"

春梅当即回道："我听见的动静，全是玳安这厮鼓捣出来的。"

金莲扭回头又对玳安道："来旺儿打京里头回来，可找你回过话儿？"

玳安立时直起身子，把头摇得跟拨浪鼓一般，回道："从去年年根起，小的再没在清河见过他的影子！娘明鉴，若真是见了，小的一准儿要跑来禀娘知道！"

金莲略一沉吟，旋即惊道："照你说来，那贼人此刻正在这间屋里？"

说到这里，金莲抬手将帘子掀开一角，抬起眼皮环顾屋内。金莲眼神虽有惊恐，却不失犀利，转到玳安身上，直叫玳安战栗，好像这眼神比藏在暗中的来旺儿更加瘆人。

玳安跪在那里不得动弹，春梅却已看破金莲心思，径直走到立柜跟前，深提了一口气，抬手猛然将柜门左右分开。玳安万没想到春梅如此大胆，吓得一蹦三尺，又退开几步，生怕那来旺儿拿了刀子打柜里冲出来。

屋里三人朝柜中望去，却见里头码的全是被褥一类，齐齐整整，哪会有人藏在里头！金莲跟玳安皆长长吐出一口气，唯有春梅依旧紧皱了眉头，猛一下蹲了身子，往卧床底下看了过去。

金莲这才想起还有床下可藏人，顿觉如坐针毡，身上又起了一层冷汗。却见春梅缓缓站起身来，皱眉瞧向金莲，微微摇头道："娘不必担心，能藏人的地方都瞧过了，没见来旺儿半根汗毛。"

金莲脸上的惊恐神色渐渐散去,转而又有了七分嗔怒,对了玳安骂道:"天杀的,哪里有什么来旺儿?!这回定要揭了你的皮!"

玳安又是惊愕又是恐惧,再顾不上许多,先是两步抢到立柜跟前,一把将里面几床被褥都扯到地上,随后又狗钻洞般将上半身探到了床底下。只是不论柜里还是床下,皆如春梅所说,连只老鼠都没见,又哪里有什么来旺儿!

只听金莲在外头又是一声呵斥:"该天杀的,敢是往哪里钻!"

玳安心里越发慌乱,脖子一挺,天灵盖儿一下撞在了床板上。床板一震,西门庆便又是一通撕心裂肺的咳。这阵咳就在头顶之上,可是把玳安的命都吓掉了大半条。宅子里无人不知,若说金莲的火气能烧了一条街,那西门庆的火便是太上老君炼丹炉里的三昧真火。

玳安急忙把身子抽了出来,跪在床边又是一通磕头,嘴里念念叨叨却听不出一句整话来。忽地,玳安挺着身子僵在那里,一对眼睛闪着精光,直勾勾盯住了一侧墙边的东西。这些东西整整齐齐码在门边,方才玳安跟春梅打门进来便直奔床铺,是故直到此刻才注意到这几样物件。只见有三口大小一般、制式一模一样的木箱摆成一排,每一口都盖得严严实实。这些箱子皆不算小,刚好藏得住一个成了年的男人。

玳安不禁思量道:"想来那来旺儿进来的时候,爹跟五娘都是迷迷糊糊，谁也没有醒过味儿来。那厮还没动手，便听见春梅在外头跟我搅动起来，心里一慌，便信手掀了一只盖子，把自己藏了进去……"

想到这里，玳安抬起脑袋，恨不能把脖子缩到腔子里头，一边冲了金莲努嘴挤眼儿，一边指了指靠着墙的三口木箱。不等金莲说话，旁边的春梅已来到这排木箱前，二话不说掀开了左边第一口箱子。

玳安自是又被吓了一跳，便是金莲也没想到春梅竟如此大胆。春梅跟玳安探了脖子往里一看，只见箱内空空如也，慢说是人，连半根头发都没瞧见。

金莲在床上道："那是昨日才搬来的三口箱子！爹一时半刻下不得床，平日里的穿戴应用之物都在别处，拿来送去甚是不便，我便叫人找来了这三口箱子，想把爹常用的东西放进去摆在这里。只是这两天爹离不开人，我不得空儿去将爹应用之物拾掇出来，是故三口箱子还都是空的。依我看，真是有歹人进来，也不会藏在里头……"

没等金莲把话说完，春梅又一伸手，已将第二口箱子的盖子掀了开来——正如金莲所言，里面依旧没有半点儿东西！这第二口一开，更叫玳安大吃一惊。他惊的倒不是来旺儿依旧不在里头，却是春梅竟想也不想便违了金莲的意思！

金莲虽只说了半句，但任谁都能听得出来，她并不想叫人去掀箱子，却被春梅当作耳旁风。春梅虽生性要强，便是在西门庆跟月娘面前，也要争出个谁对谁错，但先前凡遇见不中意的，从来都是据理而争，像今日这般不等说清讲明便鲁莽行事，却是从未有过！

金莲也没想到春梅竟敢如此，一时间也发了急，随手抄起床上一样物件，就朝春梅扔了过去。此时未出正月，入夜后寒气逼人，是故金莲叫人在卧床一头一脚各放了一只暖炉。暖炉是用上等紫铜铸出来的，里面烧的是打山西运过来的木炭，算下来一只少说也有个三五斤。金莲这一下竟既顾不得沉，又顾不得烫，一把将床头那只扔了出来。

不过金莲终是气力有限，再加上被帘子阻了一下，暖炉一下掉在了床前。紫铜落地，余音不绝，里头的炭灰更是冲天而起。

这一下非同小可，把西门庆气得不轻。之前他只是不住地咳，此刻竟从喉咙里一字一顿地挤出声来："都……给……我……拉……拉……出去，打！"

金莲、春梅跟玳安皆魂不附体，再顾不上眼前的事。玳安跟春梅一个跪在床前，一个跪在了箱子旁边。金莲则是一个翻身打床上下来，一条腿跪在地上，一边安抚一边道："爹万万不可动气！自有我发送他们便是了！"

见西门庆不再出声，金莲直起身子，转过来瞪着二人道："一个诈尸说有人进来，一个发癫非要掀了盖子，你们这一对小贱人敢是串通好了，想在今夜害了爹跟我的性命！"

此刻玳安哪里还敢提什么来旺儿，只是一味磕头求饶，把床前的炭灰全蹭到了额头上。

春梅却依旧不卑不亢道："娘这通火发得真是叫人摸不着门路！玳安说有歹人进来，这几口箱子又是能藏住人的，掀开看看可有哪里不妥？里头若是有人，咱们一声喊，便可叫来人打死他，保爹娘平安；里头若是没人，便是玳安作死，咱们就该把他捆了。不论有人没人，箱子都是该开的，真不知娘这暖炉是为谁摔的！"

春梅这通抢白入情入理，直说得金莲不知该如何回答，更点醒了一旁的玳安。玳安不禁寻思道："此刻便是傻子也该明白，那来旺儿板上钉钉就躲在最后这口木箱中，怎地五娘反冲着春梅发作？难不成五娘有意要藏下来旺儿？"

想到这里，玳安如同一头栽进了粥锅里，从里到外糊成了一片，却听见金莲辩道："小浪蹄子少在这里喷蛆！真是有人进来害爹，我会拦着不叫你抓？这屋里分明就没人进来，我岂能叫你们装神弄鬼搅扰了爹！今日晚了，你们且先出去。待明日我腾出手来，再揭了你们的皮！"

任谁从这话里都能听出金莲的心虚，春梅更是冷笑一声道："我看就不必等到明日了，咱们立时就见个分晓！若最后一口木箱里还是没有东西，不劳娘费心，我便动手揭了自己这身皮！"

说罢，春梅转回身子，两只手把住了第三口木箱的盖子，便要往上掀。金莲已然是花容失色，颤着嗓子道："不可！那里并没甚物件！"

话音未落，只听箱子里传出了一声响动！春梅大惊，旋即扭过头对金莲道："这便是娘说的'没甚物件'？"

霎时间，金莲脸上露出绝望神情。春梅深提了一口气，双臂用力猛地抬起了盖子。只见一道黑影从里面扑了出来，竟将春梅撞翻在了地上！

第二十四回　政和八年

西门大姐这一下，直接叫尸首的前心露了出来。众人一眼瞧过去，无不骇然。只见前心一片血肉模糊，胸口的皮肉往外翻着，成了个黑黢黢的窟窿，显然是叫人拿了锋利的物件扎了进去，于满眼殷红中甚是显眼。

普静看在眼里，不觉一惊。众人打第一眼瞧见尸首起，都以为陈敬济是叫歹人砍了脑袋才丢了性命，不论地上的还是前心后背的血，都是自腔子里淌出来的，万没想到胸口竟还有一处致命伤！

西门大姐却全不在意，两只手扒开衣裳，低着脑袋一通找寻，忽地把一对眼睛盯在了尸首左边的肋骨上。西门大姐瞧了许久，才缓缓起身，对普静道："师父所说，真是错出了十万八千里！这躺在地上的可不是什么替死鬼，确是我那苦命的丈夫！"

大姐此语一出，众人皆大惊失色。普静更是深深皱了眉头，低声道："施主何出此言？"

大姐指了尸首道:"师父瞧仔细了,我丈夫左边肋骨上有块暗青,是打胎里头带出来的。这样的东西,怕是天底下找不出第二个一模一样的。如此一来,这去了的不是他,又能是谁?"

西门大姐顿了一顿,见普静只是盯着尸首,并未搭理自己,这才觉出有些不妥,又跪倒下去,呜嗷一声哭了起来。

月娘正盯着尸首出神,叫这一声吓了一跳,才回过神来,急忙又拿起帕子抹眼窝儿,抽抽噎噎道:"方才听师父那样说,以为眼前的不是姑老爷,才放下心来。不想……不想老天爷如此心狠,还是叫咱们遇上了这等大不幸……"

这二人一个跪在尸首旁,一个站在尸首边,高一声低一声地哭着。娇儿跟雪娥从来都是唯月娘马首是瞻,也都跟着长一声短一声地抽噎起来,直叫旁边的春梅锁紧了眉头,脸上全是厌恶神情。

玉楼等了片刻,才对着月娘道:"娘跟大姐如此哭法,怕是要伤了身子!六娘与姑老爷都去了,咱们还是尽早到衙门里通报,请知县老爷过来做主才是!"

玉楼这一句点醒了众人。月娘正愁没个台阶下来,急忙用帕子抹了两颊道:"我正要如此安排!玳安,快去县衙请知县老爷过来!"

玉楼又道:"还请娘带了二娘、四娘跟大姐去到前头,一来知县老爷到了须娘应对,二来这里实在不宜众位娘久留,只叫我一个守在这里便是了。春梅,你回去与五娘讲清这里的始末，只是记着，万不可叫爹受了惊吓。"

月娘长长吐出一口气，说了句"有劳三娘"，便转身往前面去了。娇儿跟雪娥也跟在后头快步离去。西门大姐更是一下直起了身子，既不理会月娘，也不理会玉楼，径直出了藏春坞。春梅知道玉楼聪敏精细，平素最是与金莲说得来，因此朝玉楼微微点头，也转身去了。顷刻间，藏春坞里只剩下了玉楼跟普静，两人都低了头盯着陈敬济的尸首。

见人都去了，玉楼才不紧不慢地对普静说道："敢问大师，是想跟了娘几个去到前头，还是留在这里再细细地看看？"

普静缓缓抬起头，打量玉楼半响，才淡淡笑道："施主心里，只怕早已打定了主意。倘若真想叫贫僧去到前头，方才便叫跟了众施主一道过去了。"

玉楼听了也是淡淡一笑，跟着便拢起了笑，正色道："事情忽地生出了变化，这才想听听师父高见。照大姐的话看来，躺在这里的只怕就是咱家的姑老爷……若真是如此，不知师父有何主见？"

普静苦笑道："正如那位西门女施主所言，贫僧方才全然错了，此时又怎好再生出什么主见……"

玉楼道："师父不必自谦。就算师父说的未必全对，但依玉楼看来，也绝非'全然错了'。"

普静问道："施主此话怎讲？"

玉楼道："前面师父说有个歹人取了六娘性命，又杀了个倒霉的，为的是把这滔天大罪推在姑老爷身上。此刻看来，不论是师父在夹道里瞧见的，还是躺在这里的，只怕还真是姑老爷。这么一来，害了六娘的，十有八九就是……就是姑老爷！可即便如此，终究还是有个咱们不知道的歹人，又害了姑老爷！是故师父并未全错。只是这人为何要杀人害命，得手之后又为何要费力取下姑老爷的头，都是奴家想不通透的……"

普静双手合十道："阿弥陀佛！贫僧也想不通透。先前咱们觉得陈施主是被割了头颅，才丢掉性命，却没想到心口竟然还有一处致命的伤。此伤定是先留下的，因为天底下绝无先将人的头颅取了，又在前心刺上一下的道理；可若是先刺了这下，再取头，似乎也……"

"似乎也无必要！"玉楼接话道。

说到这里，二人皆沉默不语——知道死在藏春坞里的就是陈敬济，不但于真相大白无益，反叫事情更加扑朔迷离。眼见第二桩命案陷入了死局，普静只好将心思放回到头一桩上，对玉楼道："打昨天晚上起，那位姓李的女施主跟这位陈施主的言行，便颇叫贫僧疑惑——李施主的模样，施主已然见了；至于这位陈施主，更是荒诞不经！这一夜里，贫僧都在琢磨此事，不想两位施主竟先后去了。"

玉楼似也想到了这一层，微微皱了眉道："照师父说来，该是姑老爷觉察出了什么，半夜里才跑到六娘房里。两人或是起了争执，姑老爷才把六娘给……他将六娘尸首推出去藏了，却不知为何又跟另一人在藏春坞相见。想来，或还是与他觉察出的东西有关……"

普静道："施主所言，贫僧深以为然。想来有所觉察的不只是陈施主，还有那位李施主，是故二人才在半夜碰面。杀了陈施主的人，十有八九乃是为了掩饰他觉察出的东西。只是，贫僧实在想不出，这样东西究竟是什么。"

正在此刻，玳安风风火火跑了回来，喘着粗气道："娘叫我来禀报三娘，说知县老爷带着全班人马已经到了，先去池子那边验看六娘尸首，再来这里验看姑老爷！"

知县知道西门庆这一年都不曾起来，因此这一回过来，便不再如去年一般束手束脚。此刻他站在池子旁边，低了头瞧着瓶儿尸首，一边皱了眉头，一边用手里的帕子捂住口鼻，并不掩饰厌恶神情。月娘领着娇儿、雪娥跟一众下人站在一侧，最边上则是最后赶过来的玉楼跟普静。春梅打藏春坞回到金莲房里，并没再往这边来。

三班衙差立在知县两旁，两名仵作伏在瓶儿尸首两侧，正细细验查着。片刻后，两个仵作手上停了，抬起头相互瞧了一眼。其中一个年岁大些的姓游，在衙门里待得久些，又惯会察言观色顺情说话，因此清河县里的人都唤他作"油菜籽"。

油菜籽走到知县面前，屈身禀报道："回老爷，死了的右边额角有一处伤，乃是叫歹人用笨重之物击打所致。这歹人甚是狠毒，一连打了三五下，这才要了性命。行凶之后，歹人将尸首装进箱里,又扔进了粪池子里。箱子四壁并无被抓挠过的痕迹,死了的七窍当中也没有汁水呛进去,因此小的敢说一句,被扔进来时,这女子便已然没了气息。"

不等知县开口,月娘便在旁边喊叫起来:"这天杀的陈敬济,只被割掉了脑袋真是便宜了他!该把他千刀万剐、碎尸万段,再扔进池子里喂蛆!"

玉楼知道月娘说话行事向来只顾眼前,从不做长久打算。陈敬济终归是西门庆家里的人,于众人面前吵嚷本家姑爷杀了庶母小娘,无论如何都是不该。想到这一层,玉楼忙道:"娘不必气恼,既是知县老爷到了,定能还六娘一个公道!眼下最要紧的,还是赶紧让老爷把该验看的都验了。既然这边有了说法,咱们便给老爷领路,去到藏春坞那边才好。"

知县也不想叫月娘再往下说,急忙顺坡下驴道:"合该如此!劳烦夫人领下官过去,下官定会给大官人跟夫人一个交代。"

月娘忙叫玳安在前头领路。这一路众人皆低头不语,月娘觉出尴尬,硬着头皮边走边道:"那姓陈的才做出这等禽兽行径,便被老天爷收了去,也算是善恶有报,给了六娘一个交代。这样说来,老爷若真抓住杀了陈敬济的歹人,我倒要先替六娘在天之灵谢过了他!"

月娘说得越发欠理,知县只好哼哈应对。待众人都在藏春坞里站定了,知县不等月娘开口便叫仵作验看尸首。油菜籽俯下身子,眉头也没皱一下,便动手鼓弄起来。不过一刻,油菜籽便起身回复道:"回禀大人,死了的身上有两处伤痕。一处是前心叫刀剑一类锋利之物刺中,虽未贯通,却足可致人死命;另一处……便是头颅叫人割了去。"

油菜籽说时,玉楼跟普静都支起耳朵听了。说完,见玉楼依旧不去揽事,普静只好上前一步,沉声问道:"敢问这位大人,可能辨出这两处伤中,哪一处是先留下的?"

见一位出家人出来问话,油菜籽不觉一惊,并不敢仰头,只是抬起眼皮偷偷打量知县。知县于昨夜席间见过普静,知他是西门庆的座上宾,也就不好开口质问。见知县并未拦阻,油菜籽这才回道:"小的无能,并不能分辨哪一处是先留下的。不过……有两处细节,小的倒是能够坐实。"

知县道:"说来听听!"

油菜籽忙回道:"这第一处,不论刺心还是割头,十有八九是同一件凶器做下的;至于第二处,不论哪先哪后,间隔定不会超过一炷香的工夫。"

普静听了似有所得,不觉深深点了点头,旋即又道:"陈施主推车出去,恰被贫僧瞧见,那时约莫是二更二刻。由此算来,女施主该是在此前不久遭遇不测。此后不久,陈施主自己也丢了性命。既然如此,贫僧冒昧再问一句,大人可辨得出陈施主是在何时为人所害?"

油菜籽听到这句,好似叫一道闪电打中一般,身子一抖,抬起头盯了普静半晌,才哆哆嗦嗦道:"师父这回……可是错了!眼前的人,定是死在了池子里那位的前头!"

第二十五回　政和七年

箱子里的东西一下撞上了春梅心口，叫她一个趔趄，坐倒在地上。一旁的金莲跟玳安更是魂不附体，从头到脚立时起了一层冰凉的汗珠。那样东西在春梅心口一踩，旋即如皮球般弹了出去，隐在了墙脚下的暗影当中。

玳安定住了神往角落中一瞧，不由得魂不附体。只见一片漆黑中有两点鬼火般的东西，一蓝一黄直勾勾盯着自己。旁边的金莲跟春梅见了，反倒长出了一口气。

金莲怒目对春梅骂道："小骚蹄子，只知道大半夜里装神弄鬼！我来问你，箱子里头可有什么来旺儿？"

春梅低了头道："并没见来旺儿，里头的乃是雪狮子，却不知这畜生是什么时候钻进去的！"

春梅这样一说，玳安才孚着胆子仔细瞧，只见金莲养着的那只白猫雪狮子潜伏在角落里，立着尾巴龇着尖牙，盯着他。原来那一蓝一黄两点鬼火，正是雪狮子的一对眼睛。

见出来的并不是拿了刀的来旺儿，更不是什么妖魔鬼怪，玳安这才把心落回到肚里，却不觉又寻思起来："原以为最后一口箱子里必定是那来旺儿，却不想竟然是那只畜生！如此一来，难不成今日夜里真是撞见了鬼，活脱脱一个人便这样没了？"

金莲却不容玳安多想，又对春梅道："还不快些把这畜生轰出去！谁不知道它是个夜来欢儿，放进这里，毁了箱箱柜柜算不得什么，若是扑上来惊着了爹，看我饶过你们哪个！"

春梅并不回话，只是转身从一旁的帽筒里拔出鸡毛掸子，便朝雪狮子走了过去。雪狮子最是伶俐，知道金莲从来不会亲自动手，是故只怕西门庆跟春梅两个。此刻见春梅径直朝自己过来，登时呜嗷一声，蹦着出了门槛儿，三两下便没了影子。

见春梅、玳安不再回话，金莲又冷冷道："既是没人，便都给我滚回自己窝儿里去！等明日天亮了，我再替爹问你们知不知死！"

玳安万没想到金莲竟这样便放过自己，也顾不上春梅，急忙跪下磕了三个响头，连滚带爬奔出了院子。

他在夹道里站定了，深深地吸了口气，顿觉凉气钻进了五脏六腑，整个人仿若从阴曹地府里回到了阳间。玳安忍不住回过头打量院子，却见那雪狮子不知何时竟蹲在了墙头，又瞪了两只圆眼瞧着自己。玳安险些叫出声来，好似被恶鬼追了般撒腿便跑，边跑边在心中念道："那不知死的来旺儿，该不会是叫这只畜生吞进了肚里？"

玳安回到自己屋里时，已然过了三更。提心吊胆折腾了半宿，到头来却只落了个满头雾水。玳安一头栽在床上，只觉两手两脚已散了架般，脑袋却片刻也停不下，又将方才所见之事过了一遍："明明亲眼瞧见来旺儿进了三间正屋，怎地就没了踪影？他没打房门出去，又没别的出口，该藏进箱子里才是……"

玳安越想越糊涂，在床上如烙饼般翻腾了半天，忽地听见外头梆锣响了四声，才觉得困意上涌，打了个哈欠，昏沉沉睡了过去。

不知过了几时几刻，玳安只觉阵阵冷风吹在身上，不觉打了个寒战，猛地惊醒过来。他眯了两只眼，抬起半个身子朝房门看去。只见门不知何时开了，一股股夜风正是打这里灌进屋的。再细细一瞧，竟又瞧见那只雪狮子直着身子戳在门口！

玳安登时肝胆俱裂，不及多想便抄起手边枕头，一下朝雪狮子丢了过去。不想那畜生只一扭身便闪开了，紧跟着一声怪叫，竟朝玳安扑了过来。这畜生一跃三尺来高，只一眨眼的工夫，便把自己的脸贴到了玳安眼前。玳安伸手一抓，没想竟一下把手戳进了雪狮子的脑袋，将这畜生切作了两半！

玳安只觉面前炸开一片红光，两片尸首直挺挺落在了地上。忽地又是一闪，两片尸首竟从地上蹦起来，化作两只雪狮子，一左一右又朝玳安扑来。两只畜生龇牙咧嘴，忽地又合二为一，一张脸竟幻化出来旺儿的模样，前面的两只爪子变作两把柴刀，直直朝玳安脖颈刺来！

　　玳安觉着自己定是进了鬼门关，此时只剩了几根指头还扒在关门上，自然要拼了全身气力往外头挣。玳安想要起身跳下床铺，却发觉从头发梢儿到脚底板儿都像被瞧不见的手死死摁住，哪里动弹得了半分！玳安又想开口喊叫，怎奈任凭张大了嘴，喉咙中却喊不出一个字！眼见"来旺儿"脸上露出狞笑，紧接着两把刀子扑哧一声扎进了脖子！玳安一声惨叫，身子一挺，犹如坠下了十八层地府！

　　直到此刻，玳安才一下睁开了眼，发觉自己依旧歪躺在床上，浑身上下冷汗淋漓——原来竟是噩梦！他抹了把脸，迷迷糊糊直起身子，忽听见外头响起五下梆锣。玳安往窗子那边瞧了一眼，外头还是一片漆黑。换作以前，他定是一个翻身爬起来，催促各处下人打扫庭院、开伙做饭，待西门庆跟各位娘知道是自己在跑前跑后，才回转房内再睡上一二个时辰。可如今西门庆遭了事，月娘是个不知杀伐决断的，金莲又没空儿顾及这些，是故玳安便遛猴儿吊腰子，一个翻身又睡了过去。

　　正在似睡非睡时，外头传来一声尖叫："鬼……鬼来……索命了！"

　　喊的人显然是被吓得不轻，这一声断断续续，又转着调儿，竟连出声的是男是女都分辨不出。玳安一下蹦到了床下，没了半点困意，只是在心里念道："难不成又做了一场梦？"

刚想到这里，外头又是一声："来人啊！"

玳安这才认定这一回不在梦里，登时一头冲出房门，循着喊叫之声奔了过去。

除去守着西门庆的金莲跟身子不便的瓶儿，其余的人都又聚在了小楼背后的那株垂柳旁边。此刻一轮白月尚未西落，半边新日已在东边露出头来，日月双悬，甚是稀奇。不过在场的众人全然顾不上这些，只因此刻眼前瞧见的要比日月双悬稀奇百倍！

只见有个人叉开腿坐在了垂柳底下，把碗口粗细的树干夹在了两条腿当中。这人两条胳膊抬起来围成了一个环，松松地把树干抱在了怀里。再仔细一瞧，抱树之人半边脑袋一片血肉模糊，显然是叫人拿笨重之物狠命砸了。

玳安爹着胆子瞟过去，这抱树而死的却不是来旺儿是谁？事情到了这里，玳安已是裱糊匠进粥铺——里头外头糊成一片！这来旺儿摸进了金莲房里，之后便不见了踪影；才不过三个时辰，怎地就死在了这里？难不成他真是叫鬼魂从屋里摄走，敲了脑袋，又放到了这里？

一旁的月娘早已抖如筛糠，拿不出半点儿主意。倒是雪娥扯了月娘胳膊，叽叽喳喳道："我的娘啊，可是不得了！

这才过去几天，竟又有人死在了这树底下！要我说，娘赶紧叫人进来，把这不吉利的东西连根拔了，拿到外头烧了才好！"

她一边说一边摇晃，直把月娘晃得七荤八素。月娘忙一把将雪娥推开，恶狠狠道："没头没尾的，说的都是些什么屁话！"

雪娥却没在意月娘神情，又扯了月娘道："娘细细想了——先前宋蕙莲那贱人在房里不见了，只在这棵树上留了几处血迹；此刻她打半路上偷来的男人也死在这里，还是这副瘆人的模样！只怕是这棵柳树成了精，相中了这对男女，将二人一前一后都弄了去！"

月娘不觉打了个寒战，拼命挤出三分厌恶神色，只为掩盖脸上的惊恐神情，皱了眉对雪娥道："还在这里喷蛆！爹……爹这半辈子清白干净，家里哪会有这些不干不净的东西！传讲出去，爹新建没一年的园子里有柳树成了精，毁了两条性命，你叫爹往后还如何在清河县里行走！"

雪娥却道："娘难道没听过，好些妖魔鬼怪最爱附在杨树柳树一类上头，只等入夜没了日头，便出来害人，还要将死了的血吸个干干净净。奴家听人说了，只要吸足九百九十九个，妖精便可幻化成人，千年不死……"

雪娥越说越来了兴致，全然不顾四周的人面面相觑。春梅忽地发出一丝冷笑，用不咸不淡的语气道："万没想到，四娘竟如此见多识广！"

雪娥压根儿没听出春梅话里的嘲讽，反越发精神道："奴家还听说，这类藤精树怪成人之后，都是不男不女的东西，只因为那九百九十九个人里有男有女——要是恰好找上五百个女人跟四百九十九个男人，其中再有搭伙过日子的夫妻，才是最好！"

说到这里，雪娥顿了一顿，松开扯着月娘的手，拿手背抹了一把嘴角的白沫，接着道："奴家又听说，这类妖怪最是淫邪，成人后便只是做那种见不得光的事，还是男女通吃！因此害了吸血的，也须是些奸夫淫妇。咱们谁不知道，这来旺儿跟那姓宋的乃是天造地设的一对，一个专勾别人的婆娘，一个专偷别人的汉子！想来这对狗男女早就被这柳树精相中了，才一前一后毁了性命。这真是苍天有眼，善恶有报！"

月娘实在听不下去，猛地厉声喝道："还不把嘴给我闭了！"

月娘最是在意旁人所言所想，因此从不在众人跟前发火。这一声呵斥不单吓着了雪娥，也叫其余的人大吃一惊。雪娥平素总是借了月娘压人，这一下登时面红耳赤，虽不甚服气，却也不敢争辩，只低着嗓子嘟囔道："若不是柳树成了精，那日宋蕙莲为何忽地没了，只剩下几道子血？今日她家汉子又为何死在树下，还把树干抱在了怀里？"

众人虽不相信什么柳树成精，却也答不上雪娥这两句问话。月娘自然皱眉语塞，便是最精明的玉楼跟春梅也只是相互瞧了一眼，不知该说些什么。

还是玉楼先一步回过味儿来，她扭过头仔细打量起来旺儿的尸首。忽地，玉楼一双杏眼锁住了一个地方，跟着便伸出玉葱般的手指道："娘瞧这里，不知来旺儿把什么死死攥在了手里……"

第二十六回　政和八年

油菜籽此言一出,在场众人无不大惊,尤以普静跟玉楼为甚。二人认定是陈敬济杀了瓶儿,而后才遭了报应。可油菜籽这样一说,之前的推测顷刻间便全都土崩瓦解!倘若陈敬济真是先于瓶儿而死,又怎么会被普静在夹道里瞧见?须要知晓,那时瓶儿已然死了,正躺在箱里被陈敬济推出门去……这先死的,是怎么把后死的推出去的?

知县也是一头雾水,不觉皱紧了眉头对油菜籽道:"没用的东西,可给我看仔细了!这是西门大官人府上的事,出了半点儿差池,我立时砍了你的脑袋!"

油菜籽急忙将身子压得更低,惶恐答道:"老爷明鉴!小的吃这口饭快三十年了,便是看错了亲爹,也断不会看错死了的。先前那位娘子,确是死在这一个的后头!"

见油菜籽说得板上钉钉,众人全都愣住,不知该如何是好。油菜籽并不抬头,只是挑了眼皮偷着往上瞟,见知县脸上愠色稍退,才结结巴巴道:"小的还……还有话禀报。除去死了的时辰，小的还在那位娘子……娘子的身上，瞧出来一处蹊跷……"

知县正要找寻台阶，听见这话便借题骂道："狗东西！有话不一通说出来，难不成还要叫我给你端茶叩首，才肯说给咱们听！"

油菜籽登时磕头如捣蒜，也顾不得辩解，急忙回道："小的方才细细查看了那位娘子的尸首，除去头上致人死命的伤处，两只手的指甲也不同寻常。十个指甲里，倒有一半坏了的——左边的第二根跟第三根，还有右边的第二、第三跟第四根。想来这位娘子出事前，该是在跟什么人抢夺什么物件。那人气力大过这位娘子，把物件夺了去，才损了娘子的几个指甲。"

知县以及在场诸人大吃一惊，都急急忙忙回到池子边，低下头打量瓶儿尸首。油菜籽说的几根指头上的指甲果然劈的劈，裂的裂，显然是与人争夺撕扯留下的痕迹。知县一边手捻胡须，一边问道："可瞧得出争抢的是什么物件？"

油菜籽急忙扯了瓶儿两只手一通抠搜，旋即又伏在知县身前，把手高高举到头上，摊开了掌心道："请老爷明鉴！"

知县跟月娘等无不好奇，不觉围拢过来，抻了脖子往油菜籽手心里瞧过去。只见他手里捧了几张纸屑，每张只有指甲盖儿一半大小，全是一副皱皱巴巴的模样。不等知县来问，油菜籽便开口道："这些纸屑，是小的在这位娘子的指甲缝里找出来的。由此看来，这位娘子与歹人争夺的，该是书籍字画一类的物件。"

一旁的玉楼忽地插话道："这里本轮不上奴家说话,只是……奴家的娘家打曾祖父那辈起,便是做纸张生意的。这位老爷打六娘指甲缝里寻到的纸,奴家越看越觉着眼熟……"

知县知道这位三娘子心思最是缜密,又见多识广,因此不敢怠慢,急忙道："下官愿闻其详。"

玉楼说了句"不敢",又低头端详了半天,才缓缓道："大人学富五车,定然知晓世人用纸大抵分作三种,一为麻纸,一为竹纸,一为皮纸。麻纸酥软易碎,竹纸色黄质粗,都不算纸张中的上品,大多用在登不上台面的地方。唯有皮纸,乃是用桑树皮和楮树皮造出来的,色白质厚,光洁如玉,便是千八百年也不会泛黄卷边儿。众多皮纸当中,又以'皮约纸'最是出名,从来都是有钱有脸的人家才用得起。奴家小时听祖父提过,说太宗爷那时候编出来的《太平广记》跟《太平御览》,便是用皮约纸刻印出来的……"

知县问道："难不成,这六娘子指甲缝里的纸,乃是皮约纸?"

玉楼回道："或是奴家见识短浅,只是……天下再难找出第二种跟皮约纸相近的纸张。"

知县略一沉吟,旋即转过身子对月娘道："敢问夫人,大官人府上可有什么名贵的书籍字画,用的是皮约纸?"

月娘自然是一头雾水,压根儿没弄明白玉楼嘴里的"皮约纸"是哪几个字,只是一味皱眉摇头道："爹平日里也没个空儿看书写字,是故家里都不见什么书籍,也没人拿字儿啊、画儿啊的找他。要说带字带画的,宅子里怕只剩下了黄历。"

玉楼担心月娘又会荒腔走板,急忙道:"娘说得是!爹那里确是少见书籍字画,可六娘房里却存了不少……"

玉楼这样一说,宅子里的众人才回过味儿来。瓶儿原是大名府守备梁中书的小妾,后来梁山军马为救"玉麒麟"卢俊义,打破了城池。梁中书一家老小扮作百姓往外逃去,却被"黑旋风"李逵撞了个正着,还叫他抡起一对板斧砍了个干净。那时瓶儿携着细软跟主家走散了,反阴差阳错捡了条性命,奔回娘家再不敢出来。挨了半年,有媒人登门,瓶儿才被说予大户花家的花子虚做了填房。

花子虚的叔父乃是花太监,一连两朝都甚是得宠,竟成了内廷总管,攒下了无数家业。满朝文武都知道他是个能通天的,是故三节一寿从没间断过送礼。金银珠宝自不必说,便是善本古籍、名家字画,少说也送了三五柜子。花太监斗大的字识不得半筐,却知道这些东西都是值钱的,因此一样一样收得甚是妥当。

花太监自是无儿无女,唯有哥哥家一连留下四个儿子,便是花子游、花子光、花子虚跟花子华。老三花子虚本不讨叔叔的喜,不料瓶儿进门,却叫花太监甚是中意,竟当作嫡亲女儿看待。不过几个月,花太监便将自己一处最好的外宅给了花子虚跟瓶儿,还把得来的宝贝一股脑儿地全都搬了过去。自那时起，但凡宫里没了差事，花太监便一头钻进这处外宅当中。

如此过了一年，不想花太监身子一日不如一日，一连添了五样病症——头一样腰便添疼，二一样眼便添泪，三一样耳便添聋，四一样鼻便添涕，五一样尿便添滴，最后竟一病不起。瓶儿二话不说便撇下花子虚，一个人住到花太监卧房的外间屋里，不分黑夜白日地悉心照料。怎奈天不遂人愿，花太监终是一命呜呼，撒手去了。

他这一辈子都在名利场上打滚儿，早已瞧明白"人走茶凉"的道理，是故咽气前再三叮嘱，叫瓶儿带了满堂家当，领着花子虚回转山东清河老家。瓶儿也怕花家另三房找来理论，匆匆葬了花太监便回转清河。

在清河安顿下来后，花子虚头一件事便是结交了西门庆，这才引出之后的曲直是非。花子虚死后，瓶儿将花太监留下的书籍字画全都搬进了西门庆的宅子里。彼时瓶儿正得宠，西门庆叫她自己把这些物件收好，是故这些便一直放在瓶儿的卧房里。今日油菜籽找到了纸屑，玉楼见了才想起这些。

知县知晓了来龙去脉，沉吟半晌才道："这样说来，眼前的纸屑原本就在这位娘的房里。若果真如此，想来那行凶之人是要抢夺那里的书籍字画，这位娘子惊觉后不肯，便跟歹人抢夺起来。怎奈那歹人力气甚大，不单抢走了东西，还弄伤了六娘子的指甲。"

玉楼皱了眉头，说道："大人所言甚是在理，只是有一节奴家一时想不明白——倘若真有歹人摸进六娘房里，先拿的该是那些小巧值钱的，如簪子、坠子、镯子一类。任谁都能瞧见，六娘那些值钱的物件都在梳妆台上的匣子里。可方才咱们在六娘房里都见了，那些物件一样都不曾缺少。歹人放着这些不碰，却偏偏去偷书籍字画一类不便掩藏的东西，实在不知为何。再者，六娘既已惊觉，跟歹人拉扯起来，按理说那歹人该撒手逃了才是，为何竟不顾逃命也要抢夺？还有便是……六娘几个指甲都挣裂开了，显然是跟歹人僵持了一些时候。既然如此，六娘为何不放声呼喊？只需叫上一声，便会有人过去，她也不至于丢了性命……"

玉楼一连三问，句句都问在了关节上。众人都未料到，两桩命案显出来的细节越多，猜不透的谜团也越多。

众人一时不知如何是好，终是普静开口道："既然纸屑十有八九是从女施主房里来的，我等还是过去细细查验，或有所得。"

玳安手里拿了一张单子，一样样地将瓶儿房里的物件对照了三个来回，最后拿了一册书出来，恭恭敬敬地递到了月娘跟前。

不想月娘并不伸手来接。玳安微微抬起了头，眼睛跟月娘的碰到一处，却被她白了一眼，跟着便听见月娘骂道："不长眼的东西，给我做甚？还不快些呈给知县老爷过目！"

玳安急忙扭过身子，把册子呈到知县面前。知县接了过来，见册子用一块上等的青蓝绸缎做了封面，右上缀了白布条子。布条约莫两寸来长，一寸来宽，上面工工整整写了四字：花氏宗谱。

知县随手翻开，只见里面的纸张张挺括白亮，大约就是方才玉楼说到的皮约纸。册子总共三百多页，后头的三分之一全是空白，前头的二百页则密密麻麻满是蝇头小楷。知县粗粗一看，这二百页里少说也有七八种字迹，显然非一人所写——但凡家族宗谱，总是一代一代记了传下来，断不会是同一人所著。

宗谱开头乃是一篇序辞，也不知是哪年哪月的什么人写下的。想来许是个山野秀才夫子一类，收个半两银子，便为他人编修宗谱。往下翻去，起先几代记载甚是简略，无不是寥寥几笔。往后翻，打花太监祖父一辈起，记载渐渐详尽起来，字里行间颂扬的言语也多了起来。待到花太监父亲一辈，遣词造句越发讲究，满纸皆是歌功颂德之词，依稀间竟能读出周文王的德行。到花太监这一辈，兄弟二人皆有详尽记录，却没一笔提及净身之事。若只读这篇文字，还以为花太监乃是朝廷的宰相、当世的孔明！再往后看，花子虚新亡未满三年，其余三个兄弟尚都健在，是故生平还未写到上头。

知县看过最后一页，便要把册子合上。便在此刻，知县忽觉哪里不甚对劲儿，又低了头细细打量。这一打量，却叫他大为惊愕！

第二十七回　政和七年

　　众人都知道玉楼平素最是持重，从不一惊一乍，这一回如此反常必有缘由，急忙顺她指的地方瞧了过去。只见来旺儿环了胳膊抱住树干，两只手却没扣在树上，而是攥了拳头般，十个指头全都朝掌心弯着，好像死前拼了命地把什么东西攥在手里。玉楼指着的，便是来旺儿右手的拇指跟食指间，那里夹着一样比米粒还小些的东西，一眼瞧过去白里透黄，也不知是什么东西。

　　众人盯着看了半晌，又扭着脑袋左顾右盼，谁也不敢凑上近前弄个明白。最后还是春梅往前走了两步，来到垂柳跟前，朝旁边的玉楼看了一眼。玉楼略略迟疑一下，旋即朝春梅微微点了点头。春梅深深提了一口气，别过头不去看来旺儿的脸，只用力掰开了他两个指头，一把将夹住的东西拿到了手里。

　　有春梅在前，众人也不再那么害怕，一股脑儿凑到跟前，抻着脖子往春梅手里瞧。原来这来旺儿至死还捏着不放的，竟是些碎纸片子。春梅一边用指头拨弄，一边在嘴里数着，碎纸不多不少正好五片。

玉楼道："这些……似是从纸张的边角儿上扯下来的。这些纸该是齐齐整整叠成了一沓，被来旺儿捏在了手里，却没提防叫歹人害了。那歹人不单杀了人，还盯上了这几张纸，便一把扯了过去，却不想没扯干净，把一个小角儿留在了来旺儿指头之间。"

众人听了皆惊愕不已，不知该如何接话，唯有春梅开口问道："咱们只能瞧出手里的是纸，三娘是怎么看出了这些要紧的关节？"

旁边的月娘也追问道："不错，三娘如何一看便知道了这些？"

玉楼忙朝着月娘屈了屈身，口里回道："奴家不过是满嘴胡呲罢了！娘请上眼，这几张纸屑虽小，却张张形状完备，都是扇子模样——一面是个圆弧，边缘如狼叼狗啃一般，不甚整齐；其余两边却如同折扇的两根大骨，没有一丁点儿的毛茬儿。这么一来，奴家才敢说这些是从一沓大纸的边角儿上扯下来的。"

见众人都听得仔细，玉楼接着道："这五张纸屑色泽质地大差不差，想来原来十有八九是放在一处的。况且五张都是边角儿，更能证明先前乃是一沓，叫来旺儿捏了一角拿在手里，却被歹人扯了下来。"

不等月娘等回过味儿来，春梅便道："三娘说的这些，春梅倒也都想到了。只是……三娘凭什么一口咬定这来旺儿是先叫人害了，后叫人取走了手里的东西？照我看来，有人想过来抢纸，来旺儿死命不从，争执当中被歹人杀了，也未尝不可……"

玉楼微微皱了眉头，顿了一顿才答道："咱们都瞧见了，来旺儿手里捏着的就只有几片边角，每片还没有指甲盖大。若是活着的时候有人来抢，他必定会用两只手死死攥住。这么一来，就算是被歹人拿了去，留在来旺儿手里的也该是小半张揉皱了的，断不会是这样用两根指头捏着一小片。由此看来，来旺儿定是捏了什么东西正瞧得仔细，不防备才被人取走了性命。"

春梅盯着手里的纸片，沉思许久，不觉点了点头。

见春梅点了头，月娘才在旁边问道："既然如此，三娘可认得出这些纸是从哪里来的？"

玉楼这一回并不急着答话，低下头又瞧了半天，才缓缓道："回娘的话，这些纸色黄质粗，大约是产自川中一带的竹纸。这一类纸大多用不到字画、书册一类上头，却在别处所用甚广……"

月娘打断玉楼道："川中一带？咱们在山东地界，家里怎么会有那里出产的纸？难不成是爹特意叫人运过来的？"

玉楼回道："娘这一句真是说到点子上了！方才奴家在心里寻思的，就是这一节！爹若要用纸，自然犯不上从四川运来；只是那里有一样东西却是爹用得上的，偏这样东西就是竹纸造出来的……"

月娘追问道："什么东西？"

玉楼道："奴家听人说过，川中那边有些个经商的，买卖越做越大，出产的生丝蜀锦一类，不单卖到了大江南北，还出了海卖给了西洋人。生意大了，进出的银子也就多了，动不动便是千两万两。这许多银子不论带在身上，还是搬来运去，一是不便，二是容易叫贼人盯上。于是乎，这些人便想出了个法子，印了一种叫'交子'的东西……"

玉楼又是一顿，拿余光环顾四下，见众人都听得入神，便继续道："做生意的将白花花的现银存在全国各处，等到用时，便叫人拿了交子去换。这交子最少的是五百两一张，大多是一千两、两千两、五千两跟一万两的。办事的拿了主家盖了印信的交子，赶到交货的地方，把交子给了存银子的人。那存银子的按数将现银交予货家，主家之人也就可在当地提货了。这样一来，动的只是货品，银钱却用不着搬来运去。"

春梅似喃喃自语道："没想到还能有这样的法子。三娘莫不是说，来旺儿手里这些纸片，乃是……"

玉楼点头道："川中自古就是生长竹子的地方，因此从那里出来的纸，十张里有九张是竹纸。这一类纸虽说粗糙，倒也坚韧挺实，便是使了劲儿地揉搓几下，也不至于裂开碎掉，拿来印成交子再合适不过。爹的生意到处都有，近些年来卖的生丝蜀锦大多是打川中运来的，因此在手边备些交子，倒也不足为奇。"

月娘急忙插嘴道："是了！是了！我就说打一开始便瞧着眼熟，原来是在爹那里见过。他确曾说过，跟那边往来多了，便弄了一些个交子存着，每张都是一千两银子。"

春梅又看了一眼手心里的纸片，低声道："这里有五张，难道说来旺儿临死前，手里竟握了五千两银子？"

听了春梅这话，月娘不觉念叨着："五千两？这奴才手里不该有这些银钱！"

月娘这一句说得没头没尾，字字透着古怪，一下子叫春梅起了疑心，她扭过脑袋问道："娘这句是什么意思？他手里不该有这些，却该有多少？"

月娘身子一震，脸上登时全是不自在的神色，支吾道："小浪蹄子年岁轻轻，偏一对耳朵都聋了！我只说'他为何有这些银钱'，哪里说过什么该有不该有的！"

没等春梅开口，玉楼已把话接了过去："娘问的是！咱们都知道，来旺儿受了爹的指派，已然出去一月有余，怎地深更半夜地跑来了这里？奴家斗胆问娘一句，爹遇到了变故，蕙莲又没了踪影，可是娘把他叫了回来，让他到后宅里问话？"

月娘的脸一下子红得如猪肝一般，厉声喝道："一派胡言！我如何会做出这等事来！"

玉楼这一问并没有失礼的地方，月娘却忽地恼了，实在叫人摸不着门道儿。玉楼却还是宠辱不惊的模样，只是把头低了下去，并不申辩。

玉楼不争，反把月娘架在半空，不知该如何下台。一旁的雪娥往前蹭了两步，道："三娘这话原本就是不该问的！这个来旺儿从来都是听爹的吩咐，娘何时拿正眼瞧过他！定是他打外面回来，肚子里头生出了坏水，乘着夜深溜进来，偷了这爹做生意的交子……"

月娘脸上红潮未褪，嘴上也说不出什么，只是愣愣地戳着。春梅却已看准了，开口问道："来旺儿进了宅子，一不问爹，二不问自己的婆娘，却去偷了五千两银子！这还不算，银子到了手里，他却不走，反跑到园子里，抱了柳树等人取走自己的性命！敢问四娘，这都是些什么道理？"

众人以为春梅这一通抢白定会把雪娥问住，没承想，她似早已想周全了，没留缝儿地回道："头前我便说了，定是这柳树成了精，一路把来旺儿引到这里，叫他抱树而死，去找他那没廉耻的婆娘。偏大家伙儿都不信，只当我说的是疯话！"

春梅冷冷道："定不是'风话'，保不准是'雨话''雪话'！"

玉楼急忙打断了二人话头，朝身旁众人道："来旺儿既不是爹娘叫进来的，那你等当中可有谁知他是何时回转清河的？回来之后又去过哪里？跟谁见了面？"

雪娥拿眼角儿瞥了月娘一下，见月娘刚好也朝自己瞧过来。二人的眼神撞在一起，月娘狠狠瞪了一下，吓得雪娥急忙把头低下。另一边的玳安没等玉楼把话问完，便深深把头埋了下去，并不敢左顾右盼。唯有春梅神色如常，依旧是一副不卑不亢的模样，似乎昨天夜里从未跟玳安在屋里找寻过来旺儿。

见众人没个应声的，玉楼并不意外，缓缓转过身子对月娘道："既是没人瞧见过他，咱们也就不必耽搁时候了。请娘立刻派人再去通报衙门，叫知县大人带了人过来。"

月娘愣呆呆地顿了半天，这才猛一下醒了过来，叹了口气道："今年真不知是冲撞了哪路恶鬼，竟接二连三遇见这样的晦气事！玳安！玳安！"

玳安就站在月娘旁边不远的地方，却没听见有人在喊自己，脑袋里全是夜里所闻所见。月娘见他一动不动，气便不打一处来，扯了嗓子叫道："天杀的，敢不是你的魂儿也叫柳树精勾搭走了！"

玳安这才回过神来，急忙上前两步领了差事，起身往衙门方向奔了过去。借着跟春梅擦肩而过的当口儿，玳安拿眼角儿瞟了一眼，却见春梅依旧是目不斜视，竟看不出半点儿慌乱。玳安心里不觉一颤，哪敢再停留半步，逃难似的飞出了园子。

衙门里的人一时还赶不过来，月娘听了玉楼的主张，安排八个小厮守在尸首旁边，叫其余诸人各自回房候着。玉楼给月娘行了礼，带着贴身丫鬟回转卧房。进了小院，玉楼叫人到后厨取些热的烫的东西充作早饭。丫鬟转身去了，玉楼独自走到正房门前，正要推门而入，却见门缝里夹了一张纸。

玉楼一愣，扭头往左右瞧了瞧，却瞧不见半个人影。方才园子里出了事，玉楼喊了下人一起过去，小院里并没留人看守。玉楼记得清楚，自己亲眼盯着丫鬟把这里的房门掩上，当时并没有什么东西被夹在上头。如此一来，这张纸定是有人趁着众人去了园子，才潜入小院留下的。

玉楼将纸取下来，展开一看，不觉双手一抖，竟把纸掉在了脚前。

第二十八回　政和八年

知县把手里的宗谱平摊开来，端在众人眼前。众人凑到跟前仔细一瞧，见摊开的两页间凸的凸凹的凹，显然是中间有一页叫人硬生生扯了去。这人大抵慌乱异常，才顾不上把这些痕迹弄干抹净。

月娘瞪了眼问道："六娘跟那歹人抢夺的纸张，该不会就是从这儿扯去的？"

旁边的玳安忙上前道："回娘的话，六娘屋里的书本册子，小的一页一页翻了三个来回，只这一处有被扯了的痕迹，因此才敢拿给娘跟知县老爷过目。"

月娘又往前凑了几凑，低头瞧了半晌，却哪里瞧得出子丑寅卯。普静缓步走了过去，朝着知县双手合十道："阿弥陀佛！大人可否将此物与贫僧一观？"

知县正不知该如何是好，急忙双手递了过去，口中道："请高僧指点！"

普静微微屈身接了过来，捧在手中仔细观瞧。只见前面一页起首第一列写了十二个字,乃是"广大至真,通慧子明,元觉如海"。这十二个字都是工笔正楷,较其余的字大了一圈,像是这一页的题目。再往下瞧,二一列写了"广者,广阔无边也。《说文》有云,因广为屋,象对刺高屋之形……"

普静微皱眉头,接着往三一列看,这里写了"大者,至尊也。《老子》有云,道大,天大,地大,王亦大。域中有四大,而王居其一焉……"

普静虽一心修佛,却是无书不读,看到这里便已明白。这一页上后头的文字,都是在为"广大至真,通慧子明,元觉如海"这十二个字作注,且注出来的都是先贤典籍上最好最吉利的意思。

想到这一折,普静忙往下看,下面果然是"至""真""通""慧"四个字的注解,只是最末一个"慧"字才注了一半。想来另一半连着后面的六个字,都写在了下一页上,却被那歹人生生扯了去。

至于花家的宗谱上为何有这十二个字,上头没写,普静一时也想不明白,不禁寻思道:"或许十二个字注解完了,会把缘由写在后头,却叫歹人连带着扯了去。"

普静看着手里的册子,沉声说道:"依贫僧愚见,那位女施主与歹人抢夺的,该就是这样东西,这一点想来贫僧不说,诸位施主也都明白。叫贫僧不解的是,这册子终究是一家一族的东西,并非什么价值连城的孤本古籍,也没有名人大家在上头题字落款，为何会被那歹人相中？"

普静这样一问，叫众人哑口无言。见谁也不出个声，普静又道："即便是歹人眼拙，分不清顽石美玉，可那位女施主总是该一清二楚的。瞧见歹人偷窃，随他拿去便是了，又何苦死命争夺，以致横遭不测？"

玉楼在一旁频频点头道："大师说得不错！那花子虚死了，六娘把他一堂家当悉数搬来，册子夹带在内倒也不足为奇。可她已然是爹的人，花家的宗谱跟她已没有半点干系，又何苦如此？"

案子到了这里，似查明了许多关节，却又似什么关节都没查出来。去年正月里死了武松，死了胡僧，死了来旺儿，没了宋蕙莲；今年正月，又死了李瓶儿和陈敬济——饶是娇儿这样皮糙肉厚的，或是雪娥这样没心没肺的，站在一边也不由得肝胆俱裂。

普静将册子还到知县手里，退在一边不再言语。知县别无他法，只好叫月娘将两具尸首收了，自己领了三班衙差回转衙门。月娘亲自送到门口，嘴里叨念的自然是"全赖大人明察秋毫"。话虽如此，便是月娘心里也明镜似的——去年的几条人命还挂在那里没个说法儿，又怎能指望今年的事有个着落。去年刚出事时，知县还拼了命地过问了一月有余。之后他见西门庆确是起不来了，便也不再放到心上。

来来回回几番折腾，已然到了晚饭时分。普静心中有事,丝毫不觉腹中饥饿,只是低了头朝自己的房间走去,又来在那条夹道上,从北往南缓缓踱着步子。忽地觉得有人打对面过来,普静急忙侧身抬头,却见金莲急火火由南往北走了过来,脸上神色很不自在。普静心中疑惑顿生:"这位潘施主一直守在西门庆身旁,又怎地会在这里?"

金莲低着头只管往前去,险些就撞上了普静,急忙往后退了半步,微微施礼,嘴上却一时不知该说些什么。普静还是八风不动,双手合十还礼道:"女施主行色匆匆,可是有什么急事要办?"

金莲深深提了口气,神情恢复如常,不急不慢回道:"是去拿些爹要用的东西,却一时找不见了。"

普静瞧了一眼金莲空着的两只手,低声回道:"阿弥陀佛!敢问女施主,西门施主可好?"

金莲赔笑道:"有劳师父挂念着。昨天见到了那条畜生的模样,奴家便把师父送来的灵药给爹用了。爹昨日晚上倒还算睡得踏实,刚刚才醒了过来,正在床上歪着。前头六娘跟姑老爷,还……还有官哥儿的事,都没敢跟爹提起。"

普静微微点头道:"提了只会徒生烦恼,确是不提为好,不提为好!"

普静这一句似是对金莲所说,又似在自言自语,金莲一时不知该如何应对,只好又施了一礼道:"既然如此,师父还是早些回房歇着,奴家也要去照看爹了。"

普静忙把身子朝墙这边贴了一贴,让金莲过去,瞧着她往北走到尽头，一转身从夹道里进了正院。普静在夹道里沉思许久，才走回到院里，站在正屋房门跟前。

普静正要推门进去，忽地瞧见有张纸夹在了两扇门间的缝儿里。普静微微皱眉，不禁往两边看去，却瞧不见半个人影儿。他伸手取下了纸，展开来仔细观看——饶是有道高僧，心中手上也不觉一颤！只见纸上歪歪斜斜写了一行小字：苦海无边，回头是岸。

普静盯了良久，惊愕神色缓缓退了下去，忽地淡淡一笑，将纸齐齐整整叠了起来，揣在了怀中。

普静以地为席，正在闭目打坐，忽听门外有人低声问道："师父可是在屋里？小的奉娘的指派，给师父送斋饭来了！"

普静听出乃是那个叫玳安的下人，于是起身开门，将他让进屋里。玳安脸上全是谄笑，一面点头哈腰，一面将手里的托盘放在屋子中央的红木桌上。

普静垂眼打量，托盘里放了四样菜跟两个炊饼。乍一看，这四样乃是一条糖醋鲤鱼、一份白切三黄鸡、一道蟹粉狮子头跟一道素炒豆芽；但仔细瞧了，除去豆芽，那三样都是名不符实的东西——鲤鱼是熏干做的，三黄鸡是嫩笋上了颜色做的，狮子头乃是用南瓜打成了粉团出来的。

普静向来将五色、五音、五味一类视作无物，却也能觉出这一顿斋饭颇费了些心思。想到这一节，普静开口道：

"有劳小施主了！还请跟夫人道谢，就说贫僧这一趟过来，给她跟西门施主添麻烦了！"

玳安尴尬地笑了一下，弓着身子回道："小的可是不敢欺瞒高僧！宅子里接连出了命案，娘一时顾不上许多，这一顿饭……并非娘安排下的，乃是五娘吩咐了春梅，春梅亲自到后头厨房督办出来的。"

听见"督办"两个字打玳安嘴里说出来，普静不觉莞尔，心里对金莲跟春梅这对主仆更加另眼相看。他既不急着用饭，也不接玳安的话茬儿，却没头没尾地问道："敢问小施主，西门施主府中，能识字会书写的，可在多数？"

玳安乃是下人里最能权变的，饶是一点儿没明白普静问这话的意思，也没露出半点儿犹豫神色。玳安拧着两道眉毛，有意躲开普静双目，边思量边道："师父这话也算是问对了人。爹跟娘平日里最是疼小的，又看小的识得几个字，宅子里但凡有写字算账的活儿，都是小的来做，再报给爹娘知道。每个月里放月钱时，上上下下的都要跟小的当面核对。对好了，拿了钱，会写字的要在小的这里写上名字，不会写字的也要摁了手印。宅子里能写字的，算来算去，横竖不过十来个。"

普静微微点头道："小施主说的，想来是在下头忙碌的吧？若是如此，贫僧便再问一句，这里诸位主人家，可都是能写的？"

玳安惊了一下，旋即回道："回……回师父，爹自不用说，娘是清河县里有头有脸人家出来的，自然也是能识文断字的。其余诸位娘里，三娘、五娘跟没了的六娘都是能写的，至于二娘跟四娘，小的倒是从未见她俩碰过毛笔砚台。"

普静略一沉吟，又问道："那西门女施主跟陈施主却又如何？"

玳安又道："姑老爷自然是能写会算，脑袋瓜子灵光得很！至于大姐……小的来得晚，听宅子里的老人说，爹原配的娘教导过大姐，学堂里的书也是念过十来本的。只是没几年原配的娘便去了，爹要忙的事儿数也数不过来，便没心思关照大姐念书了。这些年过去，大姐到底如何，小的实在是拿不准。"

普静说了声"有劳"，便从怀里把那张夹在门上的字条取了出来，递到玳安眼前道："这上面的字迹，小施主可在哪里见过？"

玳安接过字条，一边打量上头的字，一边偷眼瞧向普静。不想普静早就看穿了玳安心思，不等他把眼神闪开，又接着道："小施主休要生疑。这面上的八个字乃是我佛劝人向善的真言，世人尽皆知晓。想来是宅子里哪位施主一心向佛，写了这一张，想叫贫僧加持加持，却又不好当面交割。既有心向佛，贫僧自然要寻到这位有缘之人，这才会有劳小施主。"

普静是有道高僧，不打诳语，是故这番话说得似是而非，却没有半字虚言。玳安听了这话，急忙赔笑道："师父真是活佛降世，菩萨心肠……"

玳安仔细瞧着纸上的八个字，过了良久，才皱着眉道："师父……宅子里确是有几个字写得难看的，可像这张上这样狗爬似的，倒还真是没见到过。师父恕罪，小的委实分辨不出来。"

普静脸上没有半分失望，只是双手合十道："阿弥陀佛！本就是贫僧横生枝节，小施主不必挂在心上！"

忽地，有个小厮打外头急火火奔了进来，也顾不上玳安，扑通一声跪在普静跟前道："娘叫师父赶紧去五娘那里！爹在屋里闹腾起来，说……说五娘伙同了春梅，要取他的性命！"

第二十九回　政和七年

　　玉楼将那张纸贴身藏下，整整一日都没跟旁人提起。此刻天色已晚，官府的人早已去了，宅子里的也各归各处。玉楼屏退了下人，独自坐在卧房里，在灯烛底下将那纸从怀里取出，展开了细细观瞧。

　　只见上头写了八个小字：苦海无边，回头是岸。

　　这八字虽没有欧柳风骨，却也算得上工整娟秀，且一看便知出自女子之手。这个女子该是宅子里的，对这些时日里出的事桩桩件件一清二楚。此人怕是在暗中盯了玉楼许久，不愿她在里面陷得太深，才写了这八个字夹在了门上。

　　想到此一折，玉楼不禁双手一颤，如一脚踩空坠下了万丈深渊。送来这张纸的定是个知晓事情真相的，保不准便是害了宋蕙莲跟来旺儿的真凶！若再往深里挖，保不准下一个把血溅在柳树上的，便是自己！

　　玉楼虽精明，却从不揽事，非但从不过问后宅里的人事钱米，便是西门庆十天半月不来自己房里，也从没有半句抱怨。只是这一回的事来得突兀蹊跷,玉楼一时起了好奇之心,便不由自主一路追了下来。此刻瞧见这张纸,如同一盆冷水当头浇了下来,叫她从外到里清醒了过来。

玉楼心里明白,不论这八个字是谁写的,此事都不能再往下追。想到这里,她没有半点儿迟疑,一手把桌上的烛台挪到眼前,一手捏着纸递上前去!

便在此刻,卧房门外忽有人低声问道:"三娘这会儿可歇下了?"

饶是玉楼这等沉稳的,也不禁被这一声吓得浑身一颤,一只玉手险些被烛火燎了。她已听出外头的乃是玳安,心想保不准是西门庆或月娘派过来的,因此不敢迟疑。她急急地将手里的纸折了几折揣回怀里,又把烛台重新摆到了小桌正中。收拾停当,玉楼深深吐了一口气,才站起身来,缓步来到门前将门开了。

只见玳安恭恭敬敬地跪在眼前,听见门开了,却不抬头,只低声道:"小的搅扰了三娘,还请三娘恕罪!"

玉楼急忙回道:"天已黑透了,你跑来这里,敢是爹跟娘那边有事?"

玳安略一迟疑,才缓缓抬起头回道:"回三娘的话,小的这一趟并不是……并不是受了爹跟娘的吩咐,是……是自己个儿有些要紧的话,想说了请三娘给小的指条明路。"

玉楼平素便很是注意,不让自己处于瓜田李下之境地,除了三两个贴身的丫鬟,从不让别的下人近身。以往应对玳安，玉楼既不像月娘那般呼来唤去，也不像金莲那般随性而为。

玳安久在后宅，又最是伶俐，自然知道玉楼的性子，是故并不等她开口，便又接着道："小的并不是要给三娘引火上身，只是……只是小人昨日夜里瞧见的、听见的甚是要紧，又只能说给三娘听。若三娘不想听小的饶舌，小的只能在这里跪到天亮！"

玳安口气虽是伏低做小，却字字透着狠辣，根本不由玉楼推辞。玉楼左右看了一看，见没有旁人，便闪开了身子。玳安如老鼠般起身钻进屋里，低头垂首站在小桌旁边。玉楼将门关了，转回屋里，却不坐在桌旁，只是把一张交椅挪到桌子对面的墙底下，坐下了远远瞧着玳安。

玳安忽地又跪了下去，一面磕头如捣蒜，一面带着哭腔道："小的大难临头，这便要死无全尸！天上地下，就只有大慈大悲的三娘能救小的！"

玳安这样一弄，倒叫玉楼一万个没想到，只猜到他定是遇见了极难之事，且这事任谁沾上，再想揭下去，便是不死也要脱一层皮。想到这里，玉楼忙道："我跟你一样，不过是伺候爹的，人微言轻，又救得了谁。你若真遇见了事情，爹不方便，便该叫娘给你撑腰，跑来这里做什么？"

玉楼这样一说，玳安更苦了一张脸，拼了命地哀求道："正因为有爹跟娘在，事儿才不好明说！"

玉楼轻声斥道："越发是胡话了！这宅子里的事，有哪件不能跟爹娘明说？"

玳安顿了一顿，似下了赴死之心，咬了后槽牙道："只因……只因这事扯上了五娘跟春梅！三娘知道，爹眼见不能管事，只好依仗五娘跟春梅维护周全。这事若是跟娘说了，娘十有八九会跟五娘、春梅翻脸，到那时不管谁对谁错，只怕都会把宅子闹个底儿朝天；可倘若不说，日后害爹受了苦遭了罪，小的更是该被千刀万剐！这说也不是，不说也不是，小人思前想后真是没个活路，才硬着头皮来找三娘救命！小的知道，三娘是观世音转世，不知道便罢了，如今知道了，定不会看着小的落难。"

玉楼听到这里，才明白自己不知不觉中已着了玳安的道儿。话已至此，不论叫不叫他往下说，自己都已脱不了干系。想到这里，玉楼知道再跟玳安扯七扯八已是无用，只好答道："既然如此，便说出来一同计较。"

玳安听玉楼这样说，才将在嗓子眼儿里吊了半天的心放回肚里。今日里，他眼见来旺儿出了事，春梅却不吭一声，并没有把昨天夜里的事讲说出来，显然是心里藏了见不得人的东西。玳安当面不敢戳破，回到房里却是坐立难安。他知道自己于无意间已牵涉进去，金莲跟春梅十有八九是不会放过自己的。为今之计，必须想尽法子抽身而去。

玳安想了半宿，觉着唯有跑来这里，不管三七二十一把玉楼拉进局中。玉楼是能拿捏清楚的，在月娘跟金莲跟前又吃得开，到时不论是月娘质问，还是金莲、春梅翻脸，自然都可以由她来应付。

玳安这一趟可说是破釜沉舟，此刻眼见算盘打成了，便将昨天夜里自己的所见所闻，加上今日白天春梅瞧见来旺儿的反应，一股脑儿地全都说给了玉楼。

玉楼听了半晌无语，片刻后才缓缓打椅子里站起身来，对玳安道："你既搜肠刮肚地都说了，这事便与你无关，我自有打算。你只记着，前前后后的事儿再不能跟旁人提起半个字。如若不然，到时生出了麻烦，谁也救你不得！"

玳安等的便是这一句，旋即回道："全凭三娘做主，打死小的，也不会再跟第二个人提起！"

说罢，玳安又磕了个头，之后便如逃命般急急地退了下去，转眼就不见了踪影，只剩下玉楼一人愣愣地坐在灯底下。到了这时，千斤重的石头已然从玳安身上移到了玉楼身上，只是饶是玉楼这等人物，一时间也不知该如何是好！

按理来说，来旺儿进了金莲正屋，而后丢了性命，金莲跟春梅却不发一声——单凭这一样，就该禀报月娘知道。可一来玳安没在屋里拿住来旺儿，二来屋里的人没喊没闹，还拼了命地打起掩护——这些都是讲说不通的。这两处若想不明白，断不能将其摆上台面。

除去这些，还有一折更让玉楼踌躇难定。打记事那天起，玉楼便知道每日都该谨言慎行。她前后嫁了两回，为的都是把自己的路铺平踩稳。正因如此，西门庆的心思在不在自己这边，后来又纳了几房新人，玉楼从未挂在心上。

玉楼觉着女人家奔的就该是平安体面，不该有七情六欲，更不该为七情六欲生出枝节——若真生了出来，便是自寻死路。在西门庆这里，她又真真切切瞧见了人情冷暖，更是打定主意明哲保身。

后来金莲进门，着实叫玉楼大吃一惊，可说她从未见过这等样的女子。西门庆诸房妻妾里，月娘自不必说，乃是掌印的正室夫人；玉楼带来许多财货，娘家也是个中等人家，自然受不着半点儿委屈；六娘瓶儿手里的金银不单胜过玉楼数倍，更是不到半年便有了官哥儿，几乎把西门庆独占了去……如此一算，唯有金莲没钱没势，更没有子嗣，只能跟娇儿、雪娥之流一争长短。

可这金莲偏又是跟月娘争权，又是跟瓶儿争宠，在娇儿、雪娥跟前更是咄咄逼人。玉楼嘴上不说，心里却知道金莲这样的性子跟手段，怕只是想把自己的命攥在自己手里。玉楼只觉金莲做了自己想做却断不敢做之事。是故平日里二人最是聊得来，一来二去，玉楼也把春梅当作半个自己人。

有了这一层，倘若不问清楚便把玳安所见跟月娘说了，不论谁是谁非，都是给金莲送去一场灭顶之灾。

想到这里，玉楼从怀里把那张纸掏了出来，又反复看了几看，却没再往烛火那边靠。她走到床前，一只手把锦被拽了起来，另一只手将纸塞了进去，再是一通又抻又抖，将被子拍平弄整，叫人看不出半分破绽。

收拾停当，玉楼直起身子，旋即转身吹灭了桌上的烛火，头也不回地出了正房，竟朝金莲的院子而去！

玉楼一面快步走在夹道里，一面在心里寻思："自打正月十五起，宅子里便没消停过，桩桩件件越发出圈儿。与其瞎子画符般胡猜乱蒙，不如来个雷公劈豆腐，径直找五娘问个明白！"

不觉间，玉楼到了昨日夜里玳安撞见那道黑影儿的地方，远远已能望见夹道左手边黑黢黢塌下去一块，便是通往金莲院子的小门。玉楼这一眼瞥过去，不禁汗毛倒竖——只见一道黑影打眼前一闪而过，又是打那扇小门潜进了金莲的院子！

玉楼只觉脑袋里嗡了一声，好似心肝都被一只瞧不见的爪子掏了去，只剩了一个念头："这来旺儿果然是盯上了爹跟五娘，竟第二回摸黑溜了进去！"

想到这里，玉楼一个激灵，又好像被厉闪劈中似的，两条腿竟被钉在那里，半分也动弹不得："可来旺儿分明死了，自己还亲眼瞧见他手里捏了纸屑、两条胳膊抱着柳树的模样。既是如此，他又怎能第二回潜进金莲院里！难不成，真是柳树成精取了来旺儿性命，今晚附在他尸首上头，又来要爹跟金莲的性命？"

第三十回　政和八年

饶是玉楼向来稳如泰山,这一回也是乱了方寸——从自己的卧房去到西门庆跟金莲的住处,不过半盏茶的路程,脚下却一连绊了三回。这一年间,玉楼无时无刻不在提心吊胆。这一回听人来报,说金莲跟西门庆闹腾起来,还要连了春梅取西门庆性命,登时急急地奔到了金莲的卧房里。

玉楼来到卧房门前,也顾不得规矩,径直推开门闯了进去。她想着自己一听报就直奔过来,没承想抬眼一瞧,竟是最末一个到的——不单月娘带着娇儿、雪娥在这里,便是普静也站在一旁。

往床这边一瞧,只见西门庆歪在床上,叫床帏子挡在后头,看不清脸上是何神情,只能依稀瞧见身子一伏一起,显然是刚刚动了真火。

再往床下一瞧,一只青瓷莲花瓣儿的小碗躺在地上,已有三分之一被磕坏了,星星点点碎了一地。金莲就跪在这些碎碴儿旁边,低了头,两个肩膀微微发颤。春梅垂着手站在金莲身侧,虽也低了头,却不像金莲那样惊恐,脸上更没有半分慌张神色。

玉楼见此情状,自是不敢贸贸然出头,只是朝着西门庆跟月娘微微施了一礼,便站在了娇儿跟雪娥身旁。月娘瞧见玉楼到了,似是找着了主心骨,这才清了清嗓子,冲着金莲道:"叫你伺候爹,是你天大的福气,怎地三天两头便要鸡飞狗跳!爹若恼了,看你脑袋上的那张嘴还吃不吃得着明日晌午的饭!方才又是如何气了爹,还不给我说个明白!"

换作往常,金莲如何吃这一套,不等月娘说完便能把她顶撞个半死。不想这一回金莲却似丢了魂魄般,既不回话也不争辩,仿佛全没听见月娘的问话。

倒是春梅在一旁不卑不亢回道:"娘虽是一家之主,但凡事也该先问清了是与不是,再来问谁对谁错!昨夜,五娘给爹用上了大师的灵药,小心伺候爹睡下。爹这一觉睡了一整天,一刻钟前才醒过来,刚醒来便扯了嗓子喊叫五娘,说自己觉着两手两脚竟生出了些气力!"

春梅这一句犹如一声惊雷,顿时在房里炸开了锅。众人竟忘了西门庆跟金莲的纠葛,一个个抻了脖子往床上看去。月娘险些蹦了起来,一时间什么也顾不得了,伸出两条胳膊竟朝西门庆抓了过去,嘴里念叨着:"我那大慈大悲的如来佛祖、玉皇大帝、观世音菩萨,可算是睁开了眼,知道咱们爹一辈子与人为善,本就不该遭这等罪……"

眼见月娘就要掀开床帐子,金莲猛地起了身,竟一把抱住月娘的大腿,一面拉扯一面急道:"娘万万不可!爹已是一年不得动弹,才用了药,正是最紧要的关节,万不可在这个节骨眼儿上惊扰了爹!"

月娘做事向来只瞧得见眼前的一亩三分。之前金莲得宠,月娘心里不服,却也不敢吱扭一声。这一回见西门庆动了气,金莲跪在地上大气儿也不敢出一声,便认准了扬眉吐气的时候到了。金莲上来这一抱,好似把肉递进了嘴里,月娘哪里会放过?她低头瞪着金莲,恶狠狠说道:"还想着在这里兴风作浪?看我替爹打断你的腿!"

月娘一面说,一面铆足了劲儿蹬被金莲抱住的腿,恨不能一下子把她甩到爪哇国去。这一蹬力气着实不小,金莲又没个防备,扑通一声往后头倒了下去。金莲两只手往后一撑,想把身子架住,右手恰好摁在了一块碎了的瓷片儿上!

金莲痛呼一声,只觉得一股刺痛钻进心里,摊开右手一瞧,碎片儿竟顺着最底下一条掌纹划了过去,血不住喷涌出来。只在顷刻间,不单金莲的一只手被血裹了起来,就连地上也是殷红一片!金莲却死命把右手握了起来,重又直起了身子,依旧跪在月娘身前。

见金莲伤了,春梅如一只发了怒的大虫,横了膀子一下朝金莲身前撞过来,结结实实撞在了月娘心口上。月娘哎哟一声便往后倒了过去。万幸娇儿、雪娥就站在后头,一起伸出手将月娘扶住。

春梅扑通一声跪在地上,一面拉过金莲右手,用自己的袖子死死压住伤口，一面对月娘道："春梅一时情急冲撞了娘，请娘治我的死罪！方才五娘也跟娘一样，打算过去瞧爹，却遭了爹的呵斥——想来此刻爹不想叫别人靠前。我见娘也想过去，生怕爹跟娘生了误会，这才拼着命想要拦下娘，却不想冲撞了娘……"

春梅这番话说得滴水不漏，好似是一心为月娘着想。月娘一愣，还没回过味儿来，春梅又跟着道："况且，方才娘还没听我把话说完。爹说自己一觉睡得饿了，叫五娘端一碗薏米莲子粥过来。五娘走不开，便叫我去弄。我打伙房里端了过来，五娘坐在床边接了，吹凉了递到爹的嘴边儿……"

说到这里，一旁的普静忽地开口道："阿弥陀佛！女施主稍候片刻再说不迟，还是先将受了伤的地方收拾妥当才好！"

普静这么一说，众人才往春梅摁着的地方瞧过去。只见那里早已被血染透，血滴滴答答顺着春梅的袖子边儿往下淌。春梅眼圈微红，抬起头看了金莲一眼，一时竟不知该如何是好。

一旁的玉楼倒似早有准备，普静刚一开口，她便迈步走到床边一只木柜前，打开柜门，取出一只樟木匣子捧在手中。玉楼快步走到普静跟前，把匣子端在他眼前道："奴家知道师父精通医术药理，药匣就在这里，还请师父速施妙手！"

西门庆这一年都在金莲房里，因此各类丸散膏丹、急救之物皆收在这只匣子里，伸手便能取用。玉楼虽跟旁人一样靠不到西门庆身边，却没断了跟金莲的往来，因此知道匣子就存在柜里。方才瞧见金莲受了伤，玉楼第一个想到的便是药匣，只是碍着西门庆跟月娘才不好出头。普静一开口，玉楼知道月娘绝不会阻拦，便想也不想把匣子递在普静跟前——一来普静精通医理；二来由他出手，就算月娘心中不愿，也绝不敢发作。

普静已将玉楼的心思猜了个七七八八，也就顺坡下驴接过了药匣，走到金莲身旁。春梅瞧了普静一眼，又看了看金莲，这才抬起了手，直起身子退到一边。

这边普静替金莲处置伤口，另一边春梅又跟月娘道："五娘把粥送到爹跟前，不想爹把身子往前一顶，竟连人带碗把五娘撞在了地上，还说粥里下了砒霜毒药，是五娘勾连了我要取爹的性命！五娘跪在地上一句也不敢回，还是我在旁边跟爹论理。爹讲说不过，便把诸位娘连着师父喊到这里！"

听完春梅这番话，众人都不敢吱声，只是偷眼往床帏子里瞧过去。只见西门庆身子仍是一伏一起，又喘了半晌才沉着嗓子道："天杀的一对儿淫妇，定是不想叫我起来。眼见师父给的药见了些成效，便抢在我下地前来取我的性命！"

春梅上前一步抢白道："爹这话说得，可真是不通半点儿情理！自打爹遭逢大难，宅子里上上下下哪个不是盼星星盼月亮盼着爹早日大安？师父活佛降世赐下了仙丹神药，咱们高兴还来不及，如何会去害爹？敢问一句，今日若真是把爹害死在这里，于五娘跟我，又有什么好处？"

春梅这几句犹如刚刚磨好的刀子，句句都切在了要害上。便是月娘这等愚笨短视的，也觉得春梅的说辞合情合理——想破了脑袋，也想不出金莲跟春梅为何要对西门庆下手。

西门庆并不接春梅的话，只是自顾自道："淫妇还要狡辩！我这半辈子都跟生熟药材睡在一块儿，提了鼻子一闻，便知道是哪一味，难不成还冤枉了你！"

没等春梅回话，雪娥便横插一嘴道："爹说的定是错不了！这清河县里谁人不知，五娘是最懂砒霜毒药的，保不齐一个没留神，就把这些东西掉进了汤汤水水里……"

众人都是在清河县里常住的，自然明白雪娥话里的意思。这一回春梅也不接话，却缓缓俯下了身子，一把将摔破的半只碗抄在了手里。没等众人回过味儿来，春梅便如恶虎般扑到雪娥跟前，一只手薅住了她，另一只手便要把碗底里没洒出去的一口粥灌到她嘴里。

众人万没想到春梅竟如此不管不顾，一时间都呆在那里。雪娥叫春梅扯住，一面拼了命地挣扎，一面杀猪般嚎了起来："爹快些救我！娘快些救我！"

月娘戳在一旁手足无措，西门庆更是一阵咳嗽，竟都没发话拦下。倒是坐在一旁叫普静包裹伤处的金莲猛地站起来，强忍着痛喊道："小淫妇越来越没了规矩！还不……还不给我停了!"

　　一句话没说完,金莲身上的气力便似被抽干了一般,一下子又坐了下去,险些歪在地上。春梅并不再瞧雪娥半眼,将半只碗扔回到地上,快步走到金莲旁边,半跪着身子,让她倚在自己身上。金莲看了春梅一眼,半晌才说了一句:"你……这是何苦!"

　　春梅将金莲被裹了一半的手递到普静跟前。普静微微点了点头,把金莲的手接了过去。春梅见金莲安定住了,这才直起身子,全没了方才恶狠狠的模样,转过头盯着雪娥,冷冷地道:"既是有人放屁说粥里叫咱们下了东西,我便要当着众人的面儿喂她喝上一口。她若还是欢蹦乱跳,我跟五娘便是遭了诬陷;倘若她喝下去登时闭了眼蹬了腿儿,我跟五娘便把命赔给她!"

　　春梅这番话说得坦荡,反叫雪娥哑口无言。她偷眼朝月娘望去,却见月娘把头扭到一旁,全不理会。雪娥支吾了半晌,也不知该如何回话。

　　众人都僵在那里,最后却是床上的西门庆开了口:"小淫妇,说来说去,你是不认这粥里有毒?"

　　春梅似早就料到西门庆会这样问,旋即回道:"有毒没毒,也不是咱们哪一个说了算的。保不准是爹病久了,心里生出了暗鬼,连带着鼻子舌头都不好使,一时弄错了也是难免的!"

　　西门庆似是被这句点着了一般,整个身子猛地往上一抬，仿佛就要扑下床把春梅撕作两半，却忘了自己还是个残废之人，用了药有了些气力，却还远未恢复如初。西门庆这样往上一蹿，旋即又重重拍在了床板上，生出了一声巨响。

这一下将屋里的人吓得不轻，一下子都朝着床这边围上来。西门庆却在床帏子里大声喝道："都给我滚去一边！"

这一年间，众人大多没听过西门庆说话；偶尔听见了只言片语，也都是有气无力。这一声却如炸雷一般，可见是动了真火。众人一时间如同被施了定身法，竟不敢再动半步。

众人僵在原地，又过了半晌，西门庆才缓缓说道："来人……将我从这里抬去别处！这一辈子，再别叫我瞧见这两个淫妇！"

第三十一回　政和七年

　　见又一道黑影闪进了金莲的院子，玉楼并未声张，只是紧贴着夹道，借墙根隐住身子，不错眼珠儿地盯着那扇小门。可过了约莫两炷香的工夫，既听不见院里传出动静，更不见有人打里头出来。玉楼皱紧了眉头，在心中盘算了一番，最后打定主意，蹑着手脚打小门潜进了院里。

　　玉楼听见正屋里有窸窸窣窣的响动，却不见里头掌灯，便知道定有蹊跷。玉楼不似玳安那般急躁，扭过头打量小院，一眼便瞧见院子当中摆了只半人多高的大缸。

　　这缸是金莲住进院里时，西门庆叫人搬来的。当时正是盛夏，缸里全是大朵大朵的荷花。荷花多子，西门庆想的是讨个彩头，叫金莲给自己开枝散叶。金莲虽用尽手段，身子却并无半点动静。后来瓶儿进门，没几个月便有了身子，宅子里上上下下无不感叹天意弄人。更有好嚼舌根的，说金莲害了自家男人，便是泡进荷花池子里，也注定了是个绝户。此时寒冬未过，缸里只剩下一些枯茎败絮，半缸子水也冻得如生铁一般。

玉楼快步走到缸后，把身子隐住，立起耳朵听着屋里的动静。只听金莲在卧房那边低声骂道："你这小淫妇，越发没了规矩。我才去院里泼了盆水，你就瞌睡过去，竟叫人摸到了爹的旁边！"

只这一句，玉楼便知是金莲在责怪春梅。不想没听见春梅回话，却听见有个尖声利嗓的回道："五娘子不要跟春梅小娘子动火，是老身发了癔症，三更半夜地跑来这里。原想着明日一早再来，只是前半宿叫一个噩梦给吓醒了，思量着后半夜定是睡不着了，才大着胆子摸到这里。"

玉楼是个极通透的，听到这里便猜到了说话的定是已在宅子里住了许久的王婆，想来方才自己瞧见的黑影便是这老货。王婆是清河县里最会看眉眼高低的，三更半夜摸进来，断不会是"发了癔症"，定是有什么不可明说的关节。

至于这个关节到底是什么，不说玉楼，便是清河县里的癞汉拙妇，也能囫囵着猜出个大概。王婆没进宅子时，便跟西门庆与金莲瓜葛在一处。后来郓哥领了大郎过去捉奸，叫西门庆一脚踹了出去，更是尽人皆知。这一脚之后还不到十日，武大郎便一命呜呼，金莲也就进了宅子。再往后，这王婆便大剌剌跟了进来，说是服侍瓶儿的，到头来却成了半个主子，非但十指不沾阳春水，得吃得喝拿着月钱，更是隔三岔五便找金莲另要银子花销——起初她尚且知道藏着掖着，一次要的也不过二三两；后来竟懒得遮掩，一开口便是五两往上。

依着金莲性子，若是旁人如此，早已一个耳光扇了过去；偏这王婆，竟是有求必应，比对亲娘老子还要礼敬三分。春梅看不过去，有几回要当场发作，却都被金莲抢白着堵住了口。如此一来，任谁都不信这婆子手里没有金莲的把柄。

西门庆权当不知，月娘自然不敢多问，玉楼、瓶儿更不是多事之人。只是雪娥与宋蕙莲两个，一来是嘴上没个把门儿的，二来乐得看金莲惹上一身骚，恨不能把此事传到凌霄宝殿上去。

这当口儿宅子里一波未平一波又起，王婆偏在此时来找金莲，其中显然大有蹊跷。只听金莲道："干娘用不着替这小浪蹄子遮掩，回头定不能饶了她。对了，白日里干娘跟我说，在宅子里住得久了，想出去透透气。原本我一听就耷了毛儿，想着宅子里里外外怎能少了干娘支应。可静下心来一想，干娘操心受累一辈子，是该踏踏实实吃几天松心饭了。况且这几日又出了许多事，确是不该叫干娘跟着担惊受怕。可这话万不能打我跟爹嘴里说出来。如今既然干娘自己提了，咱们自然不能有二话。这是一张五百两的银票，算是我跟爹给干娘养老送终的孝敬……"

金莲这番话着实叫玉楼吃了一惊，但仔细一想，那婆子倒也算是看得长远——留在宅子里固然吃喝不愁，但眼见着这几日闹出来的桩桩件件，难保后头不会叫这把火燎到自己的眉毛。既然如此，不如拿上一笔银子早日抽身。想到这里，玉楼竟有几分羡慕王婆，不禁寻思道："这婆子明面上是个下人，却是想来便来，想去便去；我好歹也算是个主子，可慢说是去留，便是平日里一言一笑，都是身不由己……"

没容玉楼再往下想，只听王婆说道："五娘子用不着往下说了。五娘子跟大官人的好，老身这辈子是报不了了，只盼着下辈子变个王八，给你们去驮长生碑。原本今晚到这里，是想着跟五娘子知会一声，就不留在宅子里碍人的眼了。可方才来到床边，瞧见了大官人这副受罪的模样，又见了五娘子跟春梅小娘子累得上下眼皮都支不住了。老身得了这么多的好处，要是这个时候转身走了，只怕到死也闭不上眼。老身虽帮不上什么大忙，但俗话说'放屁添风'，留在大官人身边，好歹也能让五娘子多睡个一刻两刻……"

王婆这一番话更叫玉楼意想不到，不知这葫芦里装的是哪一家的丸散膏丹。清河县里无人不知王婆为人，向来只会顺风点火，哪里会干这种赔本的买卖。况且这一趟武松回来，虽已葬身火海，但终究是个心魔。照理说这婆子该是头一个找退路的，怎会放着五百两不拿，反要留下？

金莲跟春梅想是也让王婆弄了个措手不及，一时间屋里竟没人出声，能听见的只剩下西门庆牛喘般的一吸一吐，也不知是睡了还是没睡。三人沉默了半晌，金莲方说道："干娘这份心，奴家代爹收下了。只是如今比不得过往，干娘年岁又大了，委实不该再让干娘在这里担惊受害……"

金莲话未讲完,王婆便抢白道:"五娘子这话说得,倒是把老身当成了外人。县里谁人不知,自打娘子跟了武大搬来这里,便跟老身做了邻居。俗话说'远亲不如近邻',娘子之后的桩桩件件,哪一回少了老身关照?正是这个缘故,娘子才有了如今这滋润日子。如今大官人遭了劫数,老身抬抬屁股去了,知道的是大官人跟娘子心疼老身,不知道的还以为老身是个忘恩负义的腌臜货……"

王婆明着说的是自己,暗里句句都是冲着金莲,听得外头的玉楼都不觉来了火气。偏金莲跟春梅竟一句不发,好像都被王婆捏住了脖子一般。

只听婆子又道:"更有那吃饱了放闲屁的,定会说是老身在宅子里待得久了,听见瞧见了什么不该听不该瞧的,遭了大官人跟五娘子的记恨,才被寻个借口轰了出来。尤其是武二这么一番折腾,保不准让谁想起那死鬼武大,风言风语地还不知会说些什么……"

屋里的春梅想是受不住了,猛地拔高嗓子叫道:"你这……"

谁知第三个字还没蹦出口,金莲便厉声喝道:"给我把嘴闭了!我跟干娘说话,哪里轮得着你来放屁!"

见春梅不再言语,金莲旋即又对王婆柔声道:"干娘既然这样说了,奴家也就不能再有二话。既然如此,干娘便安心在这宅子里住下。也不用说什么照料不照料,只要有干娘在身边坐镇,慢说他一个武二,便是杀进来千军万马,奴家也是不怕的。"

王婆立马接道："到底是五娘子，拳头上立得人，胳膊上跑得马！只是……老身留下，还须五娘子伸手添些吃穿用度才好！照理说，大官人跟五娘子哪个月都没亏了老身，本不该开这个口，只是像我这等土埋了半截的，也不敢不留些积蓄备着。因此，这一回还是要劳烦五娘子……"

金莲道："干娘不必说了。孝敬干娘是奴家的本分，也是爹叮嘱过的。奴家手上正好还有三两七钱散碎银子，干娘休要嫌少……"

王婆似早就料到金莲会如此，不慌不忙地回道："老身就知道五娘子是这宅子里头一号的菩萨心肠。只是有这么一折，老身不能不跟五娘子讲说清楚。放在往日，五娘子这三五两便能管大用；可这一回，五娘子方才也说了，跟过往大不相同。老身自然烧香盼着大官人长命百岁，只是天有不测风云，万一这一回大官人要躺得久些，五娘子未必再顾得上老身，老身更没脸面月月在五娘子面前张口。如此一来，倒不如这回舍了这张老脸，向五娘子多讨些！"

屋里又是一通沉寂，过了许久金莲才道："依着干娘的意思，这一回想要多少？"

王婆瘪着嗓子干笑了两声，胸有成竹般回道："这个哪有老身开口的道理，大官人跟五娘子打手指缝里落下一点儿，老身便受用不尽了。方才五娘子拿了五百两的票子，想是之前跟大官人都商量好的。既然如此，老身便先取走了。

往后够与不够，再来找五娘子商量便是了。"

金莲略顿了一顿，又说道："这钱本就是拿来给干娘的。干娘只管拿去就是了。"

王婆立时唱了个肥喏："那老身便不客气了！老身这就回去了，五娘子跟春梅小娘子早些伺候大官人睡下，也好各自歇息。"

外面的玉楼并没听见金莲跟春梅的回话，只见正屋房门被一把推开，王婆打里面一步迈了出来，反身又把门掩上。此时月正天中，一抹惨白月光打在王婆脸上，着实把躲在缸后头的玉楼吓得不轻。

只见这婆子乜斜着两只眼，满是不屑地瞧了一眼正屋，又低头瞧了瞧手里的银票。王婆将银票折了两折，揣进了怀里，鼻子里冷冷哼了一声，转身出了旁边的小门。

待她去得远了，屋里才传出春梅的声音："前头每来一回，便从娘这里取个三两五两；这往后，难道一回便是三五百两？之前娘咬碎了牙往肚里咽，我也不好说什么。难不成从今往后，娘都打算对她有求必应？"

春梅这番话恰是玉楼想问的。玉楼凝神闭气，等着听金莲如何答复。只是过了良久，金莲才淡淡回了一句："有求必应的，却不是那婆子。"

玉楼听了不觉心中一颤，恨不能立时冲进屋里拉住金莲问个明白。就在这时，只听西门庆又是一通咳，连带着整张床板通通发响。金莲跟春梅顾不上其他，都低低唤道："爹休要急躁，咳出来便舒坦些了……"

玉楼也被惊得回过神来，知道自己不能在这里久待，便缓缓直起了身子，先是从缸后一点点蹭到了院墙底下，再一步一挪地来到小门旁边。玉楼探出头去，见夹道里已然没了王婆影子，才猛地吸了一口气，一溜烟儿地跑回自己房里。

第三十二回　政和八年

任谁也想不到的是，西门庆竟要让玳安立时便把自己抬去另一个地方住下。事情闹到这步田地，金莲跟春梅都不好再说什么，普静是客，娇儿、玉楼、雪娥皆是侧室，是故众人都偷眼朝月娘望去。

月娘面上做强，心里早已六神无主，只能顺着西门庆的意思问道："爹不愿再在这里休养，是想着搬去哪里？"

西门庆歪在纱帐里一动不动，过了半晌才沉着嗓子道："你们都是来找我索命的，如今哪一个也别想再近我身旁。旁的地方一概不去，只叫人将我抬去后花园里的小楼上，我要在那里安心静养！"

西门庆这几句当真叫众人惊愕不已，便是在他跟前从没二话的月娘，也忍不住道："这如何使得！前一年宋蕙莲那贱人不明不白在那里没了，可见是个不吉利的地方。爹的身子好容易见了起色，又怎能待在那种不干不净的地方……"

西门庆恶狠狠道："难不成你们待的地方，便是干净的？"

这一句叫众人后脊梁直冒冷气，竟没一个敢回话的。见众人都被噎住，西门庆又冷冷道："去到那里，前后左右都没有人，才是眼不见为净，胜过这里百倍千倍！慢说那宋蕙莲生死不知，就算真是死了，无非就是个孤魂野鬼，还能比你们这一个个活着的更能要我的命？"

西门庆略顿了一顿，低低地咳了两下，转过脑袋对玳安道："天杀的，是没带着耳朵还是没带着手脚？还不把你爹抬过去！"

饶是玳安伶俐，此时也不知该如何是好，豆大的汗珠顺着脖子淌了下来。众人一时僵在屋里，忽听有人高声念道："阿弥陀佛！"

众人一惊，却见普静双手合十走到床前，沉声说道："药是贫僧带进来的，在西门施主身上略见成效，便是贫僧与施主有缘。既然如此，诸位可否听贫僧一言？"

西门庆默而不语，月娘直愣愣戳在那里，被后面的玉楼用手肘微微顶了一下，才回过神来道："师父可算是咱们的救命菩萨，有什么话指点便是。"

普静缓缓道："万物皆有缘法，缘起缘灭，非人力所能左右。西门施主既然生出念头，便是缘起。依贫僧愚见，诸位施主还是随缘为好。"

普静如此说，更叫月娘没了主见。旁边的金莲却上前一步道："既是爹执意如此，师父又有这样的见识，咱们听命行事便对了。况且爹已然生了疑心,无论如何也不愿再待在这里。俗话说'事久自然明',爹去个清静点儿的屋里安心养上一养,于咱们未必没有好处。"

金莲这样一说,月娘急忙顺坡下驴道:"既然如此,我便做了这个主。玳安,叫两个身子壮实、手脚麻利的,将爹请到那座小楼里。爹手脚还不灵便,就让他在靠楼梯最近的那间里歇着,咱们上上下下伺候起来也方便些。奴家如此安排,爹可觉得妥帖?"

西门庆立时回道:"妥不妥帖,去了才知道!整日里没个主见,只会拿这些不咸不淡的话来烦我!"

月娘本想在西门庆跟前讨个好,却没想到碰了一鼻子灰,脸上一阵红一阵白,不知该怎样下台。玉楼见状,忙在一旁道:"玳安,还戳在那里做甚!还不遵爹跟娘的吩咐,叫两个得力的过来!"

玳安转身一阵风般去了又回,吆喝着两个小厮将昨日抬过西门庆的那把交椅摆在床前。春梅把靠垫放进交椅,两个小厮轻轻将西门庆抬起来,再缓缓塞进交椅中。金莲拿了一床锦被盖在西门庆身上,又将边边角角都塞得严严实实。西门庆用力扭了几扭,好似要赶金莲离开。金莲却似没瞧见般,只是低着脑袋整理锦被。西门庆见金莲并没有半点儿畏惧,也就不再动了。

金莲这边刚弄好了,月娘便蹭上来道:"不论爹到了哪里,身边断不能少了人。你们都回去歇着,我这就搬去楼上,日夜在爹身旁候着……"

不等月娘把话说完,西门庆便是一通咳嗽,边咳边道:"你们……你们哪个也不许上楼!哪个敢上去,我立时叫人拿马鞭子抽烂了她!"

月娘扑通一声跪在西门庆脚前,低着头抽噎着道:"就算挨了爹的鞭子,奴家也不能叫爹一个人待在上头!"

月娘这一跪,旁边的娇儿、玉楼、雪娥也跟着跪了下去,屋子里头只剩下金莲、春梅跟普静站着未动。众人便这样僵持了半晌,最后又是普静开口道:"诸位施主切莫急躁。既然西门施主提了要换个地方清修,想必心里已有了主见……"

众人皆朝西门庆瞧过去,见他缩在交椅里,一张脸被面纱遮住,依旧看不出喜怒,只是沉声道:"师父所言不差,我早已经思量周全。你们各自安生待着,等我身子好了,将下毒的找出来千刀万剐,后头便平安无事了。这几日,你们哪个也不准去到小楼!我只要一人伺候,便是王干娘!"

此语一出,跪在地上的几人无不感到惊讶。月娘直勾勾盯着西门庆半晌,才哆哆嗦嗦道:"王干娘……见多识广,自然是好的……只是一来年事已高,二来自打进到这里便没在爹身边伺候过,只怕……"

不等月娘说完,西门庆猛地挺了一下,好似一条盘起来的蟒蛇忽地爹起鳞片,紧跟着便要将面前的东西吞进肚里。只是西门庆并非健全之人,只是挺了一挺,身子终究立不起来。但只这一下,也足可将月娘吓个半死,后面的话竟硬生生吞了回去。

月娘这边没了下文,西门庆那边却一字一顿地道:"我说要去小楼上静养,旁人不得靠近,你们可听真了?"

见跪着的和站着的没一个敢出声,西门庆又道:"我说只叫王干娘一个在左右伺候,你们可听真了?"

见还是没人敢应声,西门庆反倒心满意足,忽地对玳安道:"既听真了,还戳的哪门子尸?还不抬了我上楼去!"

玳安急忙扭头朝两个小厮喊道:"没听见爹的吩咐?戳着不动,敢是等着领赏?!"

两个小厮急忙跑到西门庆左右,猫下了腰就要把交椅抬在肩上。金莲忽地上前一步道:"爹一心要上楼静养,奴家不敢有二话。只是王干娘打进到这里,便没再做过伺候人的差事。爹敬她劳苦功高,从没说过半句,如今一下子把这副担子压在她肩上,只怕她未必会应下。"

西门庆冷冷道:"这个用不着你来操心。慢说在这宅子里,便是在整个清河县,我西门庆发了话,又有哪个不怕死的敢说个'不'字!你记着——打此刻起,不论何事,但凡干娘找上了你,你只叫她找我说话!"

夜过二更,金莲却没有一丁点儿困意。金莲不睡,春梅自然也不会去睡,便去后厨做了三五样糕点小菜,又温了一壶惠泉酒,一样样都摆在金莲面前的小桌上。金莲却是看也不看一眼，一张粉面上没有半点儿喜怒，叫烛火一照，竟比平素多了三分惨白。

春梅在金莲对面坐下，并不问金莲，却给自己满满斟了一杯。春梅端起酒杯一饮而尽，又将杯子放下，嘴角露出一丝苦笑。

金莲看了一眼，脸上神情丝毫未变，只淡淡地问道："小蹄子笑些什么？"

春梅盯着桌上的烛火道："过往这一年，爹一直在这里歇着。虽不许旁人进来，可宅子里却没一个不削尖了脑袋，想进来在爹跟前献好卖乖。也正是怀了这个心思，凡是遇见娘的，遇见我的，不管心里想的是什么，面上没一个不是客客气气的。可这一回，爹大发脾气搬出去还不到一日，我去各处行走，却已见不着好脸。方才见娘独守孤灯，前思后想，才不觉苦笑出来。"

金莲听了也挤出一丝苦笑，顿了半晌才缓缓道："这些原都是在意料当中的。好脸人人都有，日日都有，无非值不值得在你跟前亮出来罢了。见了好脸，便要想到终有一日会见着坏脸——好好坏坏，只会叫人不痛快。与其这样，不如好脸坏脸都不见，反倒得个清净。"

春梅给自己斟上第二杯，又给金莲斟了一杯，却并不劝她饮下，只是问道："依娘看来，是哪个不怕死的在爹的粥里下了毒？"

金莲道："自然是不想叫你爹站起来的！"

春梅微微皱了眉头道："这倒是奇了！爹躺了一年，也没人动他半根汗毛。如今眼瞧着有了转机，怎么反有人要铤而走险？这一年爹没法子主事，虽说瘦死的骆驼比马大，可家里家外不如往昔，却是长眼睛的都能瞧出来的。爹若能起来，家里人自不必说，外头上到太师、知县，下到应二爹、谢三爹，没一个不得好处的，又怎会有人在这个时候要取爹的性命？"

春梅这一番话，说得金莲一对失了神的杏眼里渐渐生出了些光彩。她扭过脸盯了春梅许久，忽地问道："依你说，下毒的该是哪个？"

春梅微微摇头道："我自认虽不是个蠢人，却不及娘万分之一的聪慧。娘若是没个头绪，我又怎会知道。我只知道，这下毒的，头一个不是我，二一个不是娘！"

金莲苦笑道："你这小蹄子真是个怪人！有时精明伶俐得叫人后心发凉，偏有时又蠢笨得叫人哭笑不得！话说回来，比起下毒的，另一桩事更叫我捉摸不透……"

春梅道："娘说的可是爹点名要那婆子？"

金莲点头道："爹一时气急了，要换个地方，也不算稀奇。稀奇的是偏要去到那楼上，还指名道姓地要她过去伺候，真是叫我摸不着个所以然来。"

春梅又一口喝尽了杯中的酒，缓缓说道："爹这辈子说话行事向来不受拘束，任谁也是猜不透摸不准的。他便去做他的，娘不必操心。"

话刚说到这里,忽地有人在门外低声说道:"五娘子跟春梅小娘子可是还没歇下?若是没有,老身便要打搅了!"

春梅登时大吃一惊,瞪大双目看了金莲一眼,微微拔高声调道:"王干娘可是有事?"

外头的王婆低声低气回道:"老身还能有甚大事。只是有一节——这个月的花销,不知五娘子可替老身预备妥当了?"

第三十三回　政和七年

　　自打正月十五起，宅子里便没有一刻消停。先是那胡僧进门，往后便是后宅起火；一场火下来，死了假扮胡僧的武松，毁了西门庆，没了宋蕙莲；再往后便是来旺儿抱树而亡，最后则是王婆欲去又留……桩桩件件如重锤般一下下敲在众人心上，任谁都觉着喘不上气来。

　　金莲差出去请神医安道全的人已然回来，却是竹篮打水一场空，压根儿没有见着这位神医的影子。宅子里的人自然又是一片叹息哀号，心里都明白西门庆后半辈子便是废了，只是挨过一日算一日罢了！

　　转眼两月有余，清河县处处皆已是春夏光景。抛了武松不说，剩下的蕙莲跟来旺儿两桩案子，衙门那边竟连个回响都没有。倒是知县老爷隔三岔五便登门给西门庆问安，即便一回也没见着真佛的面儿，脸上嘴里却没有半点儿怨愤，真是比破案缉凶上心百倍。

　　这一日知县又来拜会，西门庆依旧托故不出。西门庆不出，金莲自然也不会露面；瓶儿身子一日沉过一日，上元那天又受了惊吓，无论如何是出不来的；玉楼本就是个不揽事儿的，那日窥见王婆进出后，更是万事不问，早早就推说身子不适，自早到晚也不出房门半步。

如此一来，便只剩下月娘一人支应。听见知县上门，即便心里有一万个不愿意，也只能笑脸相迎。月娘一面起身往外去迎，一面叫下人去喊雪娥过来——二娘娇儿没甚大用，便只剩下四娘雪娥跟着自己以壮声色。

雪娥觉出自打出事后，原先挡在身前的那几个竟都不出头了，自己依稀成了月娘后边第二个当家之人。今日见月娘又叫自己同去迎接知县，真是喜得屁滚尿流，立时浓妆艳抹，如一阵风般跑了出来。

知县已记不得来过几回，就没指望着今日能见着西门庆，被玳安领进来才坐定了，月娘跟雪娥便满面堆笑地迎了上来。知县见又是这二人，不觉在暗里嘬了嘬牙花——这二人一个外强中干，一个蠢笨至极偏处处揽事，每一回都叫他应付得辛苦。

知县急忙起身，如先前每回一样，先是问了西门庆，接着又说"虽还没见宋蕙莲的踪迹，也没拿到杀了来旺儿的歹人，却没一天停下，定会给西门大官人一个交代"之类。一番寒暄过后，不等月娘跟雪娥多问，知县便施礼告辞。月娘也不挽留，只是一路将知县送出了大门。

见知县的官轿在街口拐了过去，月娘转身进了宅子，却没在厅堂停留，径直回了自己的卧房。月娘并没叫雪娥跟着，雪娥却也走了进来，还叫里头的两个丫鬟退到房外，反手将门掩上。

雪娥快步蹭到月娘身侧，猫下身子低声道："已然过了两个来月，知县老爷那里还是一团乱麻，定然是找不到咱们头上，娘安心便是了。"

月娘身子微微一颤，旋即扭过脸恶狠狠瞪了玉楼道："天杀的小娼妇，没头没尾地提这个做什么！知县老爷那里如何，碍我什么干系？我又有什么不安心的？"

原来先前来旺儿之事，便是月娘跟雪娥撺掇出来的。西门庆遭难，反被金莲死死捏在手里，叫月娘心中委实咽不下这口气。雪娥见缝插针，在月娘跟前献计——既是宋蕙莲被牵涉其中，便可将在外头的来旺儿唤回来，就说金莲为讨好西门庆，于中间牵线搭桥，才使西门庆与宋蕙莲勾搭成奸。如今废了西门庆，没了宋蕙莲，正好激来旺儿找上金莲兴师问罪。如此一来，金莲纵然不死，也必被弄个九分无气！

月娘本就是个面善心狠的，何况早已对金莲恨得牙根痒痒。之前一则金莲有西门庆撑腰，二则她自己也拿不出个像样的法子，因此无可奈何。这一回西门庆塌了架，雪娥又出了点子，月娘自然乐见其成。她随即取了五百两银票交予雪娥，叫她去找来旺儿行事。

那来旺儿走了许久，刚好于上元节后回转清河。雪娥日夜不合眼地在码头盯着,见来旺儿下船,一不叫他回家,二不叫他进宅,径直将他领到偏僻所在。

雪娥先是一番添油加醋,将西门庆与宋蕙莲的奸情说成是金莲的撮合;随后又拿出银两,说月娘一直觉得来旺儿委屈,这回必定鼎力相助,帮来旺儿出了这口恶气;最后还说若来旺儿出手拔了金莲这根肉中刺,月娘还有重谢。

来旺儿见了五百两的银票,又想着西门庆与宋蕙莲背着自己时的模样,心里已然起了歹意,却还是不敢接雪娥的话茬儿。

雪娥看出来旺儿心思,凑到他跟前低声道:"你把心放进肚里就是了!宅子里已然乱成一锅粥,你趁着夜摸进去,不等有人觉察便结果了那个贱人!第二天事发了,任谁也想不出个头绪,只当是宋蕙莲的鬼魂把她带走了。之后你再装作刚打外面回来,做出哭天喊地的模样就是了。那贱人没了,娘在宅子里一言九鼎,你便是关二爷身边扛刀的周仓,这辈子还能少了好处!到那时,不论宅子里头,还是清河县内,你相中哪个,娘便做主让你娶哪个,岂不胜过宋蕙莲那淫妇百倍千倍?便是如爹那般养上三个五个,也不在话下!"

来旺儿本就是个不安分的,听见这番话,再也抵不住心底里生出来的念头。正因如此,才有了那一晚玳安瞧见的事。来旺儿一路不受阻碍便摸进了金莲的院子,乃是月娘跟雪娥事先做了安排。

那晚二人都不曾合眼,聚在月娘房里等着另一边的动静。依雪娥想来，来旺儿摸进去定是一通砍杀，取了金莲性命不说，保不齐连春梅也一起带走。用不多时，要么是西门庆，要么是第二天一早打扫院子的小厮，定然会喊叫起来。到那时自己再跟着月娘过去，只一问三不知便对了。

谁知二人一等便是大半夜，金莲那边却没有半点儿动静。月娘心中有鬼，如热锅上的蚂蚁一般，一边来回踱着步子，一边恶狠狠对雪娥道："全是你这小贱人出的好主意！那边若是出了差池，我定将你千刀万剐！"

雪娥知道月娘向来都是如此，遇见个风吹草动，便先把自己撇得一干二净。雪娥扑通一声跪在月娘跟前，带着哭腔道："娘，话可不是这样说的。打进到宅子里，奴家没一天不在替娘筹划，从没起过旁的心思。今日这事虽说是奴家提的，可哪一节没跟娘说清讲明？哪一节不是娘点了头才去办的？事到临头，又怎能全扣在奴家头上？"

月娘自知理亏，被这一通抢白，只气得白眼上翻。偏在这个时候，屋外传来一阵兵荒马乱般的响动，跟着便有小厮跑到屋门跟前，急急禀报道："娘快移步出来看看，那来旺儿不知怎地，竟抱着园子里那棵大树死了！"

之后所见之事，更是叫月娘跟雪娥百思不解。本是指使来旺儿去取金莲性命，不想金莲平安无恙，死了的倒是来旺儿。这倒也不算是最稀奇的，行凶杀人本就是铤而走险，一个不慎反受其害也是常见的。可奇就奇在，若来旺儿真是叫金莲跟春梅反杀，二人为何不在众人跟前说清讲明？照理说，来旺儿私入宅邸在前，行凶杀人在后，乃是一百二十个不占理！既然如此，以金莲跟春梅的性子，又怎会一语不发，任由众人神神鬼鬼地胡乱推测？除非来旺儿不是金莲主仆所杀，可若非如此，又会是何人行凶？须知自打来旺儿进来，到小厮报信，其间除去金莲跟春梅，并不该再有人与来旺儿有瓜葛！

月娘跟雪娥越想越奇，越奇越怕，却不敢泄露只言片语。好在过去了两月有余，知县那里并没有半点儿进展，月娘跟雪娥悬在嗓子眼儿里的心渐渐放了回去，觉着无论如何也不会把自己牵扯出来。

今日知县来了又去，还是不见案子有一丁点儿眉目。雪娥心里更加踏实，这才提了一句，不想却触了月娘的逆鳞。见月娘动了真火，雪娥急忙道："娘想到哪里去了！奴家的意思是，过了这些日子，想必宅子里的人，有一个算一个，打正月十五揪起来的心，也渐渐地都放下了。若真是如此，先前奴家跟娘借来旺儿的手想做却没做成的，便又能接着做了！"

月娘登时身子一震，直勾勾盯着雪娥，颤着嗓子回道："你这小淫妇真是害了失心疯，怎地又来说这些没影儿的事！"

雪娥上前一把抓住了月娘的胳膊，沉着嗓子道："事已至此，死一个是死，死十个也是死！不论谁没了，都推在那棵成了精的树上，就是神仙来查，也说不出二话。娘可要想清楚,机不可失,时不再来。眼下做什么都有妖魔鬼怪接着,要是再过些时日又有人没了,说什么旁人也是不信的!"

月娘愣了许久,忽地转过身子再不去瞧雪娥,嘴里却问道:"若依着你,可有什么得力的法子?须知道,金莲跟春梅那对淫妇比大虫还狠,比狐狸还奸,稍有闪失可就是引火上身……"

雪娥见月娘应了,立时回道:"娘放心就是了!'任你奸似鬼,也喝老娘的洗脚水!'咱们先废了姓潘的那个淫妇。待她没了,说出大天,春梅不过是娘的一条狗。娘随便寻个借口,将她赶出去也就是了!"

月娘问道:"你又如何能治得了那淫妇?"

雪娥笑道:"奴家早已算计好了。也不知因为什么,打正月十五出事那天起,每月初十,那淫妇便要跟王婆子碰一回面。"

月娘喃喃道:"这是为何?"

雪娥回道:"究竟为何奴家也不知;但奴家一清二楚的是,每回她二人都是夜里三更,在宅子东南堆柴的屋里碰头!明日正好又到了这个月的初十,她俩定会再去。娘也去过那里,想必知道那屋并没有窗子,只有一扇木门。门板外头镶了一对青铜门环,若是从外头将两只门环拴在一起,里头便是有千军万马,也别想出来。"

月娘已猜着了雪娥心中所想,却依旧问道:"那又如何?"

雪娥浑然不觉,接着口沫横飞道:"娘怎地还想不到!

等到了三更,淫妇跟王婆进去,必定将门掩上。奴家趁黑摸过去,神不知鬼不晓地用铁链子把门环系了。之后,那屋便会烧起大火,里面无论是鸡鸭猪狗,还是别的什么,一准都会变成黑炭!娘想想,那淫妇先是叫武家老大成了黑炭,又害武家老二成了黑炭,这一回,也算是老天降下的报应!"

第三十四回　政和八年

听见门外是王婆的声音,金莲跟春梅对视一眼,随后朝房门方向微微抬了抬下巴。春梅点了点头,缓步走到门口,也不跟外头的人搭话,却猛一下将门打开。

外头的王婆显然是被吓了一跳,旋即满脸赔笑道:"敢是娘子跟小娘子还没歇着?"

春梅并没理会,转身回到屋里给金莲整理床铺,只把后背留给那婆子。王婆却并不在意,也不等金莲发话便一脚跨进房里,转身又将门掩上。

金莲这才站起身来,嘴里客气道:"干娘这么晚过来,可是有事?"

王婆一眼瞧见桌上摆着的酒菜糕点,便猜到金莲跟春梅先前在聊些什么,于是开门见山道:"大官人高升去了楼上歇着,还指名道姓叫老身过去伺候。老身真是受宠若惊,只是怕年老眼花,一个照应不到叫大官人不顺意,那便是千刀万剐的死罪。"

金莲不等她说完便打断道:"干娘经多见广,自然出不了差池,不然爹也不会让干娘过去。这日后还有干娘要忙的,今日干娘该早些回去歇着,养足了精神才是。"

王婆似没听出金莲的意思,依旧赔笑道:"娘子指教的是!只是老身往后要在大官人身边伺候着,只怕白天晚上都是离不开的。想到这一节,老身才厚了脸皮来找娘子。娘子若是方便,便把往后三个月的赏钱一次给了老身,老身也好安心去伺候大官人,不必来烦娘子了。"

不等金莲开口,春梅一把将手里的被褥扔在床铺上,转回身子冷冷道:"干娘这一手算盘打得真是叮当作响!人还没上楼,赏钱已然要到下一季了。与其如此,干娘倒不如找个算命的问一问,看还剩下几年的阳寿,索性一次找娘都要了,岂不更省心?"

任谁都能听出春梅话里藏了刀子,王婆却并不发作,只是扯了扯嘴角,接着道:"老身知道小娘子是心疼娘子。小娘子心疼,老身也是心疼得不得了。只是老身年岁大了,保不齐哪一日把鞋跟袜子脱了,第二日便穿不上了!真要是那样,倒也算是给娘子省了心。只怕弄个不活不死,跟大官人那样躺在床上动也不动,才是造了大孽。正是为了不给娘子找麻烦,老身才觍了老脸开口。这一回得了娘子的赏钱,老身余下的这几年便只剩下伺候大官人,再不来找娘子讨嫌。往后遇见三灾八难,便拿着这些赏钱自生自灭,也算是报了娘子的大恩。"

春梅白了她一眼道："这一年里，干娘每逢初十便来讨赏，便是老天爷下了刀子，也从没断过。清河县里谁人不知，干娘这辈子没干过一回亏本的买卖。如今爹指名道姓叫干娘过去，正是干娘大显身手的时候，照理每月该多管娘讨要几回才是，怎么反跑来跟娘赌咒发愿说是最后一回？"

金莲在一旁不住给春梅眼色，春梅却全做不觉，只盯着王婆一通说。

王婆本是个善于在风口浪尖上取利的，丝毫不为春梅所动，只用不咸不淡的口气道："打去年起，宅子里生出许多糟心的事儿，叫大官人跟娘子烦心受累。小娘子是娘子的体己人，该处处为娘子着想才是。俗话说'多一事不如少一事'，老身说了，自今日得了赏钱，往后便不再过来劳烦娘子了。既然如此，小娘子又何必在中间横拦竖挡？事情闹大了，老身是死是活不打紧，损了大官人跟娘子的脸面，可就是咱们的罪过了！"

春梅生平从未遭人这样抢白，登时柳眉倒竖，正要发作，却被金莲一把拉住。见春梅被金莲压住，王婆更加有恃无恐，脸上的三分赔笑换成了七分讥笑，不冷不热地道："去年，老身跟小娘子险一些叫歹人毁了性命。经了那一劫，老身以为小娘子能体谅老身心里想些什么。今日才明白，确是老身想多了。这也难怪，小娘子正是花骨朵儿一样的年岁，哪里像老身这般惜命怕死。"

见王婆旧事重提，金莲忙打断道："干娘在意的，奴家全然明白。何况明日起干娘便要搬去楼上，便是为了爹好，奴家也该叫干娘没了后顾之忧。只是不知道干娘这一回想要多少银两？"

王婆脸上的讥笑又换回了赔笑，哈下腰凑近金莲耳旁道："还是娘子最疼老身。老身有言在前，这乃是最后一回。既然如此便大着胆子，求娘子赏下一千两……"

"一千两"三字一出，慢说春梅，就是金莲也险些叫出声来。别人不知，金莲心里却清楚得很——当年西门庆在王婆这里使钱，打一开始采买上等绸缎缝制寿衣，到送走了武大，拢共才花费了不到五十两。这一年间，每月初十给到王婆手里的，哪一回也没少了一百两。饶是打了西门庆的旗号，这一笔开销仍如巨石般压在金莲心口，每回都是一番闪展腾挪。这次王婆张口便是一千两，又叫金莲如何不心惊肉跳？

金莲跟春梅瞠目结舌的模样，全被王婆瞧在眼里。这些似早在婆子意料之中，因此依旧不慌不忙道："老身知道，这个数目虽不能算少，但在大官人跟娘子这里，不过是打身上拔几根汗毛罢了。娘子只需高一高手，老身安心不说，娘子跟大官人后半辈子便也能安心。"

话说到这里，春梅已然忍无可忍，便要如沾了火星子的炮筒般炸出声来。偏金莲又抢先道："干娘说得字字在理！何况干娘劳苦功高，奴家也该替爹孝敬一番才是，只是……"

说到这里，金莲有意顿了一顿，微微扬起脸朝园里小楼的方向望了一眼，才接着道："只是这一回，奴家万万不敢自作主张。今日爹上楼之前，特意跟奴家嘱咐过，说干娘若肯接过这副担子，便是他的恩人。旁的给不了，一张两千两的票子早就预备下了。爹再三说了，这钱定要他亲手交给干娘，旁人若敢抢了这片心意，定拿马鞭子打个稀烂。干娘最清楚爹的脾气，奴家哪敢多说半句！奴家若在爹前头给了干娘银子，岂不是断了干娘的财路？"

金莲这番话似真似假，说得王婆思绪不宁——若信她说的，总觉有些蹊跷；若不信，又觉倘使真错过两千两的富贵，便是死了也闭不上眼。

见王婆脸上没了笑意，只是低着脑袋，金莲反笑着说道："干娘犯不着如此！奴家知道这泼天的富贵砸到哪个头上，一时间都回不过味儿来。干娘若信不过奴家，可听听春梅是怎么说的。"

金莲这样一说，王婆猛地抬了头，抻了脖子死死盯住春梅。春梅轻蔑一笑，并不理会婆子，反对金莲道："要我说来，难怪娘隔三岔五身子便会不舒坦，不为旁的，只是没影儿的心操得太多。这话爹自然说过，票子爹自然也预备下了，只是干娘拿不拿的，娘又何必在意！"

春梅话音未落，王婆便赔笑道："小娘子这嘴可真是把刀子！老身眼花耳聋，脑袋也不好使了。方才娘子这番话，老身只是一时没弄明白才给卡住了。再者说了，旁人说的老身兴许还要想想，打娘子嘴里说出来的，便是叫老身往刀山火海里跳，也定然是没错的！既如此，老身这就回去收拾收拾，明天一早就过去伺候大官人。"

王婆一面说,一面偷偷抬眼打量金莲跟春梅,却从她二人脸上瞧不出半点儿深浅,只好低头哈腰退了出去,从外面将屋门关上。

金莲跟春梅都沉默了半晌,待王婆去得远了,春梅又走到门前,微微开门朝外头打量了一番,复又将门掩上。春梅转回屋内,却见金莲已坐在桌旁,端起酒杯,将杯中酒一饮而尽。

春梅依旧坐到金莲对面,只淡淡问道:"奴家只问娘一句,为何要借爹的口,赚那婆子上楼?"

春梅这一问,并未让金莲惊讶。金莲又将杯中酒斟满,轻轻呷了一口道:"你既然知道爹并没说过这话,为何不在婆子面前拆穿?"

春梅也为自己斟了一杯,却将酒杯放在面前,淡淡回道:"娘不该明知故问。春梅今日做的,无非是一年前想做而未做之事。若是先前那场大火烧得再旺些,娘今日便不需应付那婆子,春梅便也用不着随声附和了。"

春梅这番话轻描淡写,却如五雷轰顶般叫金莲一震,竟将杯子里的酒洒了小半。金莲缓缓将杯子放回桌上,痴痴盯着春梅道:"那……这一回,你想做什么?"

春梅也盯着金莲道:"娘想做些什么,春梅便想做什么!"

第二日五更刚过,王婆便叫了三个小厮,将自己的铺盖用具大张旗鼓地搬去小楼上。照月娘安排,西门庆住在离楼梯最近的一间里；王婆一口一个"要挨大官人近些才好伺候"，因此住到紧挨着西门庆的第二间里。月娘一干人想要进屋探看，都被西门庆拒之门外。不论三餐两茶，还是所用物件，但凡西门庆想要的，只跟王婆说。婆子下楼喊玳安准备，待备好了便送至楼下，再由王婆一样样拿上去，并不叫旁人上到二层。

这一天里，月娘带了娇儿、雪娥来了几回，明知上不去，却定要让西门庆知道自己来过；玉楼本不想掺和，无奈月娘叫了，娇儿跟雪娥又都跟着，自己也不好例外，每一回都随在其中；唯有金莲不闻不问，仿若此事跟自己没有半点儿干系。

转眼入夜，春梅端了铜盆进来，伺候金莲梳洗。金莲并不言语，只是坐在铜镜跟前，任由春梅动手。春梅瞧着铜镜里的人，一面将金莲头上的钗子取下来，一面低声道："这镜子越来越看不真了，该叫个磨镜的好好磨一番才是。"

金莲低声道："真不真的，本来就不甚打紧。"

春梅双手微微一颤，愣了一下才问道："娘说什么？"

金莲淡淡一笑，没再回话，春梅便不再问了。正在这时，外面忽地有梆锣响了三声。春梅手上加紧，嘴里说道："三更天了，奴家这就伺候娘歇着。这一年里，娘没睡过一个安稳觉，如今也该松快松快了。"

金莲猛一下抬起了头，似想跟春梅说些什么，却欲言又止，最后只道："不错，今日咱们都该早点儿歇息。"

第三十五回　政和七年

上一回，雪娥将事情安排给了来旺儿，最后却落了个鸡飞蛋打的结果；这一回又要行见不得人的勾当，万万不敢再借他人之手。初十这天二更，雪娥早早来到东南角柴房对面的一间小屋里。头年西门庆大兴土木扩建宅院，剩了一堆砖瓦木料的边角，全都堆在这间屋里。时候一久，加之无人照管，里头积满了尘灰。雪娥这一脚跨进去，登时踩了个飞灰四起，直呛得她一通咳嗽，不禁在心里骂道："都是那姓潘的贱人，害老娘来遭这些罪！今日定要送她去见她那'三寸丁谷树皮'的男人！"

雪娥屈着身子立在窗前，伸出舌头舔了舔右手食指，抠破了窗上薄薄一层纸，拿一只眼朝对面的柴房瞧过去。临近十五，这一夜又是个晴天，一轮白月悬在半空中，把宅子照得甚是通透。

好容易挨到了三更，梆锣刚刚敲过，只见有一人摸到了柴房跟前。时节已然入夏，偏这人身上却穿了一件大红缎子斗篷，还把斗篷上的兜帽严严实实地扣在头上。雪娥见了不禁寻思："这人莫不是发了疟子，不然为何穿成这副模样？"

借着光亮再仔细一瞧，只见大红缎子上是拿金线绣上去的遍地麒麟。这些未满三周的小麒麟神情各异，个个都仿若活了一般。瞧见这个，雪娥登时认定来的正是金莲！

就在年前的腊月二十三，西门庆领着宅子里上上下下过小年送灶君。将灶君的神龛烧了后，西门庆拿出几匹上等绸缎，给姨娘们都做了过冬的衣裳，还说这些料子乃是川中蜀锦。月娘、玉楼、金莲跟瓶儿每人得了一件斗篷跟一件袄子；娇儿跟雪娥却与春梅一样，只得了一件袄子。

雪娥为人向来分明得紧——自己占了便宜，或受了别人的恩惠，从不记在心上；但若吃了亏或叫别人占了先，便是掉进十八层地府也会记得一清二楚。她记得明白，月娘的斗篷上绣的是遍地五彩妆花，玉楼那件绣的是遍地柳黄，瓶儿那件绣的是遍地石榴，金莲的是遍地麒麟——那时瓶儿已然身怀六甲，金莲又一心盼着也为西门庆添丁进口，是故西门庆有意将绣了石榴跟麒麟的给了二人。

宅子里的人没有不知道的，金莲虽是个争强好胜的，为人却并不小气，凡关照过她的，没一个没拿过赏的。可偏有一节，只要是西门庆给她的，哪怕是最没用的东西，金莲也绝不会叫第二人碰。因此见了这件斗篷，雪娥便知道来人定是金莲。

只见金莲来到柴房门前，左右打量一番，见四周没人，便低着头进去，反手又将门牢牢关上。过了不到一刻钟，又一人摸到了门前，一望身形便知道是那王婆。这婆子鬼头鬼脑瞧了半天，又探着耳朵贴在门板上听了许久，才出手在门板上轻轻拍了五下——第一下跟第二下间隔很长，第二、三、四下间隔很短，第四下跟第五下又间隔很长——这样叫门，显然是先前跟屋里的人商量好的。屋里的人连着拍了三下，王婆登时推开门闪了进去。

见二人一前一后都进了柴房，雪娥一颗心扑通扑通险些从腔子里跃出来。雪娥向来是个压不住事的，见二人都到了，便急火火地摸到了柴房门口。她拼了命地压低身子，如成了精的蛤蟆般蹲在门前，大气儿也不敢出一下，竖直了耳朵听着里头的动静。

只听王婆瘪了嗓子道："老身这一回一回地麻烦娘子，心里头委实过意不去，也知道娘子瞧见老身这张脸，心里头便不痛快。正因为如此，娘子还是转回身子，把银票给了老身，这个月也就不会再瞧见老身了。"

听到这里，雪娥心里已然有了底，王婆到这里果然是向金莲要钱。雪娥不再往下听，只是缓缓直起身子，从怀里掏出了一条带了锁头的铁链子。她哆哆嗦嗦地将链子穿过门上那两只铜环，又拿锁头将链条锁到一起。

见屋里的人并没觉察，雪娥长长吐出一口气，又弓着身子摸到了柴房后头。原来雪娥早在这里堆了干柴枯草，又自他处寻了两大桶桐油摆在一边。先前西门庆开园拓府，自然少不得添置家具。家具所选木材自是上等,就连漆在家具上的油也是精挑细选来的。据传这些桐油是打南边的深山密林里炼出来的,在木头上来来回回漆个三五遍,漆出来的物件不论寒暑冷热都不会走形朽坏,便是用了十年八年也还光亮如新。只有一节,此油见火就着,便是不见明火,保不准也会自行生烟发火。西门庆叫人将剩下未用的几桶桐油存在阴冷之处,一直没被人动过。这回雪娥打定主意,头一个想到的便是这些桐油,是故早些时候就取了两桶藏在这里。

雪娥揭开盖子,一股刺鼻气味径直冲了出来。她之所以没有事先把油浇在柴上,便是担心气味散出去会叫人觉察。到了此时,她也顾不上许多,使出吃奶的气力将桶里的油全都洒在了干柴上,顺带把空桶也埋了进去。

雪娥前后左右环顾一遭,见没人过来,急忙从怀中掏出引火的物件,用劲儿磕了两磕。见火折子上的红苗子冒了出来,雪娥腕子一抖,把火折子扔在了柴堆上。浇了桐油的干柴腾的一下燃了起来,着实把雪娥吓得不轻。燃起来的火如妖魔伸出来的舌头般,只一眨眼便顺着墙舔了上去,不一会儿就将整座柴房包裹起来。

到了此时,雪娥已然顾不上其他,如受了惊的鸡鸭般,夯着翅膀径直往自己的卧房跑。她一步跨进门槛儿,脚下一虚,崴了脚,竟一下子摔倒在地上。雪娥只觉得一阵钻心的疼打脚脖子直蹿后脑勺,豆子大小的汗珠流了下来。换作平日,雪娥早杀猪般嚎起来,把身旁伺候的骂个遍;如今她哼也不敢哼上一声，只是缓缓把留在门外的半边身子挪进门，再咬了牙将房门关上。

房门一合，雪娥登时如进了锅的螃蟹一般，背靠在门板上，一下子出溜下去，瘫在地上，起了几下都没起来，只剩下胸口一伏一起。

不多时，窗上有暗红颜色映了进来。雪娥支棱起耳朵细听，柴房那边已然乱了套，隐隐能听见玳安扯了嗓子，招呼着人抬水灭火。

听见这些，雪娥将头倚在门上，又长长吐了一口气，恶狠狠道："这一回便是大罗神仙，也救不了那个淫妇！"

半年不到，宅子里竟起了两场大火，任谁都先是瞠目结舌，复又垂头丧气。五更过去，天边已然泛白，火也总算叫人灭了。柴房本就不大，一场火下来连梁带架全都化作灰烬，只剩下一堆儿一块黑炭似的东西微微冒着白烟。所幸柴房原本就悬在宅子一角，前后左右并没跟其他房屋连通，因此其余地方并未被牵连进来。

西门庆跟瓶儿依旧动弹不得，月娘、娇儿跟玉楼已赶了过来。雪娥扭了脚，却挣扎着也来了，躲在月娘身后一声不吭。她心里想得明白："宅子里出了这等事，若偏只是自己不来，定会叫人生疑，因此便是疼死也要戳在这里！"

玉楼瞧见眼前情景，自然眉头紧皱，四下打量，又不见金莲跟春梅的踪影，更是不解。自打正月十五出事，除去金莲跟春梅，旁人都见不着西门庆。如此一来，金莲反倒比之前更加说一不二。此刻出了这等事，照理说金莲该代西门庆过来才是……

只是还没容玉楼多想，月娘已然发了话。她偷着瞥了雪娥一眼，随后扯了嗓子高声道："好好的，怎么又走了水？敢是又有歹人进了宅子里？"

月娘一面说，一面扭过头瞪着玳安。雪娥自然知道月娘是想找个人牵扯进去，好叫众人不往自己身上留神。玳安被月娘点了，登时吓得魂飞魄散，跪在地上一边磕头一边道："自打出了事，小的睡着了也没忘睁着一只眼，断不会有人进来！"

月娘冷哼一声道："张口便是胡诌！不是外人，难不成还是家里的人？宅子里的都是爹最亲近的，哪一个也不会干出这等天打五雷轰的事！"

月娘这一句本是替雪娥喊的，却着实把雪娥吓得不轻，不禁打了个冷战。这些都被一旁的玉楼瞧在眼里，见没人应月娘的声，玉楼只好上前一步道："娘说得委实在理！不过依奴家看来，咱们该先问问可有人在大火中受了损伤。"

不等月娘应声，玳安便急忙接道："三娘问在点子上了！小的带人过来灭火时，瞧见屋子外头躺了三个人……"

这一句叫月娘和雪娥大惊失色。月娘忍不住又瞟了雪娥一眼，只见雪娥虽仍低着头，却藏不住一脸慌张。月娘顺着玳安的话问道："是……哪三个？"

玳安微微抬起了头，环顾众人，脸上露出吃了黄连般的神色，卡了半天才哆哆嗦嗦道："头一个是……五娘；第二个乃是……春梅；最末一个，是……是爹叫到宅子里的王干娘……"

听见这三个名字打玳安口中蹦出来，月娘瞪了双眼脱口问道："怎地会死了三个？"

这一句险些将雪娥吓出屎尿来，月娘也马上觉出不妥，却不知该怎样把话圆回来。玳安却没觉察，俯下身子又磕了一个头，试探着道："娘倒也不必伤心。这三人虽躺在了柴房门口，却只是因为烟熏火燎昏了过去，倒是没有一个断了气儿的！"

第三十六回　政和八年

五更刚过，玳安惺忪着一对睡眼，趿着鞋进了园子。他抬起头望了望天，见满天星斗还未完全隐去，不由得又在心里把月娘骂了百八十遍。西门庆执意上楼休养，除了王婆便没点旁人。偏月娘一味想在西门庆跟前卖好，叫玳安每日一早就来楼下等着，听候王婆调遣。这么一来，往后玳安每日都须早起晚睡，还要在王婆面前点头哈腰。西门庆一日不下楼，这苦便一日不能了结，又怎能叫玳安不把月娘的三亲六故、祖宗八辈挨着个儿地骂过？

玳安低着头往前去，过了藏春坞，进了小楼一层的厅堂。恍惚间，玳安只觉有样东西摊在楼梯旁，用力揉了揉双眼，再定住神仔细一瞧，不觉吓得险些屙出屎尿来——那并非什么物件，而是一个手脚俱全的人！再仔细一看，却不是王婆是谁！

只见这婆子直挺挺趴在地上，好似一条从河里打上来、离水三五日的鱼，已然死得透透的，连尾巴都扑腾不起来了。她整张脸埋在地上，一股子血打脸底下溢出来，已漫成了一大片。如此一看，这婆子似是打楼上掉下来的，一张脸硬生生磕在了地上。

玳安登时魂不附体，不知为何竟想起了当年的狮子楼。那一年的事，玳安虽没亲眼瞧见，却知道若不是李外传做了替死鬼，那武松定然将西门庆的命一刀取了。如今瞧见王婆打楼上跌在这里，又知道她跟西门庆、潘金莲、武松的瓜葛，怎能不肝胆俱裂！

玳安想要转身跑开，两条腿却如灌了铜汁铁水般挪不动半步；想着开口叫人，脖子又像被一只瞧不见的手捏住了，半个音也吐不出。玳安拼了命扭了几扭腰胯，一下子摔在地上，这才呜嗷一声叫了出来。

往衙门通报的小厮已然派了出去，只是官府的人一时间还过不来。月娘自然仍不知该如何是好，因此普静不得不反客为主。他仔细验看了王婆的尸首，认为应是打楼上跌落致死的无疑。

依照常理，二楼的平台离一楼地上不过十来尺，摔下来至多骨断筋折，要一下子便丢了性命，并不容易。不过这一回王婆子走了霉运，该是大头冲下掉了下来，一颗脑袋没遮没挡地撞在地上，一下便挫断了脖子，如此一来自然没了性命。

看过尸首，普静双手合十，在心里念了几遍"阿弥陀佛"，才转过身对玉楼道："劳烦施主在这里照看，贫僧去到楼上看看。"

玉楼已然在一旁站了许久，见王婆没了，心里头一个挂念的便是楼上的西门庆。只是月娘不提，自己也不好出头。此刻普静说要上楼，玉楼急忙应道："下头有娘坐镇，奴家听差遣就是了，师父尽放宽心。"

普静朝玉楼微微点头，顺着楼梯往楼上去了。西门庆就在离楼梯最近的一间里，却没听见上到二楼的普静拍打房门的声音，似是上到楼梯口便不动了。

楼下众人不知上面是什么情形，一个个都大眼儿瞪着小眼儿，竟没一个敢出声。过了良久，上面才传来普静低沉的声音："阿弥陀佛，两位施主受惊了！"

楼下的人听了这句，更加摸不着头脑——照理说上面应该只有西门庆一人，普静口中的"两位施主"又是从何说起？玉楼再也忍不住，瞧了月娘一眼，打定主意迈步上楼。

玉楼走上二楼平台，抬眼往第一间房门前看过去，不觉倒抽了一口凉气，险些跌坐下去。只见房间一里一外躺了两个人，里头的是西门庆，外头的竟是五娘金莲！西门庆斜着身子趴在床前地上，脑袋朝向房门，身子一起一伏，显然是打床上掉了下来，拼了命地想朝外头爬过去，却是寸步难行。外头平台上修了一圈木头栏杆，大体有半人来高。金莲躺着的地方便是正对着房门的栏杆前！跟西门庆的姿势不同，金莲是仰面朝天倒在那里，两条胳膊朝两边伸展出去，两条腿也挺得直直的。

这西门庆还喘着气儿，金莲却是一动不动，仿佛连气儿都停下不喘了。看到这里，玉楼顾不得掩饰，两步跨到金莲身旁，俯下身子将她揽在怀里，伸手摸在她脖颈上面。这一摸，玉楼脸上颜色缓和下来——金莲这里虽一下一下跳得急促，却也鲜明有力，可见并没有性命之虞。

玉楼将金莲的头架在自己的臂弯里，轻声唤道："五娘可好？"

玉楼叫了三五声，金莲终于长长吐出一口气来。只是缓缓睁开的一对杏眼却如失了魂般不知往哪里看，眼神之中全是惊恐，又好似不认得抱着自己的是谁，竟拼了命地想要挣脱出去。

玉楼见状，知道她定是在昏厥前受了极大的惊吓，以致到了此刻还没回过神儿来，因此并没把金莲松开，反而将胳膊微微紧了一紧，柔声细语道："五娘莫要惊慌，事情都已过去了！你好好的，爹也好好的！"

听见这句，金莲才仿佛一下子回了魂，身子猛地震了一下，眼里的光也聚拢了，转头看向玉楼的脸。金莲盯了玉楼良久，忽地哇一声哭出声来。玉楼知道此刻问什么都是白费，须先让她把压在心上的东西泻出来才是。

普静似乎跟玉楼想到了一起，因此并不戳在二人身旁，反是转身走进房里。普静走到床边，见西门庆已挣扎着把上半截身子靠在床边，正抬起两只手吃力地整着罩在脸上的青纱。

普静瞧在眼里,心中不觉一惊——西门庆这一番定然是损伤了元气,却也足见他身子有了大起色!先前他只是如烂泥般堆在床上,此刻却能把半个身子立起来,就连两条胳膊也能抬起来去扶青纱了。这一通虽说叫西门庆气喘吁吁,比起先前却已是天上地下。

想到这里,普静双手合十,低声念叨:"我佛慈悲!"

外头的金莲跟玉楼听见了,才想起西门庆还在地上。金莲似是一下子寻回了气力,不单止住了悲涕,还挣扎着站了起来,摇晃着冲进房里。玉楼被金莲吓了一跳,微微愣了一下,旋即也起身进了屋。

金莲顾不得普静,三步并作两步奔到西门庆身边,蹲下身子道:"都是奴家的过错,害爹遭了这样的苦……"

西门庆使了劲儿抬起头,见是金莲过来,身子猛地一震,似要大声喊叫,喉咙里却像是被卡住一般。金莲急忙抬高声调说道:"爹什么都不用说了,那婆子已然遭了报应,爹安心便是了。奴家这就喊人过来,把爹送回床上歇着!"

说罢,金莲站起身来,又从普静身边一掠而过,来到方才自己倒下去的地方,两只手扒着栏杆冲下头喊道:"叫两个手上有气力的上来,把爹抬回床上!"

一听是去伺候西门庆,不等月娘回过味儿来,玳安便扭头对着身侧一个小厮道:"跟了我上去,小心伺候着!"

说了这一句,玳安才回过头冲月娘一笑,随后领着小厮快步上了二楼。金莲已站在了楼梯口，见玳安上来，便冲着房门指了一指，低声道："爹身子已然有了起色，却还是要小心些！"

玳安点了点头，跟小厮进了房门。虽瞧见普静站在一边，玳安却不开口，只恭恭敬敬朝他深施一礼，才走到西门庆身旁低声说道："爹略忍一忍，只一下便舒坦了。"

说罢，玳安伸出两只手插进西门庆腋下，又朝着他的两只脚努了努嘴。那小厮也算机灵，伸手抄住西门庆的两个脚脖子。二人一起发力，将西门庆轻轻抬起，又轻轻放回到床铺上。金莲立时走到床前，抻了锦被将西门庆盖住，口中念道："这一回爹折腾得不轻，这便歇下。余下的事，自有我跟师父安排。"

西门庆并未言语，只是长长地吐出一口气。金莲直起身子，将两边的帐子放下，旋即转回身子对普静道："想必师父有许多话等着问我。爹已然安顿好了，咱们这便下楼，师父只管开口便是了。"

方才金莲出来进去两个来回，都不曾理会普静，这会儿却兀自对西门庆说有他安排，又主动让他问话，叫普静惊讶不已。普静不禁愣了一下，才双手合十回道："阿弥陀佛，一切听凭女施主安排。"

去年那晚月娘叫人摆在一楼厅堂里的八仙桌，如今还在那里。金莲引着月娘跟普静在桌边坐下。月娘本想拉了玉楼一并落座，玉楼却执意不肯，只和娇儿、雪娥站在后头。

衙门里的人尚未赶来，众人都不敢挪动王婆的尸首。还是玳安叫人在宅子里寻了大半张竹席，盖在了尸首上，却还是把王婆的一双脚露在了外头。

见这边也料理妥当，不等月娘跟普静开口，金莲便说道："这一回的事，说来倒也简单。那婆子借着便利，竟要伤害爹的性命。正巧我放心不下，摸上楼想要看爹，便一把将那婆子扯了下来。我跟她扭打着来到栏杆旁边，三推两搡，最后一下子把那婆子掀了下去！老天有眼，叫她脑袋磕在地上，哼都没哼一声便见了阎王！"

普静本以为昨天夜里的事定是琐碎繁复，并不是三言两语能说清楚的，不想金莲只说了这些，从头到尾更是没朝王婆尸首那边瞧上一眼。普静不禁微微皱眉，觉着金莲瞒下了许多隐情，却又不知该从哪里问起。

一旁的月娘皱了眉头问道："你说那婆子想害爹的性命？这又是为何？且不说这一年多她在宅子里得吃得喝，单说这一回，爹点了名只要她伺候，任谁都知道往后定少不了她的好处。照理说那婆子该是盼着爹长命百岁的，又怎会去害爹？"

月娘虽说是个拎不清的，这几句却说在了点子上。不想金莲只是淡淡一笑，不屑地说道："娘这话不该问我，只该去问那死了的婆子！清河县里谁不知道，那婆子没有半点儿廉耻，但凡能多得一个铜钱的好处，便是亲爹亲娘也能砸碎了卖出去。这一回，保不准她起了什么歪心思，或是得了谁的好处，便一门心思想要了爹的命！"

金莲这些话似是而非，却也无懈可击，叫月娘不知该如何接话。一旁的普静忽地问道："贫僧斗胆问上一句，女施主可是和那位唤作春梅的施主一道来这里的？"

第三十七回　政和七年

　　月娘向来是个心狠却胆小的,一头想着害人,另一头却比谁都在意"善恶有报"这四字箴言。这一回是她点了头,让雪娥去坏金莲性命。月娘先是看见火起,又看见柴房化作了一片废墟,料想金莲定已一命呜呼。因此她站在这里,心里竟是说不出的爽利,险些就把笑挂在了脸上。可另一头,月娘眼睛却有意避开似乎躺着人的地方,瞧都没朝那个方向瞧上一眼,仿若叫人放火杀人并不会遭了报应,凑上去看上一看倒会恶贯满盈。

　　正因为如此,月娘并不知道其中关节,此刻听玳安说三人竟都未死,心头一颤,倒比方才多了七八分悲伤,不由得又拿眼角去寻雪娥。雪娥听见玳安说三个里头一个也没死,又惊得魂飞魄散,把脚上的疼都丢到爪哇国了。她直愣愣抬起了眼皮,一下子跟月娘双眼撞了个正着。雪娥登时打了个寒战,恨不得变成一缕烟飞了去才好。

　　旁边的玉楼听见金莲没有性命之虞,不觉长长舒了一口气，快步走到躺在地上的三个人近前。此刻每人旁边都围了小厮跟丫鬟，但见三人都未苏醒，哪个也不敢贸然上手。

玉楼一眼望过去，见三人虽都受了烟熏火燎，情形却大不相同。春梅跟王婆俱是满面黢黑，身上沾了灰粉，头发跟衣裳有好几处都叫火燎了去。再仔细一瞧，春梅套在最外头的袄子被剮出了一道大口子；另一边的王婆更不得了，右半边的眉毛竟已烧不见了！

玉楼再往金莲身上看，却是另一副模样。金莲虽也昏厥过去，却如睡熟了一般，并不像另两人那般狼狈。她脸上微微起了一层汗珠，却没有一处叫烟熏黑；身上也只是沾了几抹尘土，并没见哪里被火燎破；唯有一个地方受了轻伤，便是两只手的中间三根指头尖全都破开，殷红血珠儿渗出来些许，却都已凝住了。

看到这里，玉楼不禁微微皱眉，在心里寻思道："这三人该都是打着了火的柴房里逃出来的，为何看来竟是天差地别？春梅和王婆显然是在火里过了一遭，大半条命都烧没了；金莲却好似没经过这一劫，只伤到了手指尖……"

玉楼一时想不透其中关节，便信步走到瓦砾跟前，举目打量这座已算不上是房的柴房。柴房的木门已然倒了下去，拍在地上碎成了几段。正是在这几段黑魆魆的木头里，有一样东西格外显眼。这样东西乃是一根铁链，链子一头拴了一只铜锁，另一头则穿着两枚生了铜锈的门环。

玉楼虽不常到柴房，却也识得这一对环正是装在柴房门上的。她再仔细一瞧，才发觉那锁仍牢牢锁在链子上。可见先前链子是被铜锁锁在了门环上，后来起了大火，整扇门被烧了下来碎成几块，门环也自然落了下来，只是依旧和铁链连在一处。

想到这里，玉楼心头一震！这铁链怕是有人故意拴在门环上头的，且直到火起也不曾打开！也就是说，有人一早就打定了主意，将屋里的人死死关住，想要借着这场火取走她们的性命！

玉楼不觉愣在那里，连衙门里的人跟郎中到了，都没觉察出来。

日过正午，金莲才幽幽醒来，发觉自己竟躺在三娘玉楼的卧房里。她挣扎着想要起身，却被坐在床边的玉楼轻轻摁住了肩膀。

玉楼柔声道："郎中给你请过脉了，说并没有大碍，只是需静心休养。爹在你那里，我便跟娘打过招呼，叫底下的人把你送到我这里歇着。郎中已然去了，衙门里的人跟娘都还在园子里，这屋里只有你我二人，尽放宽心就是了。"

玉楼这样一说，金莲紧绷着的身子略略松了一下，却又一把抓住玉楼手腕，焦急地问道："那春梅……"

玉楼似早就料到金莲有此一问，反过来用手轻抚金莲手背道："我已经叫人将春梅跟那婆子送去各自卧房。春梅伤得比你重些，却也都在皮肉，并没有大碍。她此刻该是还没醒过来。"

金莲脸上的忧虑神情并没退去，却也不再试着起身，开口说道："我不说三娘可能也是知道的，我一直受爹的委托，每月初十都要拿银钱送给那婆子……"

金莲忽地没头没尾说起了这些，倒叫玉楼吃了一惊，一时不知她有什么用意。金莲似并未在意玉楼的反应，仍旧自顾自道："昨日又是初十，我跟那婆子打了招呼，叫她晚上去到柴房，才好当面交割清楚。到了时辰，我便带了春梅去到了那里……"

听到这里，玉楼好似猛地回过神来，开口问道："五娘是说，昨天夜里你跟春梅是一道去见了那婆子？"

金莲缓缓点头道："不错。我本不想叫她知道太多，可她的性子三娘是清楚的，打定了主意，便是爹也拗不过来。我跟她在那里待了约莫一刻钟，听见门响了一下，跟着那婆子便钻了进来，转身又把门紧紧掩上。我跟她交代了几句，正要把银票拿出来，忽地听见门又响了一下。春梅急忙跑到门前，伸出手推了几推，才发觉门竟然被人从外面锁了起来！不等我们三人喊叫，火便着了起来！眼瞧着那婆子扑通一声倒在地上，紧跟着便是春梅，我一下子慌了神，张开了嘴想要喊叫，却被一口子浓烟呛了进来。我只觉得眼前一黑，脑袋嗡了一声，就什么也不知道了。等再睁开眼睛，便瞧见你在眼前。"

金莲说了这些，玉楼并没接下话茬儿，只是坐在床前兀自出神。过了良久，她才缓缓说道："五娘跟我说这些，为的是什么？"

金莲没想到玉楼竟直直地问出这样一句，登时粉面通红，一时间不知该如何作答，半天才回道："三娘说衙门的人还在，想来定是要问话的。春梅跟那婆子都没醒来，我这身子又多有不便，就想着把昨夜里的事跟三娘说了，劳烦三娘去跟那些人讲说明白。"

玉楼瞪大双眼瞧着金莲，微微张开朱唇，却立时又闭了起来，沉默了半响才缓缓道："五娘在这里静养便是，我这就去园子里跟娘和衙门里的人讲。"

说了这句，玉楼并不等金莲回话，起身朝卧房外头去了。

月娘跟知县皆紧锁眉头，看看这一边的玉楼，又看看那一边的废墟，脑袋里思量着玉楼讲说的经过。饶是月娘这等蠢笨的，也觉着玉楼所说太过敷衍，字字都难叫人信服。只是原本她心中正在打鼓，害怕雪娥纵火之事被扯出来。不想玉楼过来传金莲的话，说出来这样一套，倒叫月娘暗地里松了口气。因此她虽觉可疑，却并不点破，只不咸不淡地问道："五娘还跟你说了些什么？"

玉楼也拿出一副不甚在意的模样，随口回道："有些话原是轮不到奴家说的，不过既然娘问了，奴家只能是竹筒倒豆子，都如实说了。五娘倒没跟奴家说旁的，只是……奴家自己想了一想，似已想到那个在外头锁门放火的是谁。"

玉楼这一句如同晴天霹雳般，险些将月娘劈倒在地上。旁边的雪娥更是险些叫出声来，豆子大的冷汗一下从额头上冒了出来。月娘有意把眼睛瞧向别处，舌头打了结般道："不……不愧是三娘，什么时候都是有主见的……既然如此，那人是哪个，不妨讲出来听听……我听听，也叫知县大人听听……"

知县在旁边尴尬一笑，只道："好说！好说！"

玉楼朝知县淡淡一笑，不慌不忙道："大人跟娘想必早就看出来了，这个锁门放火的，便是先前勾连武松、想害爹性命的宋蕙莲！"

"宋蕙莲"这三个字一出口，雪娥如同过了华容道的曹孟德一般，不由得长长地吐出一口气。月娘先是一愣，旋即脸上竟溢出掩不住的喜悦之色，只得拿手遮住下半张脸，假假地咳了两下，才对玉楼道："三娘是说，想要一把火烧了五娘、春梅跟王干娘的，乃是那个不见了的淫妇？"

玉楼点头道："思前想后，便只能是她！她原本打算勾约了武松兴风作浪，不想爹有诸位神明护着，非但没让她得手，还把那武二郎收了去。蕙莲侥幸逃了出去，却是贼心不死。他家来旺儿回转清河，于那淫妇自是大大不利，因此她寻了个借口将来旺儿骗到宅子里，于园子里的垂柳下杀人灭口。这一回，她得知五娘跟王干娘在柴房里碰面，就打外头锁了门，又放了这把火……"

玉楼只说到这里，月娘便急不可待地打断道："还是三娘有见识！要我说，也只能是那个该天杀的淫妇！"

月娘心里藏了鬼，一心只盼着能有个顶包的出来。此刻玉楼便说是玉皇大帝、王母娘娘、太上老君放了这把火，她也会点头称是。月娘扭过脸对知县道："想来这些早就在大人预料之中！既然如此，还请大人加把子力气，早些将那淫妇缉拿归案！"

知县神色越发尴尬，只得又笑了一笑，嘴里依旧蹦出四个字："好说！好说！"

金莲这一回被折腾得不轻，再加上受了惊吓，可说是伤了元气。玉楼离开后不过半刻，金莲又昏沉沉睡了过去。待她第二回睁开双眼，已是午夜时分。金莲想要把上半身直起来，一下子发出响动。守在卧房里的玉楼急忙来到床前，伸手将床帏子拉开一半。玉楼一面将帏子挂在挂钩上头，一面扭过头问道："身子可好些了？"

金莲微微点了点头，低声说道："那些话，三娘可是跟衙门里的人说过了？"

玉楼扯了把交椅坐到床边，缓缓说道："该说的，都已然说了。"

金莲追问道："他们……可都信了？"

玉楼回道："该信的，自然都信了。"

金莲微微一惊，抬起眼皮盯了玉楼道："三娘这话……是什么意思？难不成还有不该信的？"

玉楼似早就料到金莲会有此问，不紧不慢答道："既有该说的，自然有不该说的；既有该信的，自然也有不该信的。"

第三十八回　政和八年

　　普静这一句问出口，众人立时全都往金莲身上瞧了过来。

　　金莲却仍是不动如山，脸上不见喜怒之色，缓缓回道："师父这一句可是问到了点子上，奴家正要禀报娘知道。昨日入夜时分，春梅这小蹄子也不知着了什么魔，非要拉着奴家跟她喝上几杯。奴家身子着实乏了，宅子里又一连出了这些个事儿，自然没有那个心思，便骂了那小蹄子几句，轰了她回房。那小蹄子气哼哼回了自己房里，不多时便听见她竟在那边自斟自饮起来！奴家懒得理会，便随她去了。奴家一觉睡到后半夜，还是放心不下爹这里，就爬起来想过来瞧上一眼。奴家打卧房出来，经过中间的厅堂，听见小蹄子在自己房里睡得如死猪一般——想来这顿酒着实喝了不少。既是这样，奴家便没有叫她，只一个人来在这里，却撞见那婆子正要害爹的性命！想来那小蹄子直到这个时候也没醒过来，以至咱们这样一通折腾，竟都没见她过来。"

听金莲这样一说，普静缓缓点了点头，低声说道："如此一来，那位春梅施主躲过一场劫难，也算是一件功德！"

旁边的月娘道："既然五娘讲了事情经过，师父也这样说了，此事便不必再提了。那婆子已然遭了报应，除了阎王老子，谁也不知她得了哪门子的失心疯，竟要取爹的性命。玳安，赶紧再去衙门里报信，叫知县大人把那婆子抬走化了。记着，这宅子里凡是那婆子碰过的，都给我扔出去一把火烧了，好好地去一去晦气！"

玳安转身去了。在旁边一直插不上话的雪娥这时凑到桌前，皮笑肉不笑地说道："要我说，这一趟折腾未必全是坏事！爹不单躲过了那婆子的暗箭，身子更是大有起色！想来用了师父的灵药，虽不像那大黑狗一个时辰便能又蹦又跳，却眼见着能下地动弹了！"

月娘听她竟把西门庆跟那条死了的狗相提并论，心里的气儿便直冲天灵盖，双眉一皱，脸上已挂了相儿。一旁的普静瞧在眼里，忙道："阿弥陀佛！这位女施主所言不差！只是西门施主还需静养些时日，身边不可没人照看。依贫僧愚见，这照看之人……非潘施主莫属！"

这一下不单叫众人瞠目结舌，更是叫金莲僵在那里。普静自打来在宅子里，不论遇见何人何事，从不越俎代庖，此刻忽地来了这样一出，任谁都不知该如何应对。

月娘顿了许久，才支吾着道："师父这话，确有道理，只是……只是爹先前发了话，不叫五娘近前……"

不想普静竟打断月娘道:"女施主此言差矣!贫僧说过,佛家最讲缘起缘灭,尘世里也常说'此一时也,彼一时也'。先前西门施主那样说,乃是缘起;此刻贫僧这样讲,更是缘分未尽。既然如此,还请女施主顺势而为,以免再生出枝节!"

普静这几句虽轻描淡写,但字字皆暗含锋芒,叫人不敢反驳。月娘只好僵着脸笑了两笑,冷冷说道:"师父都如此说了,奴家照办就是了。"

普静全不在意月娘的语调跟神色,只朝她微微施了一礼,便转回身对金莲道:"贫僧唐突,还望女施主海涵。"

金莲从惊愕里回过神来,急忙回道:"师父说的哪里话!如此……我这便回卧房收些东西,即刻搬到二楼,挨着爹住下!"

金莲转身就要往小楼外头去,不想普静却又往前上了一步,双手合十道:"阿弥陀佛!西门施主这里一时也缺不得人,还请女施主不要离开半步。至于所需的东西,女施主一样一样说清讲明,自会有人找齐了送到此处。"

普静把话说到了这个份儿上,任谁都听得出其中藏了关节,而这关节又与金莲有莫大干系。普静并不等金莲回话,又转身对月娘道:"此事就劳烦女施主了!这便请女施主差人将潘施主应用之物拿来这里。"

月娘愣愣地瞧着普静,又侧过头瞥了金莲一眼。此刻金莲早没了往日里的犀利与锋芒,一张粉脸竟白得如新刷出来的墙壁，一双眼更是低低地垂了下去。照理说来，普静既是访客，所提之事又不通情理，金莲大可出言反驳；不想她却一语不发，似认命般听凭安排。

月娘自然不明白普静这葫芦里卖的是什么药，不过瞧见金莲这副模样，心里便有说不出的爽快，于是回道："全都听凭师父安排！五娘是替咱们伺候爹，咱们自然不能亏了她！来人，这就去到五娘卧房里，凡是拿得来的，都给我搬上楼，放在第二间房里。五娘若有一点儿不方便，小心我揭了你们的皮！"

一旁的小厮丫鬟连连点头，一下子就出去了五六个。月娘回过头冲着金莲笑道："我这样安排，五娘可还称心？"

金莲脸上依旧没有半点儿喜怒之色，只朝月娘跟普静微施一礼，道："娘跟师父安排就是了。"

说罢，金莲直起了身子，缓步走上楼梯，进了紧挨着西门庆的第二间房。

约莫过了半个时辰，小厮跟丫鬟陆陆续续将金莲卧房里的物件搬了过来，又得了月娘首肯，将东西轻手轻脚送进二楼的第二间房里。这五六个人进进出出，屋里头的金莲却是一声不吭，仿若眼前所见跟她并没有半点儿干系。

这五六个人在屋里一通忙活，把一切收拾停当后，便退了出来，一个跟着一个打楼梯上下来。普静显然是早有准备，快步来在一名小厮跟前，双手合十道："敢问小施主，那一边的春梅施主可醒过来了？"

那小厮先是愣了一下，旋即皱紧眉头想了许久，才开口回道："回师父的话，小的方才去五娘住的院子，直接进的正房厅堂。厅堂左手边是五娘卧房，右手边是春梅的卧房。春梅那边的门关得死死的，咱们谁也没有进去。只不过，房里头隐约传出一呼一吸的声响，确是有人睡在里头；再仔细听来，该是春梅发出的动静。咱们怕惊扰了她，全都放轻了手脚。刚才过来时，小的恰好走在最后头，直到出了院子，也没见春梅打房里出来。"

普静听后，朝这名小厮施了一礼。沉吟良久，才转回身对月娘道："贫僧还有个不情之请，望女施主成全。"

月娘立即回道："师父吩咐就是了！"

普静把声音压了一压道："劳烦施主叮嘱宅子里的人：今晚不论是哪一个，都不可靠近园子半步！"

待春梅睁开了眼，已然是日暮时分。她直了直身子，打床上下来，只觉得脑袋微微有些发沉，浑身上下甚是燥热，嘴里更是口干舌燥。春梅抬眼一瞧，卧房正中桌上放了一只食盒。她走到跟前掀开食盒盖子，见正中放了一只白瓷茶壶，四面全是白水。春梅伸了两根指头插进水里，发觉白水跟茶壶都已然凉了。

看见食盒跟茶壶，春梅猛地想起昨天夜里的情形——

西门庆前日跟金莲闹了一场，搬去了园子里；过去了一日，金莲似已将这一桩放下，昨夜反是叮嘱春梅早些睡下。

春梅回转卧房，正要整理床铺，不想金莲竟推门进来，手里还拿了一壶惠泉酒。金莲说这酒是自己打后厨拿进房的，想的是等西门庆身子大好之后，取出来喝上一顿。如今西门庆已搬走，这酒想来是白拿了。金莲懒得再送回去，自己又没了饮酒的心思，便拿过来给了春梅。

金莲把酒放在桌上，转身回到自己的卧房里。春梅最懂金莲心思，知她从来都是内外不一——凡遇见事情，越是声色俱厉，越是证明她并没往心里头去；越是风轻云淡，反倒证明她心中苦闷，却又无计可施。正因如此，春梅也不多问，只是在房里喝光了这壶惠泉酒。

这一壶乃是三两三钱，以春梅的酒量，便是一顿喝下两壶也不在话下。可这一回不知怎地，一壶下肚，春梅便觉着头昏脑涨，上下眼皮也不住打架，她一头倒在床上便睡了过去——这一睡，便睡了十个时辰！

此刻见酒壶换成了茶壶，春梅不觉莞尔，知道定是金莲又进来了一回，取走了空酒壶，放了一壶醒酒的酽茶，还拿水温上。想到这里，春梅便不客气，也不顾茶水已凉，一把将茶壶从水里捞出来，嘴对嘴一气喝了个底儿朝天。

春梅将茶壶放回桌上，伸出手背抹了抹嘴，忽地想起已然过去一天，无论如何该去金莲那边瞧瞧。春梅立时在外头加了身衣服，将头发理了一理，快步来在房门前，伸出双手一把将门推开。

门板左右一分，一张折起来的纸片一下子落到地上。春梅一愣，俯下身子把纸片捡在手里，展开一看，不由得大吃一惊！只见纸上歪歪斜斜地写了八个小字——苦海无边，回头是岸。

春梅身子一震，纸又从她手里飘落到地上。

外头传来三声梆锣声响，整座宅子里一片死寂。

春梅身上披了一件玄青色斗篷，小心翼翼摸进了园中小楼。借着外头照进来的朦朦月光，春梅抬眼环顾一楼厅堂，偌大厅堂中并无一人。

春梅微微皱眉，却也并未多想，深深提了一口气，踮起脚顺着楼梯上到二层。她来在平台上，定住神又是一番打量，只见西门庆跟金莲住的两间房门都关得严严实实。二楼的五扇门都没上门闩，春梅伸手轻轻一推，将西门庆那间的门开了一道缝。春梅朝着左右望了两望，随即闪身钻了进去，又把门紧紧关了。

屋里自然没点灯火，春梅一步一摸来在床前，将右手伸进怀里，竟抽出一把一尺来长的柴刀。春梅左手缓缓掀开床帐子，随即猛地将右手里的柴刀高高举了起来。

就在此时，一道黑影从后面冲过来，伸出双臂一把将春梅死死锁在怀中！

第三十九回　政和七年

　　金莲侧了身子歪在玉楼的床上，玉楼则坐在床边的交椅上。屋里还摆着一张八仙桌，桌子正中摆了一盏油灯，里面的油显然是玉楼特意叫人加过，生出的鲜红火苗把整间卧房照了个一清二楚。

　　玉楼自怀里掏出了先前夹在门上的纸，缓缓展开，低声念着上头写的八个字："苦海无边，回头是岸。"

　　这八个字传进金莲耳中，却并未叫她疑惑，反是淡淡一笑，低声说道："三娘用不着打哑谜了。有什么要问的，尽管来问便是了。"

　　玉楼知道这八个字一说出口，金莲心中便有了数，因此也不再遮遮掩掩，开口道："既然如此，玉楼便得罪了。敢问五娘，这张纸可是你写了夹在门缝里的？"

　　金莲又是一笑，缓缓回道："三娘是见过我写字的，又何必明知故问？"

　　玉楼道："五娘写下这八个字给我，是何用意？"

金莲道:"方才三娘自己已然说得清清楚楚——有该说的,自然有不该说的。该说的要说,至于那些个不该说的,便该'回头是岸'!"

玉楼也是淡淡一笑,点了点头道:"五娘的心意,我已然领悟到了。方才与娘跟知县大人说的,都是该说的。至于不该说的,半个字都不曾提起。"

金莲回道:"三娘果然是个靠得住的,我在这里谢过了。"

玉楼道:"五娘先不忙谢。有些事,说不说出来,都是摆在那里的。此刻这里只有你我,有些话……还望五娘跟我讲说明白。"

金莲听见这句,缓缓将目光从玉楼身上移开,盯着桌上的火苗一语不发。

金莲的反应似早在玉楼的意料之中。她略略顿了一顿,也盯着灯火道:"五娘既不愿说,我便越俎代庖说上一说。若是哪里说得不对,还请五娘莫要见怪。依我看来,方才五娘讲说的昨夜经历,实在是……实在是一派胡言!"

玉楼这一句说得甚重,金莲却毫不在意,只是靠在床上一动不动。

玉楼接着说道:"旁的不说,单有两条便叫五娘所说破绽百出。头一条,事情若真如五娘所说,你们三个便都被锁在了柴房里。那又是谁砸开了房门,将你们拖了出去?若真有这么个人,他便是立下了头功,又怎能不在众人面前声张?二一条,你们三人前后脚昏在柴房里,为何五娘的模样,跟春梅和那婆子竟是天差地别?我思来想去,能把这两条说通的,只有一种道理——那便是起火的时候,五娘并不在柴房里!"

金莲瞧了玉楼一眼,只淡淡说道:"三娘说我不在里头,却又在哪里?"

玉楼道:"五娘每月初十都要与那婆子见面,春梅定然是一清二楚的。十有八九,她不愿五娘被那婆子挟持,这一回打定了主意,穿了五娘那件遍地麒麟斗篷,早一步替你去跟那婆子会面。倘若我想得不错,春梅是想着在柴房里叫她这辈子都不会再来找你的麻烦!"

金莲依旧无动于衷,仿若玉楼口中的"你"与她没有半点儿干系。

玉楼又道:"春梅没想到的是,这一回竟是'螳螂捕蝉,黄雀在后'!没等她在屋里动手,屋外便有人锁门放火!春梅跟那婆子被烟熏火烧,一前一后都躺了下去。正是在这千钧一发之时,五娘赶了过去。想来五娘发觉春梅跟斗篷都不见了,便猜到了她的心思,才急吼吼跑到了柴房。你见火已然烧了起来,就顾不得许多,捡了石头一类的东西拼了命砸下两只门环。正因如此,五娘的几个指头尖才受伤出血。"

玉楼说到这里,金莲丝毫不见慌张,反倒把一直掖在被子里的两只手伸出来,瞧了瞧已被包扎起来的几个指头,竟还微微笑了一笑。

玉楼又道："五娘砸开门闯了进去，怎奈里头浓烟滚滚，根本瞧不清楚躺着的哪个是哪个。当时定然来不及分辨，五娘只好摸到哪个便把哪个先拖到外头。你先一个拖出来的，该是那婆子……"

玉楼说到这里，金莲头一回露出些许惊讶神情，不禁开口问道："三娘如何知道先拖出来的是那婆子？"

玉楼面色凝重道："春梅自作主张，五娘定是不允；但若是真遇见了能叫那婆子闭嘴的机会，只怕五娘不会错过。若第一个拖出来的是春梅，怕是不会再有第二个了。正因二人都被拖了出来，我才会如此推测。"

金莲听了，惨然一笑道："今日三娘把话说到这个份儿上，想是打定主意要把脸撕破了。"

玉楼不慌不忙道："破不破的，有些事总是该弄清楚。待五娘再进屋把春梅也拖出来，想是听见已有人赶了过来，便不好对那婆子下手了。你怕旁人瞧出破绽，便也躺在了地上，好似进了柴房的从来都是三个！"

金莲脸上不见半点儿愠色，从容说道："倒也合情合理。那便请三娘再说说，春梅那小蹄子为何要假扮了我，跑到柴房欲取那婆子的性命？"

玉楼若有所思道："五娘这一句真是把我问住了。原本想来，或是因为五娘来在这里前，跟婆子生出的那些瓜葛。可细细一想，却有些讲说不通。那婆子到宅子里已然有些时日了，五娘若想动手，根本不必等到今日。况且据我所知，那婆子虽握了先前的事找爹跟五娘的麻烦，却无非是每月要个三五两银子，伤不到爹跟五娘的筋骨，犯不着为她铤而走险。既然不是因为先前的事，便一定是因为眼前的事……"

说到这里，玉楼又顿了一顿，才接着说道："眼前确是出了不少大事——先是爹遭了难，随后是不见了蕙莲，最后又死了个来旺儿。爹跟蕙莲出事之后，那婆子放出了话，说想要打宅子里搬出去。那婆子心里本就有鬼，武松闹了这么一出，她要抽身而去也不足为奇。可奇的是，有天晚上她摸进了五娘的卧房，态度立时就来了个大转弯，说什么要跟爹共同进退。这话自然是假的，可那一晚这婆子瞧见的东西，却是实打实的。她瞧见了这些，便向五娘狮子大张口，每个月要的银子从三五两变成了三五百两！正因为这一桩，春梅才替五娘不平，想要了结了那婆子的性命。

"那婆子究竟瞧见了什么，我自是猜不出的，不过仔细想想，却也不是全无头绪。在那婆子之前，还有一人也溜进了五娘的卧房，那便是来旺儿！想来，他回到清河，头一个知道的，便是爹跟蕙莲的事。他一时气不过，摸进宅子寻爹的晦气，也不足为奇。可之后的事又是奇了！那来旺儿进到了五娘卧房里，非但没有闹事，反而不见了踪影，其后又死在了那棵柳树下头。

"来旺儿手里捏着的几片纸屑，该是五千两银票。想来，来旺儿进了卧房，也是瞧见了什么，觉着与其毁了爹的性命，不如留着他一次一次敲诈钱财——这一点上，可说是跟那婆子一般无二。五娘跟春梅自然要稳住他,便即刻送出去五千两银子。你们一个取了银票交到来旺儿手里,另一个却从后面狠狠打了他的脑袋,送他见了阎王。得手之后,你主仆二人收回了银票,又将他的尸首移到了柳树下,摆出了那样一副姿势。如此一来,任谁瞧见了那姿势,不是想到蕙莲身上,便是想到柳树成精,事情也会越发扑朔迷离。只是百密当中难免一疏,你们扯下来旺儿手里的银票时,有一个角儿留在了他指头中间!"

听到这里,金莲忽地一笑,开口说道:"三娘这话,真是比话本里头神仙斗法宝还要离奇!如今我也不必藏着掖着了。那天晚上我房里确是有人进来,但并不是什么来旺儿,却是玳安!他着了魔般闯进来,一口咬定来旺儿在里面,还跟春梅起了争执。他里里外外折腾了大半宿,却连来旺儿的汗毛也没找到一根!敢问三娘,倘若来旺儿从头到尾都没来过,我们二人又怎能害了他的性命?"

玉楼从容答道:"既然五娘提起了玳安,我也就不用替他掩饰了。他跑到我跟前,把那晚自己所见详详细细说了出来。因此我虽没有亲眼得见,却也思量了许久。兴许,那来旺儿从头到尾都在房里,只是五娘跟春梅变了个戏法儿,硬生生将他从玳安眼前变没了踪迹!

"来旺儿摸了进去,瞧见了关节所在。五娘叫他不要声张,还许下日后的好处。偏在这个时候,玳安闯了进来。五娘想得明白,这时无论如何不能叫玳安瞧见来旺儿——一旦瞧见了，势必要喊人抓了他。到了那个时候，来旺儿十有八九会把瞧见的说出去。想到这一层，五娘便找了个地方把来旺儿藏了起来，又叫春梅出去跟玳安拖延时间。

"来旺儿究竟被藏在哪里？若我想的没错，便是最后一口箱子里！玳安进来之后，五娘跟春梅唱起了双簧，让春梅掀开了前面两口箱子。此刻若立时掀开第三口，便能把来旺儿揪出来。偏这时五娘竟把暖炉扔了出来，登时把玳安吓得趴在地上。正是这个时候，玳安身后的春梅掀开第三口箱子，让来旺儿一步跨进了第二口里，再把两边的盖子重新盖好。只是这一掀一盖当中，那只雪狮子蹿进了第三口箱子里，却也无碍你主仆二人变这出戏法儿！

"待玳安走了，来旺儿从箱子里出来，满心欢喜接了银票，立时把蕙莲什么的都抛在了脑袋后头。他以为手里拿着的是后半辈子的富贵，却没想到乃是自己的催命符！"

玉楼说到这里，金莲已把身子从被子里拔了出来，坐在了床边上。她沉默片刻，低声说道："三娘由大火说到了王婆，又从王婆说到了来旺儿，也算是句句有理。可这说来说去，三娘也没说出来那婆子跟来旺儿瞧见的，到底是什么关节！"

玉楼不慌不忙回道："五娘该知道，我从来都是瞧见三分事，只说一分话。没拿准的，绝不会胡言乱语。你问的，我确是不知。不过我却知道，那宋蕙莲也是因为这个，才丢了性命！"

金莲直勾勾地盯着玉楼道:"丢了性命?三娘才说拿不准的不会胡言,怎么就打了自己的脸?那姓宋的只是不见了踪迹,你就敢打包票说她已然死了?"

玉楼脸上忽地显出从未有过的笃定神情,一字一顿道:"这一张包票,我打定了!"

第四十回　政和八年

春梅叫人从背后一把抱住,却不惊慌,也没有拼了命地挣扎,只是冷冷说道:"我便知道,你一定在这里等着。"

背后之人微微一愣,箍住春梅的两只胳膊不觉松了一下。春梅趁机猛一用力,一下挣脱出来,转过身子死死盯着对面的人,还是冷冷地道:"娘不在旁边房里歇着,却在这里等着春梅,春梅真是承受不起!"

对面的人身子微微一震,缓缓抬起头来,却不是金莲是谁!

屋里没点灯火,春梅瞧不见金莲脸上神色,只是听她淡淡说道:"去年你便擅自到柴房闹了一出,如今竟要对爹下手!"

春梅却不动气,也淡淡回道:"去年娘不顾性命冲进火里,全是为了救我;可这一回,娘挡在这里,只怕不全是为我。"

金莲说道:"到了这个份儿上,也不必说那些个嘴不对心的话。这一回确不是为你。"

春梅侧过身子,瞧了一眼垂着帏子的床铺,说道:"娘为了他,连命都舍得出。只是娘可曾想过,床上的人没了,娘的性命反能保住……"

金莲斩钉截铁道:"自己的性命,自然是自己说了算,用不着你来操心!"

春梅冷冷哼了一声,发狠般说道:"这一回,我偏要替娘操了这份儿心!"

说罢,春梅第二回举起刀子,伸手又要去掀帏子。便在此时,房门一下子被人推开,一人从外面走了进来,站在金莲跟春梅中间。这人双手合十,朝春梅道:"苦海无边,回头是岸!还请施主放下屠刀,立地成佛!"

春梅仿佛被这一句定了身子,僵了许久才将右手缓缓放下。金莲苦苦笑了一笑,对来人低声说道:"又是'螳螂捕蝉,黄雀在后'!我在屋里等春梅,师父却在屋外等着我俩……"

进来的自然是普静,他朝金莲屈身行礼道:"阿弥陀佛!贫僧施以诈术,将两位施主请来这里。虽说事出无奈,却也还是犯了大戒!"

金莲回道:"师父不必自责!白日里师父让我一人留在这里,又执意不让我回转卧房,我便知道会有这样一出。春梅一觉醒来见不着我,得知王婆已死,又知道我独自一人伺候爹,定会不顾一切冲到这里!她一出手,我自然不会坐视不理。这样一来，在师父面前便什么也藏不住了！"

金莲这样一说，春梅不觉大惊失色，一双眼睛不住在普静跟金莲身上来回看。金莲却还是那副寡淡神情，低声说道："师父既然设了这个局，显然是从我二人身上瞧出了破绽。我虽生来蠢笨，却自认还是个行事小心周到的，竟还不知这破绽究竟是在哪里露出来的。"

普静低声道："阿弥陀佛！世间万物万事，本就没有尽善尽美之理。不论施主如何小心，只要做了，自然会有破绽留下。"

金莲道："还请师父点拨。"

普静道："今日王老施主坠楼身死。按施主所言，是她起了歹心欲害西门施主，被撞破后扭打起来，最后被施主推搡下去。这话乍听起来入情入理，但细细一想，却难叫人信服。且不说王老施主没有行凶的道理，便是她真的动了手，也不该选这个时候——宅子里的人都知道西门施主只叫她一个守在楼里，这时动手，岂不是把'歹人'二字贴在了脸上？"

说到这里，普静有意顿了一顿，才接着说道："最让贫僧起疑的，还是施主右手上的那处伤……"

金莲微微低了头，瞧了瞧被西门庆打碎的碗划出来的伤口，随即仰起头道："这里的伤，跟那婆子坠楼又有何相干？"

普静回道："王老施主虽上了些年岁，但以贫僧所见，身子却还健硕得很。施主年纪虽轻，与她扭打在一处，未必就能将她制住。况且外头平台上装了半人高的栏杆，施主要将她推到底下，即便不是将她举过头顶扔下，也要将她的两条腿从地上掀起来。如此一来，于施主而言，便不能一蹴而就。即便得了手，只怕右手掌心的伤口也会裂开，流出来的血绝非一时半刻便能止住。

"贫僧上楼之时，施主虽倒在地上，掌心的伤口却没有半点儿损伤。看到此，贫僧便不能不生出疑惑。"

金莲道："师父是说，我说予你听的，全是假话？"

普静回道："是真是假，自有定论。况且照贫僧方才这一番推论看来，将老施主弄到楼下的恐非施主，怕是另有其人！"

金莲道："那师父不妨再来说说，这人又是哪个？"

普静道："这人是谁，贫僧确已有了些推测，此刻倒也不忙着说出来。比起是谁，贫僧更加在意的，反是另一处关节。倘若真是那位老施主图谋不轨，这人即便失手将她杀了，虽不能算作功德，却也绝不是罪责。不过既然如此，便没有不能明示的道理，施主又为何一口将这样的事揽在自己身上？思来想去，或是此人身份不能叫旁人知道，又或是命案之后还藏了不可告人之事，再或是……二者兼而有之！"

普静说到这里，房里鸦雀无声，便是帏子里西门庆的一呼一吸声也听不见了。

普静却似浑然不觉，接着说道："想来那位王老施主之所以遭了劫，便是知道了这些不该知道的东西。贫僧不禁想到，除她之外，可还有别的人知道？想来想去，这样的人似还有两个，便是在王老施主前头去了的陈施主与李施主！"

普静忽地说出陈敬济跟李瓶儿两个名字，不单叫金莲一惊，就连旁边的春梅也是大惊失色。普静却并不左顾右盼，依旧从容说道："想来，陈施主跟李施主之所以一前一后去了，也都是在猛然间知道了不该知道的东西，进而生出欲念，才引来杀身之祸！"

金莲忽地插话问道："师父怎知这两个人是'猛然间'知道的？"

普静回道："贫僧自来在府上，众位施主的一言一行都看在眼里。陈施主与李施主先前都谨小慎微，一个小心翼翼在大厅中应付客人，另一个更是在西门施主面前战战兢兢。二人都是忽然之间起了变化——陈施主忽然就狂放起来，竟不把太师派来的人放在眼里；李施主也是忽然当着众人质问起了西门施主。由此可见，这二人绝非蓄谋已久，定是无意间觉察出了什么才忍不住发作。"

金莲微微点头道："师父所言甚是在理。既然如此，不妨详细说说，他们二人，还有那婆子，究竟觉察出了什么？"

普静回道："事关重大，此刻贫僧还不敢妄言。只是有一节，贫僧却是认准了的，那便是他们几个觉察出的东西，定然跟西门施主有关！"

金莲不觉朝床铺那里扫了一眼，又扭回头死死盯着普静道："师父何出此言？"

普静微微笑道："施主是个极通透之人，又何必明知故问？那条看门护院的狗惊着了西门施主，陈施主急忙上前搀扶，结果这一扶却扶了个天翻地覆；李施主为小施主求名，从西门施主那里得了名字，反而神色大变——倘若这个关节不是出在西门施主身上，贫僧这八十几年便是白活了。"

不等金莲追问，普静又道："陈施主觉察后，立时如痴如癫，不单失了礼数，竟还替西门施主一口应下应、谢两位施主的不情之请。显然是陈施主觉着这个关节干系重大，将它握在手里，自己便能呼风唤雨，成为宅子里发号施令之人。

"陈施主却不知道，他想将关节握在手里，另有一人却断不能坐视不理。王老施主因此没了性命，陈施主自然也难逃一劫。想来，陈施主那通癫狂叫这人全都瞧在眼里，立时便打定主意要将他除去。那天夜里，这人找了借口将陈施主叫到藏春坞里，趁其不备痛下杀手！

"至于那位李施主，显然是从西门施主起的名字里觉察出了什么，才会那样魂不守舍。她回到房里，把花家的族谱找了出来翻开查看。便在这个时候，那个杀了陈施主的摸进房里，取了李施主的性命。至于那本族谱，想必里头藏了重大干系。那人也查找起来，找见了关键一页，一把扯了下去！"

金莲忽地打断道："依师父之见，害了这二人的，乃是同一个人？"

普静点头道："正是如此！"

金莲冷冷笑了一下，淡淡回道："师父这样说，便是自己打了自己的脸！宅子里只有师父一人见过杀了六娘的歹人，那便是咱家的姑老爷陈敬济！既然六娘是姑老爷所杀，姑老爷又绝不会自己取了自己性命，师父又怎么说歹人只有一个？"

普静显然是料到金莲会有此问，低声回道："先前贫僧确是认为行凶之人乃是两个，第一个是陈施主，第二个另有其人。不想仵作验过尸首，一口咬定陈施主是先去的。贫僧由此觉察出自己大错特错，只好重新想过。经此一番，有些道理反倒变得显而易见。

"那歹人在藏春坞里害了陈施主，又潜进李施主卧房行凶。连杀二人后，他自然要想方设法摆脱干系。思来想去，终于想出一条计策。他将陈施主所穿衣物套在自己身上，又把李施主的尸首装在箱内，再放到太平车上。他推了小车经过夹道，故意弄出声响，引我出来瞧见他的背影。如此一来，贫僧就成了他的帮凶，在众人面前一口咬定李施主死时，陈施主尚在人间。

"那歹人杀了人，扯了族谱，自行离开也就是了，根本不必费尽气力将李施主扔进那种所在。此刻想来，原来这些都是他筹划好的！后来仵作验出了二人被害时辰，贫僧却还陷在所知障里，实在可笑。"

金莲听到这里，又插话道："师父见招拆招，甚是叫人佩服。只是还有一折，仍是说不通的。咱家姑老爷前心挨了一节，脑袋也被割去——这两下之中，哪一下都能取了姑老爷性命，那歹人又为何多此一举？"

普静双手合十道："阿弥陀佛！施主这一问，又落在了关节上！起初贫僧也是百思不得其解，认定此乃多此一举。此刻想来，正因这'多此一举'，或许反叫真相水落石出。"

第四十一回　政和七年

　　玉楼这一句说得斩钉截铁，脸上神情也与平日大相径庭，登时叫金莲无话可说。玉楼见金莲僵在那里，语调反而和缓下来道："蕙莲出事那晚，我也守在楼下，亲眼瞧见一人打楼梯上急促促地下来，出了厅堂便不见了。当时我跟诸位娘都看得仔细，下来的该是五娘无疑。

　　"只是后来不见了蕙莲，咱们谁也说不通其中的道理，便只好认定先前下楼的并不是五娘，乃是扮成了五娘的蕙莲。当时我并未多言，心中却是有好几个坎儿都没过去。

　　"头一个，那天夜里我虽有些疲乏，却也还没到脑热眼花的地步。从楼上下来之人虽一闪而过，那张脸却叫我瞧了个清清楚楚，确是五娘，绝非蕙莲。二一个，若说五娘去到关了蕙莲的第三间房里，恰好赶上她醒了过来，还被她一下子打昏过去——这些撞在一起，未免太过巧合；三一个，即使五娘真是被蕙莲打昏过去，她拿了五娘的衣裳装扮下楼也就是了，犯不着费力将你拖回第一间房里；最后一个，便是那颗珠子。春梅说她听见了珠子落地的声音，才出来查看。那珠子若真是从蕙莲身上掉下来的，那时她就该在门外平台上才是。可从楼上的人下来，到春梅喊出声来，中间隔了良久。倘若下来的人真是蕙莲，春梅又怎么会在那后头又听见珠子落地的声音？"

说到这里，玉楼停了下来，微微侧过头看向金莲。金莲坐在床沿子上淡淡一笑，轻声说道："三娘不必管我，想到什么尽管明说就是了。"

玉楼轻轻叹了口气道："当时我好似掉进五里雾中，根本摸不着门道。到了此刻，我想通了柴房里的那场火，想通了来旺儿前前后后的事，想通了你主仆二人是如何将事情一件一件做成。想明白这些，回过头再来看蕙莲这里，若依旧是你二人联手做下的，也便合情合理了。

"当时蕙莲在第三间里，五娘守在第一间，春梅守在第二间。春梅取来衣物放在一边，便跟着五娘动作起来。你二人杀了从没醒过来的蕙莲，还拿了她身上的珠子。之后，五娘将春梅拿来的衣服穿在身上，往楼下去，有意叫下面的人都瞧见自己。另一边，春梅适时把蕙莲的珠子扔出来，旋即大声呼喊，将所有人引去楼上。可笑我身在局中，被你们主仆当作棋子，在后面的三间屋子跑了几个来回。我只当春梅跟我一样，为的是探明真相，却不知她从头到尾都在演戏，为的是给还在外头的五娘拖延时间。

"五娘在外头忙活完了，把春梅拿来的衣裳丢在别处，小心翼翼摸回到二楼。当时众人都被春梅引到了后面几间房里,五娘便溜进第一间房里,倒在地上装作昏了过去。春梅估摸着五娘这边准备妥当了,才佯装出恍然大悟的模样,领着众人冲进了第一间里。这么一来,事情便成了蕙莲打昏五娘走脱出去,如一缕烟尘般消失不见。"

金莲听到这里,缓缓从床边站起身来,走到八仙桌旁坐下,面朝玉楼道:"三娘的心思真是比头发丝还细,一环扣住一环,不洒汤不漏水,叫人不得不信服。只是有一节,三娘想是疏忽了。就算是我串通了春梅,弄死了那姓宋的淫妇,那我二人又将她的尸首藏在了哪里?楼上楼下,三娘都瞧得清楚,没一处藏得住那样东西。春梅拿了衣裳上楼,便没再下去。三娘该不会觉着,是我把那淫妇揣进怀里,带了出去吧?"

玉楼不慌不忙回道:"这话五娘只说对了一半。那淫妇的尸首确是被你弄了出去,只是不必揣在怀里。"

恰在此刻,桌上的灯火爆了一下。火苗一起一落,竟惊了金莲一下。玉楼却依旧不动如山,只低声说道:"蕙莲昏厥未醒,五娘与春梅取她性命,可说是不费吹灰之力。只是楼上总共三人,一个死了,另两个自然罪责难逃,因此你们必定要想法子遮掩。你们想着,只需把尸首弄没了,便可说她是武松一伙的,醒来后逃了出去。"

金莲冷哼一声道:"三娘未免自说自话了。关那淫妇的第三间屋里只有一扇小窗,不论活着的还是死了的,都是出不去的！三娘倒是说说，我跟春梅是怎么把尸首弄没了的？"

玉楼忽地迟疑起来，过了半晌才下定决心般说道："囫囵儿个的，自然出不去；但……但若不是，那便不在话下了！"

这句话犹如一支强弩，猛一下插进了金莲的心窝儿。她头一回显出惊恐神色，猛地站立起来，身子却一晃，险些跌在地上。她急忙伸出两只手撑住桌子，一张脸已如纸般惨白。

玉楼也立时站了起来，伸手去扶金莲，却被金莲闪开。金莲冷冷看了玉楼一眼，又缓缓坐了下去，淡淡说道："不劳三娘操心！三娘正说到紧要关节，不该停下才是。"

玉楼愣了一下，只好坐了回去，盯着灯火说道："想来，五娘是把蕙莲的尸首放在布匹之上，然后拿了利刃，与春梅一起……一起将蕙莲分尸！"

到了此刻，玉楼知道已是"开弓没有回头箭"，索性把什么都抛在脑后，正色说道："那扇窗户虽小，可若单是一手一脚，却是能过去的。你跟春梅将一块一块的尸首从那里扔了出去，其中一块正好蹭在柳树上，树干高处才有了那一道子血迹。这些东西散落在下面草上，因此上面就有了一片片血迹……

"你二人将尸首送了出去，又将那块布匹连着分尸的利刃，也都扔了出去。时值冬日，外头西北风刮得甚急，只需敞开窗子，不出一刻屋里便没了血腥味。上面一切妥当，五娘便下了楼,一个人来到小楼背后,将碎了的尸首、布匹跟利刃收在一处,连同身上穿的衣裳,找了个隐秘的地方藏了起来。敢问五娘,我说的这些,可有哪里不对?"

与玉楼所料不同,听见这句问话,金莲并未声色俱厉,反是淡淡一笑,轻声说道:"对不对的,事久自然明,我不着急争辩,三娘也莫太急才好。当下我最想问三娘的,反是另一件事。三娘今日一口气说了这么多,不知有没有想过,假使这些都是我做下的,又是为了什么?"

玉楼道:"自然是为了叫蕙莲、来旺儿跟那婆子永生永世都把嘴闭了!武松扮作胡僧来到爹近前,蕙莲不知为何也被裹挟进去。一场劫数下来,这个蕙莲显然是从爹身上知道了一些个东西。后来的来旺儿跟那婆子都摸到了五娘房里,显然是也知道了些什么。

"五娘若只是为了护爹,大可一面与他们缠斗,一面喊人过来。再退一步,便是动手取了他们三个的性命,也未尝不可实话实说。五娘是最聪明的,断不会连这一层都想不明白。五娘之所以如此,定是因为这三人知道的东西是断不能叫别人知道的。因此才不顾自己性命,一个一个将他们除去。至于那春梅……想来她这般不管不顾,并非为的是爹,却是为了五娘!"

金莲一下子愣住,呆了良久才幽幽说道:"她打定了主意,任谁也拉不回来。"

这一句似是对玉楼说的,又似在自言自语,叫玉楼不知该如何应答。金莲忽地一笑，又抬起头对玉楼道："三娘今晚说了这么多，简直比话本还要出彩！只是……三娘怕是忘记了最要紧的一节！不论什么事，总要讲个有理有据。理已然说明白了，那三娘可拿得出凭据？正是'捉贼要赃'，若拿不出来，三娘方才说的这些，便也只能当作话本来听！"

玉楼缓缓回道："五娘问得如此理直气壮，想必料定这些事做下来，并没有留下痕迹。只是五娘忘了，天网恢恢，疏而不漏，但凡是人做下的，不论如何小心，终归会有蛛丝马迹。况且在我看来，五娘跟春梅留下的踪迹，可是不少啊！"

金莲知道玉楼说话从不夸大其词，既敢这样说，定是心里有了数。金莲只好强作镇定，微微扬起嘴角道："三娘不必在这里故弄玄虚！若是真有凭证，拿出来就是了。"

玉楼道："最后这场大火里并无人丧命，自然说不上什么凭证。来旺儿抱树而亡，衙门里的人验看过了，也没寻出蛛丝马迹。来旺儿捏过的、少了一角的银票想必已被五娘跟春梅烧了，因此也就没了凭证。唯有蕙莲那一档子事，留下来的凭证，可说是铁板钉钉！"

玉楼顿了一下，看金莲并没有反应，接着说道："那日五娘分了蕙莲尸首，既来不及带到宅子外头，又不能点火烧了，想来只好在宅子里寻一块地深埋起来。只要叫人锹镐齐下，不出一刻，碎了的尸首，连着利刃、布匹，还有春梅取来的衣裳，便都会重见天日！"

金莲顿了一顿，仍旧冷冷道："三娘该不是想把整座宅子都掀翻开来吧？"

玉楼正色道："不需如此辛苦！三娘将几样东西埋在哪里，我已一清二楚。"

金莲眼里一下闪过了寒光，死死盯着玉楼问道："难不成，三娘已然找准了地方？"

玉楼淡淡回道："我从未找过。只不过，老天爷降下了天兵天将，替我找了出来！"

桌上的灯火跳动着，将二人的影子映在墙上。

外头忽地传来几声犬吠，想来是那条看门护院的大狗瞧见了什么风吹草动，忍不住发作起来！

第四十二回　政和八年

　　普静瞧了金莲跟春梅各一眼，低声说道："行凶之人取走头颅，理由除了我们原想到的掩饰死者身份，还可以是掩饰行凶真相。刺了前心，又割去头颅，为何便能遮住真相？贫僧百思之后，终得一解。想来杀害陈施主的并非一人，而是……两个！"

　　最后这两字出口，声调虽低，却如炸雷一般，登时叫春梅大惊失色。金莲却似早已料到普静要说些什么，全然不动声色。

　　普静顿了一顿，又开口说道："其中一人，将陈施主叫到那座假山之中。趁其不备，这人手持利刃，刺进了陈施主前心。想来，陈施主并没有立时身亡，反一把将行凶之人抓住，叫他拔不出凶器。便在这时，另一人从后头摸了上来。这人拿了钝重的东西，一下击在陈施主后脑之上，才取了他的性命。

　　"如此一来，尸首之上便有了两处伤痕，一处在前心，另一处却在后脑。两处当中哪一处都足以致命，若是一人行凶，断没有连出两击的道理。正因如此，若就这样把尸首置于洞中，任谁都会瞧出来行凶的乃是两人，且是至亲至近的两人！而整座宅子里，能有这般亲近情义的，怕是只有二位施主了！"

普静又是一顿，却并未再看向金莲跟春梅，接着说道："为防旁人瞧出破绽，二位只好将陈施主的头颅取了下来，带出藏春坞藏匿起来。没了头颅，旁人自然看不到后脑的损伤。如此一来，旁人虽有疑惑，却也想不到行凶之人竟是两个！

"杀害陈施主的是两个，那害了李施主的，自然也是两个！陈、李二位施主无意中窥见了西门施主的关节，心中起了执念；二位施主一心护住此关节，心中也起了执念。执念一起，便会有人害命，有人丧命。阿弥陀佛，真是苦海无边！"

听到这里，春梅似已忍耐不住，眼看要朝着普静发作，却被金莲抬手止住。金莲微微抬起头来，低声说道："师父见识非凡，这一通讲说下来，真似亲眼所见一般。只是……奴家听人说过，出家人不打诳语。师父是有道高僧，自然是有凭有据才说了这些，那就不妨把捏在手里的凭据也讲说出来才好。"

普静淡淡一笑，双手合十道："阿弥陀佛！既然施主执着于此，贫僧也就斗胆妄言了。要说凭据，还是施主送到贫僧手中的。"

金莲一愣,不知这话从何说起。普静道:"贫僧到贵府那日,拿了灵药出来。西门施主试药心切,叫施主找只鸡鸭过来。不想施主一口回绝,竟要用一条看门护院的狗来替代。虽说众生平等,但施主此举,着实叫贫僧意想不到。

"后来西门施主对贫僧言道,那狗于过往一年当中甚是反常,隔三岔五便跑到后头花园,在墙根底下一通乱刨,将那里弄得乱七八糟。正因如此,施主要用它来试药,西门施主也没有阻拦。

"当时贫僧并未多想,但事情走到这一步,却不由得贫僧不想。若推测不错,去年的宋施主该是命丧小楼里,尸首便被埋在了墙根底下。之后来旺儿施主遇害,凶手行凶的利器也该埋在那里!为人的受五色、五味、五音所困,自是觉察不出;那狗却天性使然,闻见了尸首散出来的血腥气味,因此才会行为反常。这一回,想来陈施主之头也去了那里。那狗乱吠乱刨,旁人见了,只是疑惑,唯有施主知晓前因后果,自然不能坐视不理。贫僧斗胆妄言,即便没有试药一事,施主也会寻个借口,将那狗送去极乐世界……"

说到这里,普静微微摇头叹息,顿了一下才道:"此刻,倘若叫人去到花园里头,将墙根那里的土掀开,定能找到贫僧说的那几样物件,也正是施主想要的凭证!"

一旁的春梅身子已然微微发抖,眼见便要绷不住了。金莲立时挪了两步,有意挡在了普静与春梅中间,缓缓说道:

"师父已然说到了这个份儿上,倒也不忙着刨地。奴家想再问师傅一句,师父开口闭口全是'关节',好似这一年里出的所有事情,都是因这个那个知道了爹身上的关节。可说来说去,师父也没说出这关节究竟是什么。"

普静迟疑一下,不觉又轻轻叹了一声,才开口道:"施主这样问了,便是打定主意要说个明明白白。阿弥陀佛,既然如此,贫僧也只好从命了!这个关节,还要从那位李施主身上说起。她在众人面前为小施主求名,结果得了个'明'字。李施主立时大惊失色,没头没尾顶了西门施主几句,便匆匆回到自己房里。

"当时贫僧看在眼中,委实是一头雾水。后来李施主遭了不测,卧房里的族谱竟被扯去了一页。想来,李施主惊讶的,该是跟族谱有关,否则断不会回到房中便急着拿出来翻看,那行凶之人更不会将上面一页扯了下去。

"既是族谱,记的自然是花氏一族历代名讳。贫僧仔细看过,花施主一族名讳排序是早已定下的,乃是'广大至真,通慧子明,元觉如海'这十二个字。李施主先前的夫婿唤作'子虚',显然乃是第七代'子'字辈人。他若有了子嗣,便该是'明'字辈的。

"据贫僧所知,花施主在世之时,与西门施主称兄道弟。二人义结金兰,想必定是换过生辰八字,平日里也定是无话不谈。花施主的儿子乃是'明'字辈,西门施主断不会不知。小施主乃是西门施主单传血脉,他又怎会拿李施主先前夫婿家备好的字,用在自家子孙身上?

"李施主自是惊愕不已,因此才一连三问,西门施主却不改口。李施主回转卧房,取出花氏族谱仔细核对,确认无误之后,断定西门施主身上出了蹊跷。只可惜,她尚未有所动作,便……"

说到这里,普静微微摇头,顿了一顿又道:"这样一来,后面的事便显而易见了。西门施主取完名往前面去,一下叫那狗扑了,被陈施主一把搀住。这短短一瞬,却将两处至为关键的细节暴露出来。头一处,那狗在贵府数年,最敬最怕的该是西门施主,何以忽地恩将仇报,反噬其主?二一处,陈施主在右边扶了西门施主,想必是无意间碰着了右手。这一碰,他登时觉察出西门施主的右手竟与常人大异——无名指后头是空的,竟摸不见小指!霎时间,陈施主便什么都明白了。他自觉握住了把柄,以为从今往后便可为所欲为,却不想招来了杀身之祸。

"再往下推,春梅施主与王老施主想来都是如此。她二人也都是在无意间碰着了或看着了西门施主的右手,知道了其中的关节。她们中有一人与陈施主一般,自觉得着了泼天富贵,结果丢了性命;另一人却拼了命也要守住这处关节,竟不惜与施主一道杀生害命!"

普静说到这里,不禁将目光挪到春梅身上。

金莲神色开始慌乱,春梅反倒从容下来,淡淡回道:"师父果然是活佛降世,把前前后后的头绪理得一清二楚!

不错，师父提到的这处关节，除去五娘，我是头一个觉察出来的。既然如此，自我往后，便不能再有第三个人知道！有一个，就要除去一个！"

普静双手合十道："阿弥陀佛！正因施主有此执念，去年的宋施主、来旺儿施主，今年的李施主、陈施主与王老施主，便都没了性命！"

春梅恶狠狠道："师父熟读经文，一定知道佛祖最讲因果报应！师父说的这几个人，没有一个是干净的。送他们去该去的地方，春梅并没有半点儿后悔！"

普静却猛往前走了一步，厉声说道："施主之言，真乃罪过！"

自普静来在这里，慢说发火，便是声调也从没抬高过半度，以致众人都觉得他已是肉身成佛，早没了俗世里的喜怒。不想这一回竟发作起来，着实将金莲跟春梅吓得不轻。

普静严厉问道："敢问二位施主，那条护院之狗恪尽职守，心中可算得上干净？为何惨死在乱棍之下？"

春梅强作镇定，挣扎着回道："人命狗命，又怎能相提并论？"

普静眉头一皱，旋即又道："施主非佛门中人，贫僧自不会强说什么'众生平等'。那再问施主，尚未离开襁褓的小施主可是人命？他心中可算得上干净？"

这一句仿佛一下击中了金莲与春梅的命门，叫二人再无争辩还手之力。过了良久，金莲才战战兢兢道："我二人从未想过伤及无辜。那……那雪狮子,是趁人不备自己钻进了六娘的卧房……"

普静双手合十道:"阿弥陀佛!我不杀伯仁,伯仁却因我而死!"

金莲急忙说道:"请师父莫要再说!千般罪孽,都是我一人造下的!春梅身为奴仆,只想一心护我周全!"

不想春梅竟一把将挡在身前的金莲推开,盯了普静道:"事到如今,五娘又何必如此!春梅从来是个一人做事一人当的,便是被千刀万剐,下了十八层地狱,也不劳五娘跟师父操心。不论是去年的宋蕙莲跟来旺儿,还是今年的六娘、姑老爷跟那婆子,都是我一手弄死的!"

不想普净却又摇头道:"既然事已至此,贫僧定不会叫一丝一毫的细枝末节晦暗不清。前面几桩命案,都是你二人联手做下的,也就不必分谁主谁次了。只是……最后这回王老施主坠楼,断不能安在二位头上!

"西门施主叫王老施主一个人在楼上,想必潘施主很快便知晓了西门施主的用意。你怕春梅施主又牵扯进来,因此在酒里下了药,叫她睡了过去。如此一来,春梅施主便不能动手。而先前贫僧也已经说了,潘施主也非行凶之人。楼上总共三人,既不是潘施主,又非王老施主自行了断,那动手的便只能是最后一人!"

说罢,普静将目光投到了床铺之上,一字一顿道:"西门施主用了那药,养到昨天夜里,想来已见了些成效,只是在众人面前并未显露出来。因为唯有如此，才有理由叫人上楼伺候；也唯有如此，王老施主才敢近前。待她来在床前，西门施主忽地暴起，一下将王老施主举在头上，跨上平台掷下楼去！西门施主身子尚未大安，这一下可谓抽干了元气，复又躺了下去不得动弹。幸而潘施主赶了过来，将里里外外弄成后来众人瞧见的模样。"

听到这里，金莲张口想说些什么，却被普静抬手止住。普静胸有成竹般道："贫僧方才已然说了，若将王老施主掷到楼下的是西门施主或潘施主，便无须隐瞒，只推说王老施主图谋不轨便是了。潘施主却并未如此行事，贫僧便不难想到，掷人害命、此刻躺在帏子里的，绝非西门施主！而这一节，便是二位施主自去年到今日，不惜连害数命也要掩饰起来的大关节！"

未等金莲跟春梅反应过来，普静已走在床前，猛一把将帏子掀开，对着床上之人淡淡说道："武施主，贫僧有礼了！"

第四十三回　政和七年

金莲盯了玉楼良久，忽地轻轻一笑道："我自以为做得滴水不漏，却不想在三娘面前竟是个笑话。三娘说得不错，那些东西全都叫我埋在了园子里的墙根底下。三娘既然全都知道了，可是想将我跟春梅一锅端了，报给娘与知县老爷请功？"

玉楼正色道："我若想去邀功，又何苦在众人面前编出宋蕙莲纵火的谎话？又何苦将五娘一人留在房里，说出这些？须知五娘若发起狠来，奴家便是又一个蕙莲！"

玉楼这一句反叫金莲身子一紧，一下又站了起来，死死盯着玉楼道："三娘这一句，可是在提点奴家？"

玉楼立时回道："说得不错，奴家正是要提点五娘！"

玉楼反应如此坚定，倒叫金莲吃了一惊。见她一时无语，玉楼又道："五娘心里藏了的关节，奴家直到此刻也没想明白。不过，就算这辈子都想不出，在奴家看来也不打紧——一旦想明白了，只怕再不能与五娘对弈饮酒了。"

金莲脸上神色大变，直愣愣瞧着玉楼道："三娘这话……是什么意思？"

玉楼道："五娘生性要强。你虽寄身爹的屋檐底下，却不像我这般只知道低头认命。这一回，那关节奴家瞧不出，有一点却瞧得真——那便是五娘从头到尾，都在守着一样心里头认定了的东西。

"春梅那丫头跟五娘是一个章程，心里也有一样东西守着，那便是五娘！咱们这些女子，进了宅子，便都是爹的物件，要么如五娘那样一味应承，要么如雪娥那样化作厉鬼，要么如娇儿那样活成行尸走肉，要么如蕙莲那样舍了廉耻，要么如瓶儿那样……想来，春梅原本也跟我一样，心中早没了半点儿光亮，从没想过会有什么东西能叫自己心甘情愿拼上所有。不想，她却遇见了你，恰如在黑夜当中遇见了一丝火光，又叫她怎能不为你肝脑涂地？"

金莲痴痴盯着眼前灯火，未出一声。

玉楼接着说道："只是，奴家也要跟五娘说个明白。世间万事皆有定数，不可一味用强，更不可为自己的东西坏了他人性命。如若不然，只怕到头来一切尽成水月镜花，非但什么都守不住，更要失掉当下所有。奴家这话，还望五娘记在心里，也请转告春梅知晓。"

金莲缓缓抬起了头，顿了半晌，只说了一句："奴家记下了。"

第四十四回　政和八年

躺在床上的人脸上依旧罩了青纱，斜倚在床头，似挣扎着想要起来，怎奈两手两脚却没有一处听使唤的。

普静低声说道："这一回前，贫僧久闻打虎英雄威名，却无缘得见；这一回里，虽与英雄相见，却直到此刻才呼出英雄真名。"

床上之人一语不发，更看不出脸上是何样神情。金莲两步走到普静对面，脸上反不见了方才的惶恐神情，只淡淡说道："有些人，没遇见，倒是比遇见的好。"

这一句似是对普静说的，又似说给床上之人听的。普静却不在意，接着说道："想来去年上元之夜，武施主报仇心切，手持利刃潜入西门施主的书房。不想天意使然，房里除去西门施主，竟阴差阳错还有两人，便是宋施主与那位西域僧人。依贫僧拙见，即便以一敌三，武施主也是稳占上风。却不想那僧人身上带了致人昏厥一类的药粉，于打斗之中散了出来。想来武施主是正面迎上了那药粉，立时便瘫倒在地上。其余几人则吸入得少些，因此并未立即发作。而后来引起大火的灯油也早在打斗中被泼洒得到处都是。西门施主自然不会错过这天赐良机，捡起武施主掉的利刃，挑断了武施主四肢筋脉。只是这一番下来，西门施主也气力尽失。"

床上的人听到这里，猛地动了一下，似被说到了心里最痛之处。

普静又道："正在此刻，潘施主自外头冲了进来，而后面的事，便与她先前所说相差无几。只不过……被她一通砍杀的并非武施主，而是此刻已然不得还手的西门施主、宋施主与那僧人。

"杀伐之后，潘施主旋即想到，此刻武施主虽侥幸活命，但已动弹不得，一旦叫人发觉，定会万劫不复。唯有一计，或可保住武施主，那便是偷天换日！于是乎，潘施主便将武施主拖了出来，却谎称乃是西门施主。

"待大火熄了，县衙里的人前来验看。仵作先是验出烧焦了的尸首没了右手小指，又见尸首身量远超常人，便认定死在屋里的乃是武施主。却不知，这正是潘施主有意所为——任谁死后，只需手起刀落，便成了没了小指的尸首；至于真正的西门施主，大约是被挪到了大火烧得最旺的所在，待火终于熄灭时，早已被烧了个干干净净。

"无奈人算不如天算！潘施主万没想到的是，春梅施主竟不顾死活冲进屋里，误打误撞把宋施主拖到外头。如此一来，定要在她醒来前将其除去。春梅施主想来也知晓了其中隐秘，你二人便联起手来，叫宋施主往生极乐。

"从那日起，你二人便将武施主藏在房内，不叫任何一人靠近，为的自然是遮掩这惊天的隐秘！这一回，贫僧误打误撞牵扯进来，潘施主定然不愿得见。正因如此，你才写了'苦海无边，回头是岸'八个字，盼我不要追究下去。只是施主又担心字迹叫人辨认出来，是故故意写得歪歪扭扭。"

说到这里，普静微微一叹，似已无话可说。一旁的春梅忽地冷冷道："那时我冲了进去，被一人抓了脚脖子。那人抓了我的正是右手，五根指头齐齐整整，定是爹无疑。当时我一心都在五娘身上，便把他扔在那里。后来娘拖了一人出来，跟我说乃是爹。我无意间摸了一把，发觉这人右手竟少了小指。春梅虽蠢，那一下却也什么都明白了。

"这一年里，我为守着这个关节，做下许多事情，自知该被千刀万剐。春梅想不通的，只有一节……五娘你拼了性命守着一个恨不能将你生吞活剥了的人，到底是为了什么？"

春梅说着说着，竟开始质问金莲。金莲却只淡淡一笑，轻描淡写般回道："我以为天底下最不该问这一句的，便是你了。当年我在武大家里见着了床上躺着的这人，心里便有了他，我从没把什么'长嫂如母'放在心上，只想着他心里若也有我……不想，我却只得了'猪狗不如'四个字……"

金莲微微一顿，往床上瞧了一眼，复又说道："后来遇见了西门庆，我便打定了主意——既然得不着自己在意的，便要把在意自己的握在手里！所以，我用一包砒霜送走了武大，跟了西门庆……"

金莲又是一顿，沉声说道："世人倘若知道这些，自会有人说我是谋杀亲夫的第一淫妇……他们并没有说错！从头至尾，我都只想拼了命去拿想要的东西！至于别人如何看我，又与我何干？"

说到这里，金莲声调忽地低了下来："没想到去年上元，老天又把床上这人送了回来，不只送回来，还叫他重伤在我面前。前一回，我得不着他；这一回，我却能得着了。"

春梅冷冷笑了一下，点了点头道："五娘说得不错，春梅真是多此一问。只是，他用了师父的灵药，眼见便能下地了。打虎英雄一旦缓过劲儿来，五娘便是那头一个去见阎王的！"

春梅往床上瞧了一眼，接着说道："清河县里谁不知道，打虎英雄最想杀的有三个人——头一个是爹，二一个是那婆子，最后一个便是五娘！如今前面两个都已经没了，只剩下五娘一个！"

金莲依旧淡淡地回道："方才我已然说了——从头至尾，我都只想拼了命去拿想要的东西。至于后果，我从不考虑。"

春梅回道："五娘自然能这样去想，春梅却是不能！既然如此，今晚借了师父这个局，我便替五娘做个了断！"

春梅猛地回过身子，一步跨在床前，把手里柴刀高高举起，就要往床上之人身上落去。忽地，一道白刃自春梅后背刺了进来。春梅一下僵立不动，脸上满是惊愕跟不解，仿若根本觉察不出疼痛。

金莲紧贴在春梅背后,右手死死握了一把匕首,一双杏眼不觉涌出泪水,低声在春梅耳边道:"你与我,本就是一样的人!"

春梅脸上竟泛起一丝柔和笑意,似用尽最后一丝力气般道:"五娘说得是,我与你,本就是一样的人。"

金莲猛地将匕首拔出,春梅身子往前扑倒,一头栽在床前。普静见此情景,不禁闭目垂首道:"阿弥陀佛!"

金莲低头看着春梅尸首,却不见丝毫慌张,反似如释重负般朝普静行了一礼,低声说道:"后头的事,就全都仰仗师父了!"

普静微微皱眉,金莲却不解释,转身打角落里取出一只包袱,放在一旁小桌上,又将包袱解开。普静抬眼瞧过去,里面包着的乃是一只铁界箍、一串一百零八颗人顶骨数珠、一对雪花镔铁戒刀。

不等普静发问,金莲便开口说道:"师父明鉴,过往恩怨,今晚都该有个了断。这一场下来,我自然该被千刀万剐。但我听人说过,佛祖最讲慈悲,还请佛祖看在……看在我自我了断的分上,了我最后的心愿——待事情完结,还望师父施以援手,将床上之人连夜弄出宅子。师父是出家之人,一年前那僧人死在这里,这几样家当都叫我留了下来——此刻想来,这便是床上之人与师父的缘分。清河县里里外外无人不敬重师父,师父就将他扮作僧人,留在寺内将养。待他身子全都好了，便……由他去吧！"

普静听完金莲这一番话，虽也心知金莲恐怕终难逃一死，但仍喃喃道："施主……苦海无边，回头是岸。"

金莲露出一抹惨笑，一字一顿道："恶鬼只该沉入苦海，余下的……才好回头是岸。我自己做下的恶，我自己偿！我心意已决，还请师父成全！"

普静知道一切皆有定数，非人力所能扭转，只得深深叹息道："阿弥陀佛！"

"多谢师父！"金莲微微点头道。

她转回身子瞧了一眼床上之人，却低下头对春梅说道："苦海无边，你我结个伴儿走，才不至于心里害怕！"

金莲猛扬起双臂，将匕首狠狠刺入前心！

收尾　宣和五年

　　宋江率水泊梁山大小头领一百零八位征讨方腊，经数十场苦战，终获全胜。只是连番攻伐，众头领折损大半，只剩下正副将领三十六员。武松于征战中被斩去了右臂，却靠单臂生擒方腊，如今于杭州六和寺内将养。

　　这一日天子下诏，命宋江领大小头领班师回京。宋江头一个想到的便是武松，不想武松却一口回绝，说他愿在六和寺出家，终身再不踏入世俗半步。宋江百般苦劝，怎奈武松心如磐石，丝毫不为所动。宋江无奈，只好留下许多金银，随后率众头领及马步三军回朝。武松则将金银分作两份，一份交予六和寺住持，另一半散给了邻近饱经战乱之苦的百姓。

　　武松于六和寺内修身养性，再不与世间诸事扯上半点儿瓜葛。一晃过了半年，渐渐地，诸人只知这里有个折了一臂的行者，却不知他是个打虎的英雄。

　　这日，武松独自一人自六和寺里出来，来在半山腰上的一座六角亭里。此亭由香客信徒集资而建，为的是叫上山进香之人有个歇脚的地方。亭子梁柱上绘的全是割肉饲鹰、投身喂虎等佛家典故，画风甚是粗粝，却也别有一番味道。

　　武松站在亭中，环顾上下青山，不觉长长吐出一口气。便在此时，身后忽传来一道低沉声音："阿弥陀佛！施主别来无恙！"

　　武松猛转回身，不觉大吃一惊！只见一耄耋老僧站在面前，竟是那年将自己带离险境的老僧普静！一别数载，普静依旧精神矍铄，越发有松鹤之姿。这些年普静仍是四海云游，今日来在六和寺，不想在亭中遇见了故人。

　　二人对坐于亭内石凳上，普静看见武松右边衣袖内空空如也，不禁微微皱眉，轻声叹道："这些年，施主真是受了煎熬。"

　　武松却淡淡笑道："自那日被大师救离苦海，武松便再没受过什么煎熬……"说到这里，他低头看了眼右边衣袖，接着说道，"至于这些，都是皮囊罢了！先前少了一根指头，如今少了一条胳膊，在武松看来并没有半点分别。"

　　普静缓缓点了点头，低声说道："阿弥陀佛！施主大彻大悟，老僧甚是欣慰！"

　　武松却苦笑着微微摇头，沉声说道："武松离大彻大悟差得还远！不瞒大师，有些事情，武松确已放下；有些事情，武松却是……放不下的！"

　　普静说道："此乃人之常情！既然如此，老僧便多说几句。自那年施主离开清河后，短短数年，却已物是人非。那日出了变故，宅中上下乱作一团，人人皆为自己打算。李娇儿施主拿了宅里数万两金银，星夜逃出清河，从此再无音信。没了这些积蓄，西门府一落千丈。孙雪娥施主见没了好处，带了一些家当与人私奔而去。不想那个男人是豺狼之性，拿了孙施主的钱财，竟将她卖进了青楼。孙施主受尽凌辱，最终悬梁自尽。孟玉楼施主看得最是清楚，早早便抽身而去，再不与西门施主一家有一丝瓜葛。据老僧所知，她去到别处，嫁与一知县之子为妻。二人夫唱妇随，后半生自然有了依靠。如此一来，宅中只剩下吴月娘施主一人，也只是苦苦支撑……"

听到这里，武松不觉将目光投向远处，自言自语道："个人的路，都是个人走出来的。"

普静点头道："施主所言不错。慢说这几位女施主，但凡与西门施主相熟的，皆是如此。应伯爵与谢希大两位施主因生丝买卖欠下了债，走投无路，便找上清河县里另一大户张二官。二人想将生丝买卖转到张施主身上，盼他得了好处，亦如先前的西门施主，也将自己当作兄弟一道富贵。不想这位张施主比西门施主还要狠上三分，一边将生丝买卖吃干抹净，另一边竟将应、谢二施主与西门施主的勾当抖了出来，叫知县抓二人下狱。几番折腾，谢施主死于牢内，应施主虽被放了出来，却被要账之人一通毒打，竟被活活打死在街市之中！可叹二位施主连个收殓尸体的都没有，被裹上两扇草席，扔到了乱葬岗上。"

普静略停了一停，接着说道："那知县显是得了张二官好处，将他引荐到蔡太师的翟管家跟前。这位张施主比西门施主更舍得本钱，不单送上奇珍异宝，还一气为翟管家置了三处外宅！翟管家立时将其送到蔡太师面前，收作义子。又过了一月，张施主顶了原先西门施主的官职，与知县称兄论弟，在清河县里一手遮天。"

武松沉了半晌，才冷冷说道："无非又是一个西门庆罢了！得了西门庆的福，便终有一日要遭西门庆的祸！"

普静双手合十，低声说道："阿弥陀佛！世人参悟不透，总是把滔天大祸当作飞来洪福！老僧只盼这一轮回中，莫再牵扯无辜之人……"

普静话音未落，武松猛一下站起身来，冷冷说道："大师于武松有救命之恩，原不该有二话。只是……武松终究是个粗鲁之人，有些话是憋不住的。敢问大师，这前前后后，又有谁是无辜之人？"

武松这一问，竟叫普静不知如何回应，只是瞪大双目盯着眼前这个魁梧汉子。

武松接着说道："若说是有，那便只有我那苦命的哥哥！哥哥一生与人为善，从没生过歹心，却被一干恶人害得尸骨无存！除他之外，连我武松也算在内，又有哪个敢说自己无辜？！

"西门庆、王婆子、陈敬济、宋蕙莲、来旺儿、孙雪娥、应伯爵、谢希大、李外传等自不必多说！便是李瓶儿、潘金莲与庞春梅，又有哪里无辜？李瓶儿与西门庆通奸，任凭西门庆害死亲夫，带了夫家财货嫁进门去，可算得上无辜？潘金莲害死我哥哥，又杀了西门庆、宋蕙莲、来旺儿、陈敬济、李瓶儿跟那胡僧，最后连庞春梅也未放过，可算得上无辜？庞春梅一早就知晓真相，却帮着歹人行凶，可算得上无辜？"

武松一连三问，叫普静哑口无言。武松又沉声说道："她三人确算命苦，不甘受人摆布，却又无可奈何，一个个都走上不归之路。只是武松要问大师一句，佛祖可曾说过，自己命苦，便能伤及他人？"

武松并不等普静回话，越发激昂道："潘金莲确是救了武松一命，那一年里也全仗她维护周全。只是武松要说一句——大师的救命之恩，武松情愿倾尽此生报偿万一；潘金莲的救命之恩，武松半分情也不会领！那日她若不自刎，等武松身子缓过劲儿来，也会取她性命，为我哥哥报仇！"

说到这里，武松又是一顿，盯着普静说道："大师，我虽扮作行者，却不懂佛祖教诲。武松只是觉得，不论在哪家神明跟前，是非善恶总该是分明的！"

这一番话光明磊落，不由得不叫普静敬服。他举目看向站在面前的武松，忽觉他好似佛经中的护法诸神一般。

武松长长吐出一口气，语气较之先前已大为缓和："武松此生杀生无数，不论是景阳冈上的猛虎，孟州城里的张都监、蒋门神,还是这里的方腊诸将,可说都是出于无奈,但武松心里,从没把自己当作无辜之人!杀人便是杀人,武松杀得他人,他人也杀得武松!若如佛祖所说真有来世,武松只盼哥哥能投胎到好人家,一辈子再别受苦。至于连我在内的其他人等,都该留在地府当中,再别来人世为祸!"

听到这里,普静缓缓站起身来,朝武松深施一礼,朗声说道:"有人说施主是打虎英雄,有人说施主是杀神恶鬼。可在老僧看来,施主既非英雄也非恶鬼,乃是参透大千世界的金刚罗汉!"

武松脸上没有半点儿波澜,只伸出剩下的一只左手,朝普静微微还了一礼,转身朝山顶六和寺而去。

后　记

　　2023年，我的第一本推理小说《红楼梦事件》出版。把古典名著和推理小说结合起来，是我一直想做的尝试。拙作面世后，有的读者说这是在《红楼梦》外面套了推理，也有读者说是在推理小说外面套上了《红楼梦》——这肯定是个见仁见智、没有标准答案的问题。不过另一个问题的答案却是明确的，那就是这本小书的销量令我颇为欣喜——撰写这篇后记时，《红楼梦事件》已经重印了13次！

　　之前我萌生了一个想法，那就是创作以四大名著为底色的一系列推理小说。《红楼梦事件》取得了这样的成绩，足以证明读者对于经典是感到亲切的，对我的尝试是包容的。既然如此，我自然没有半途而废的道理。于是，就有了这本《金瓶梅事件》。《金瓶梅》是《水浒传》的同人小说，而《金瓶梅事件》则是《金瓶梅》的同人小说——四舍五入，这一本就成了《水浒传》的推理衍生作。

　　我第一次接触"水浒"，是田连元先生的评书，然后就是"80后"的集体回忆——某品牌干脆面里的"水浒人物卡"。上中学后,我找来《水浒传》原著读,先读了一百回本,又读了一百二十回本,最后读的是金圣叹的七十回"腰斩本"。作为一个以写字为生的人,我并不赞同金圣叹的处理;但不得不承认,正是这个版本让我意识到《水浒传》这部名著有多么伟大!

《水浒传》的伟大在结构,在文笔,更在人物的塑造。一部书能写出一百零八条好汉,写出一百零八桩经历,写出一百零八种性格,实在令人惊叹。而众多人物中的魁首,则非武松莫属!

施耐庵毫不掩饰自己对武松的喜欢,竟拿出十回篇幅写他一人,包含景阳冈打虎、阳谷县遇兄、灵堂杀嫂、狮子楼、十字坡打店、醉打蒋门神、大闹飞云浦、血溅鸳鸯楼、蜈蚣岭试刀、白虎山逢故等情节。金圣叹更不吝惜溢美之词,说武松有鲁达之阔、林冲之毒、杨志之正、柴进之良、阮七之快、李逵之真、吴用之捷、花荣之雅、卢俊义之大、石秀之警,是绝伦超群之人,是不折不扣的"天人"。

在我心中,《水浒传》优于《三国演义》,略胜《西游记》,是仅次于《红楼梦》的存在。这个观点一直不曾动摇,直到我读了《水浒传》的同人小说《金瓶梅》。

跟绝大多数人一样,对于《金瓶梅》,我是"未见其面,先闻其声"。"声"听多了,难免就会先入为主,认为它之所以能和《三国演义》《水浒传》《西游记》一起被并称为"明代四大奇书"，无非是写了其他名著不屑写的、能够满足读者猎奇心理和感官刺激的东西。直到我认真读过这部书，才意识到之前的结论是何等肤浅！

《金瓶梅》之前的小说，写的是神仙鬼怪，写的是帝王将相，写的是才子佳人，写的都是符号。《金瓶梅》是第一部将焦点汇聚在"人"的作品，是真实的、有缺点的人，不再是符号化的人。由这些真实的人组成的社会，也必定是最真实的。

有人说《金瓶梅》是在批判现实，我却不这样看。创作者并没有批判任何人或事，也没有赞扬任何人或事，他只是把人性和社会最真实的一面高度提炼出来，借了《水浒传》的一张皮，呈现到了读者面前。即便把所有猎奇、感官有关的内容删除，也丝毫不影响这部作品的成就。《金瓶梅》的成就在于残酷，在于极度真实的残酷。

武松并不是《金瓶梅》的主角，却让我觉得是一个更真实的存在。在《水浒传》里，武松是打虎英雄，是杀神转世，是天伤星下凡；而在《金瓶梅》里，他的性格中有无法克服的弱点，有无能为力和无可奈何，甚至还有些许自私和不负责任。金莲和西门庆则不再是"淫妇""奸夫"这两个词能概括的。至于吴月娘、孟玉楼、孙雪娥、李瓶儿、陈敬济、庞春梅、宋蕙莲、王婆、应伯爵、谢希大等，可说每一个都鲜活无比，都可以在当代社会、在普通人身边找到每个角色的影子。这些角色组合在一起，构成了一个世界，一个黑色的世界，一个拥有"五彩斑斓的黑"的世界——回味一下我们身处的世界，不也是这样吗？

我读了《金瓶梅词话》，读了《绣像本金瓶梅》，还读了张竹坡的批评本。反复读了许多遍，越读越觉得《金瓶梅》似乎理应位居《三国演义》《水浒传》《西游记》之上，与《红楼梦》合为中国古典小说双璧。后来曹雪芹写出了《红楼梦》，脂砚斋称赞其有了《金瓶梅》的味道，足见其伟大的成就和地位。毛泽东主席则说"《金瓶梅》是反映当时经济情况的，是《红楼梦》的老祖宗，不可不看"。

既然如此，对我来说，从《水浒传》到《金瓶梅》再到《金瓶梅事件》，就显得顺理成章了。

和《红楼梦事件》类似，《金瓶梅事件》是推理小说，但我并没有把焦点过分地聚集在诡计上。经典诡计在一百多年前基本已经被大师们穷尽了，我自认没有能力在这个领域开拓出新天地。于是，我选择将经典小诡计重新组合，辅以推理小说中常见的叙述方式，希望可以给读者带来一些新奇的体验。我的重点还是放在人和由人构成的世界上，试图把最真实的一面展现出来。我可能写不出"五彩斑斓的黑"，但这一直是我努力的方向。

创作者不应该对自己的作品给出太多解说，不过有一点还是应该说明白——那就是真实不等于无辜！金莲等人所处的客观环境，或许没有给她们更多的选择，但这并不是她们做出种种行径的理由。是非善恶无论在什么时候都是不能被模糊的，这一点在创作者心中，也不应该有任何含糊。

至于其他细节，就不必太过认真了。比如无论《水浒传》还是《金瓶梅》，其时间轴都不是特别明确；再如在《水浒传》中，活捉方腊的并不是武松，而且他失去的是左臂而不是右臂——这些，就都属于我的二次创作了。

《金瓶梅》的文笔与《红楼梦》颇有共通之处，但前者比后者更粗粝，更具烟火气，更加原生态。既然《红楼梦事件》模仿了《红楼梦》，那么《金瓶梅事件》的文笔也只好做同样的处理。倘若画虎不成，只能说创作者水平有限。

关于作品就说这些，余下的就交给读者吧！

和《红楼梦事件》一样，这部作品的诞生依然离不开我的夫人心弈。她是我的指引者，是我的合作者，是我的第一位读者和建议者。没有她的帮助，断然不会有这本书。书本身就是我对她的爱意的表达。至于我的孩子安和，他的存在是我一切创作的最大动力。

由衷感谢浙江文艺出版社，感谢他们对我的善待和对作品的包容，尤其是我的编辑於国娟老师。这本书的出版用"历尽艰辛"来形容一点儿也不过分，我自己几乎都要放弃了，是出版社所有老师的坚持让它有了最好的结果。

我已经开始了针对"三国"的推理化创作，"西游推理版"也有了框架。过程可能依旧是痛苦的，但至少我在做了。

褚 盟

2024年12月7日于北京